平山冷燕

天花藏主人　編次
張國風　校注
謝德瑩　校閱

三民書局

平山冷燕　總目

引　言……一—三
平山冷燕考證……一—一
書　影……一—一
四才子書序……一—一
回　目……一—二
正　文……一—二八八
總　評……二八九—二九〇

引言

張國風

平山冷燕，一名四才子書，二十回，敘平如衡、山黛、冷絳雪、燕白頷四位青年男女，以才俊貌美而互相吸引，彼此愛慕，歷經曲折，終於結成良緣的故事。

現代的小說研究者對於此類才子佳人小說，一向評介不高。因為研究者的胸中已經有了紅樓夢這樣的傑作偉構。相形之下，對於平山冷燕這樣的才子佳人小說，自然是不屑一顧了。人們責備才子佳人小說「千人一面，千人一腔」，陳陳相因，了無新意，無非是「私訂終身後花園，多情公子中狀元，奉旨完婚大團圓」。這一模式因為戲曲的大量移植得到進一步的加強，從而顯得更加突出。儘管如此，我們仍然不能將才子佳人小說一筆抹煞。首先，讓我們看一下才子佳人小說當年盛行的事實。

平山冷燕、玉嬌梨和好逑傳作為清初才子佳人小說的代表作，在當時頗受歡迎。只要看看三書的版本之多，便可以明白那種情形。康熙五十一年（一七一二年），劉廷璣在園雜志卷二提到「近日之小說」，舉例五種，其中便有平山冷燕、玉嬌梨。乾隆間吳航野客編次的駐春園小史開宗明義說：「歷覽諸種傳奇，除醒世、覺世，總不外才子佳人。獨讓平山冷燕、玉嬌梨出一頭地，由其用筆不俗，尚見大雅典型。好逑傳別具機杼，擺脫俗韻，如秦系偏師，亦能自樹赤幟。其餘則皆平平無奇，徒災梨棗。」同是乾隆年間的才子佳人小說金石緣，有靜恬主人的一篇序，貶抑平山冷燕、玉嬌梨諸小說「其中破綻甚多，難以枚舉」，但同時也承認其「膾炙人口，由來已久」。平山冷燕、玉嬌梨既已喧騰人口，戲曲家便取為素材，移植梨園。乾隆時朱夰（蕢稗老農）以平山冷燕為本，編成玉尺樓傳奇。玉嬌梨則被編成傳奇珊瑚鞭。平山冷燕尚有彈詞的玉尺樓在社會上流傳。由此可見，平山冷燕、玉嬌梨等才子佳人小說在當時很受一般人的歡迎。不但如此，平山冷燕、玉嬌梨和好逑傳在十八、十九世紀還被翻譯成法文、英文，成為繼今古奇觀中部分短篇之後較早引起西方注目的中國小說。

從今人的目光去衡量平山冷燕，雖然可以挑出種種的不足，但是，困難不在於看到它的不足，困難在於回答這樣一個問題：在清代的小說史上，平山冷燕應該佔有一個什麼樣的位置？在回答這一問題以前，我們有必要對平山冷燕思想藝術的各個方面作出大致的分析。平山冷燕寫的是才子佳人，其中的佳人也都是才女，所以這本書又叫四才子書。兩位才子並非窮秀才，也不是落魄公子。平如衡自幼父母雙亡，有叔為松江教官。燕白頷「父親曾做過掌堂都御史」，「家中極其大富」。山黛是宰相的女兒。冷絳雪是大戶的女兒。雖然四人的社會地位高低不同，但都是衣食不愁，這就沖淡了婚姻中財產的因素。按作者的安排，山黛嫁燕白頷而冷絳雪配平如衡，看來還是包含了門當戶對的意思。但作者處處強調四人的才氣，有意淡化了他（她）們之間門第的差別。淡化門第財產的背景，顯然是為了突出才和貌這兩個因素。況且四人都有才，而山黛之才渲染得更為突出，這就使才的因素提到了第一位。這種描寫自然與傳統的觀念不太一致。雖然這種戀愛的方式在現實中很少有可能，但它至少體現了一種觀念，即嚮往一種情投意合、自己選擇的婚姻。為了減少禮教的阻力，作者設計的兩位男主角都是沒有父母的，而山、冷二位的父親也都十分尊重女兒的選擇。於是，這種自主婚姻的阻力便可以單純地歸結為小人的撥亂，書中的張寅、宋信便是小人的代表。這種對生活的簡化，大大沖淡、損害了作品的思想藝術魅力，暴露了作者思想的膚淺和庸俗。但是，與此同時，我們也要看到，以平山冷燕、好逑傳等才子佳人小說對愛情雙方、尤其是女方才華的大力渲染，標誌著愛情題材的一個新的動向。這一新的動向是在清初嚴酷的文化專制之下的產物。這類作品既無民族意識的流露，又不反對禮教，既有離奇曲折的情節，又有大團圓的結局，所以它們既不會招來統治者的禁毀，又能滿足一般民眾消遣的需要。

從小說史的角度來看，在愛情題材中注入更多才的因素，對後來的小說不能說沒有影響。一人批才子佳人小說的大寫才情，乃至紅樓夢大觀園中一次又一次的詩社、鏡花緣中的一百才女，都不能不說受到了平山冷燕等才子佳人小說的影響。至於戲劇所受到的啟迪和影響，那更是人所共知的事實。

平山冷燕考證

張國風

平山冷燕的作者是天花藏主人。對於這一點，學界並無異議。可是，天花藏主人究竟是何許人，姓甚名誰，卻是聚訟紛紜，積案多年，迄今尚未見有定論。一說是嘉興張博山，清盛百二柚堂續筆談持此說。魯迅中國小說史略反駁此說，認為「文意陳腐，殊不類童子所為」。一說是秀水諸生張勻十二歲時所作，清人沈季友檇李詩系提出此說，胡士瑩懷疑此說。一說是煙水散人，即秀水徐震，戴不凡持此說。一說是天花才子。一說是墨浪子、墨浪主人、浪仙。

現在已知與天花藏主人相關的小說共十六種。或署著、述，或題編次，或作書序。其中玉嬌梨、平山冷燕，學界均以為是天花藏主人的代表作。其中如金雲翹、幻中真、後水滸傳，已被否定是天花藏主人的作品。天花藏主人係明末清初之人。玉嬌梨作於明末，是天花藏主人的第一部小說。當時號荑秋散人（或誤作「荑萩散人」）。平山冷燕係入清以後作品。粉飾太平，多歌功頌德。與玉嬌梨之抨擊奸佞權臣，已自不同。然同寫佳人才子，開小說史上一大流派。

本局所編印的平山冷燕，是以天花藏批評平山冷燕四才子書藏本為底本。該本內封題有「古本宋體天花藏評點四才子書」字樣。前有天花藏主人序，另有總評和回評。序的落款為「時順治戊戌立秋月天花藏主人題於素政堂」。此外尚有靜寄山房刻本、玉蘭堂刻本、乾隆十三年與玉嬌梨的合刻本等。

與諸本相比較，除大連圖書館所藏新刻批評平山冷燕之外，其餘各本均無天花藏主人的序。且諸本雖題有「天花藏批評」或「批評」字樣，書中卻並無評語。可見原來有評語，翻刻之中，書賈嫌麻煩，或是為了節省紙張成本，而將評語刪掉了。諸本均為單目，唯有該本為雙句。如諸本第二回回目為「聖明朝淑女獻箴」，該本為「賢相女獻有道瓊章　聖天子賜量才玉尺」。將該本與諸本比較，該本文字完整，而諸本都有所省略。例如玉蘭堂刻本將各回卷首的詩詞一概刪去，只保留了第一回的卷頭詩。再如靜寄山房刻本，第一回中描繪御宴的大段鋪張文字，從「但見國運昌明」直至「上萬年悠久無疆之壽」約四百字，全部刪去。又如玉蘭堂刻本第一回關於御宴的這段文字，刪略更多。從「一霎時，御樂作龍鳳之鳴」一直刪至「君臣們飲夠多時」。而將下一句「閣臣見樂奏三闋」，改作「及至樂奏三闋」，以作彌縫之計。諸本有分卷，有不分卷，各卷所占回數也不盡相同。綜上所述，本書所用底本是目前所見平山冷燕中最早文字和序文、評點保存最完整的本子。底本第七回、第十九回所缺文字，前者一百六十字，後者三百二十字，均據乾隆十三年合刻天花藏才子書校補。

此書注釋過程中，曾向人民文學出版社的馮偉民先生請教，多蒙指點，今在此一併致謝！疏漏之處，敬請讀者駁正。

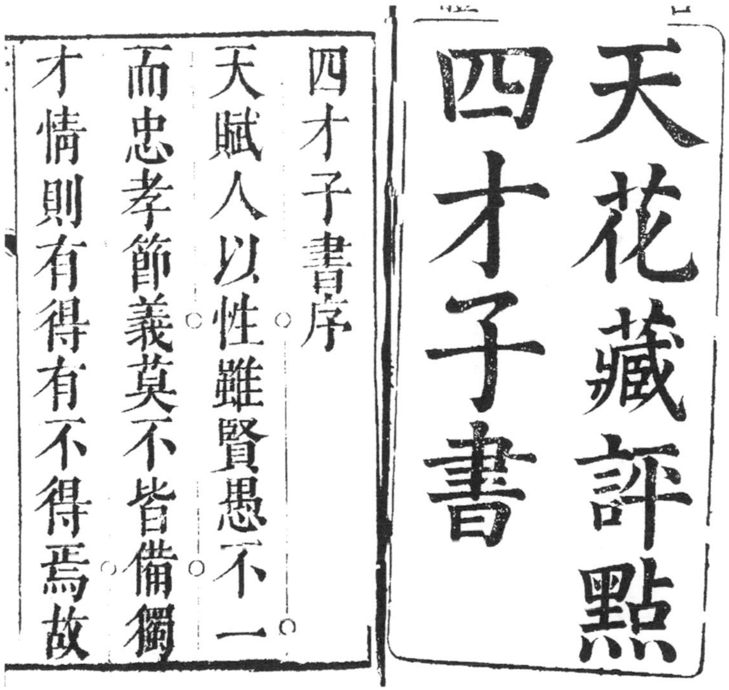
天花藏評點
四才子書

四才子書序
天賦人以性雖賢愚不一
而忠孝節義莫不皆備獨
才情則有得有不得焉故

《天花藏批評平山冷燕四才子書藏本》之封題及序

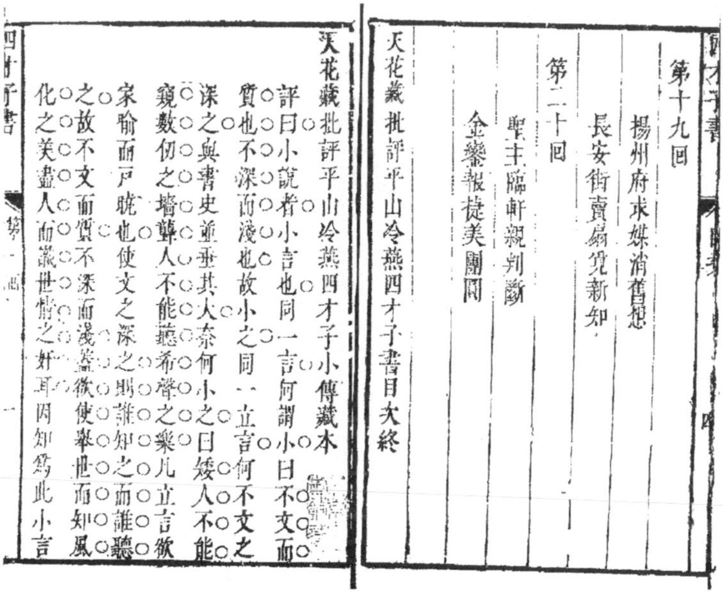
四才子書

第十九回

揚州府求媒消舊想

長安街賣扇覓新知

第二十回

聖主臨軒親判斷

金鑾報捷美團圓

天花藏批評平山冷燕四才子書目次終

天花藏批評平山冷燕四才子小傳藏本

評曰小說者小言也同一言何謂小曰不文而質也不深而淺也故小之同一立言何不文之深之與書史並垂其久奈何小之曰矮人不能窺數仞之墻聾人不能聽希聲之樂凡立言欲家喻而戶曉也使文之深之則誰知之而誰聽之故不文而質不深而淺蓋欲使舉世而知風化之美盡人而識世情之奸耳因知為此小言

四才子書　第一回　一

《天花藏批評平山冷燕四才子書藏本》之目次及總評

四才子書序

天賦人以性，雖賢愚不一，而忠孝節義莫不皆備，獨才情則有得有不得焉。故一品一行，隨人可立，而繡虎雕龍，千秋無幾。試憑吊之：不驕不吝，夢想所難者，尚已。降而建安八斗，便矯一時；天寶百篇，遂空四海；鸚鵡賈殺身之禍，黃鶴高捶碎之名；晉代一辭，大蘇兩賦。——類而推之，指而屈之，雖文彩間生，風流不絕，然求其如布帛菽粟之滿天下，則何有焉？此其悲在生才之難，猶可委諸天地。獨是天地既生是人矣，而是人又篤志詩書、精心翰墨，不負天地所生矣，則吐辭宜為世惜，下筆當使人憐；縱福薄時屯，不能羽儀廊廟，為麟為鳳，亦可詩酒江湖，為花為柳。奈何青雲未附，彩筆並白頭低垂；狗監不逢，上林與長楊高閣。即萬言倚馬，止可覆瓿；道德五千，惟堪糊壁。求乘時顯達刮一目之青，邀先進名流垂片言之譽，此必不可得之數也。致使岩谷幽花，自開自落；貧窮高士，獨往獨來。揆之天地生才之意，古今愛才之心，豈不悖哉！此其悲則將誰咎？故人而無才，日於衣冠醉飽中矇生瞎死，則已耳。若夫兩眼浮六合之間，一心在千秋之上，落筆時驚風雨，開口秀奪山川，每當春花秋月之時，不禁淋漓感慨，此其才為何如？徒以貧而在下，無一人知己之憐；不幸憔悴以死，抱九原埋沒之痛：豈不悲哉！

余雖非其人，亦嘗竊執雕蟲之役矣。顧時命不倫，即間擲金聲，時裁五色，而過者若罔聞罔見，淹忽老矣。欲人致其身而既不能，欲自短其氣而又不忍，計無所之，不得已而借烏有先生以發洩其黃粱事業。有時色香援引，兒女相憐；有時針芥關投，友朋愛敬；有時影動龍蛇，而大臣變色；有時氣沖牛斗，而天子改容：凡紙上之可喜可驚，皆胸中之欲歌欲哭。吾思人縱好忌，或不與淡墨為仇；世多慕名，往往於空言樂道。矧此書白而不玄，上可佐鄒衍之談天，下可補東坡之說鬼，中亦不妨與玄皇之梨園雜奏。豈必俟之後世？將見一出而天下皆子雲矣。天下皆子雲，則著書不愧子雲可知矣。若然，則天地生才之意，與古今愛才之心，不少慰乎？嗟，嗟！雖不如忠孝節義之赫烈人心，而所受於天之性情，亦云有所致矣。

時順治戊戌立秋月　天花藏主人題於素政堂

回目

第一回　太平世才星降瑞　聖明朝白燕呈祥……一
第二回　賢相女獻有道瓊章　聖天子賜量才玉尺……一六
第三回　現醜形詩誚狂且　受請托疏參才女……二九
第四回　六儒紳氣消彩筆　十齡女才壓群英……四二
第五回　補絕對明消群惑　求寬赦暗悅聖心……六一
第六回　風箏詠嘲殺老詩人　尋春句笑倒小才女……七五
第七回　公堂上強更逢強　道路中美還遇美……九〇
第八回　爭禮論才驚宰相　代題應旨動佳人……一〇五
第九回　暗摸索奇文欣有托　誤相逢醉筆傲無才……一二〇
第十回　薄糞土甘心高臥　聆金玉掗面聯吟……一三四
第十一回　竊他詩占盡假風光　恨傍口露出真消息……一五一
第十二回　虛心病陡發苦莫能醫　盜賊贓被拿妙於直認……一六四

第十三回　竇知府結貴交趨勢利　冷絳雪觀舊句害相思……一七六
第十四回　乍見芳香投臭味　互爭才美費商量……一八九
第十五回　醉逼典衣忽訪出山中宰相　高懸彩筆早驚動天上佳人……二〇二
第十六回　才情思占勝巧扮青衣　筆墨已輸心忸怩白面……二一六
第十七回　他考我求他家人代筆　自說謊先自口裡招誣……二三四
第十八回　痴公子倩佳人畫面　乖書生借制科脫身……二四八
第十九回　揚州府求媒消舊想　長安街賣扇覓新知……二五九
第二十回　聖主臨軒親判斷　金鑾報捷美團圓……二七二

第一回　太平世才星降瑞　聖明朝白燕呈祥

凡善立言者，立言之始，必有一大根蒂而總統❶之，則枝葉四出方不散亂。如水滸欲寫群賊而先誤走妖魔，則群賊之生不為無據。此書欲寫平、山、冷、燕❷之才，恐涉虛誕，而先奏才星降瑞以為根蒂，雖極為誇美而人不驚怪矣。

文章出沒妙於無因而有因。譬如欲引入桃源❸，必先散沿溪之桃花。此書本欲見山黛小女子之才，故先見山黛小才女白燕之詩；欲見山黛小才女白燕之詩，故先見時、袁❹老前輩白燕之詩；欲見時、袁白燕之詩，故先見白燕；欲見白燕，故先見君臣宴賞；欲見君臣宴賞，故先從聖朝稱賀才瑞❺說來。一枝一葉次第而生，看來宛若天然，而不知良匠苦心已有穿通天地者矣。

---

❶ 總統：作綱領。

❷ 平山冷燕：指書中四位人物平如衡、山黛、冷絳雪、燕白頷。

❸ 桃源：晉代詩人陶淵明作有桃花源記，描繪一安居樂業之淨土。桃源即桃花源。

❹ 時袁：即下文時大本、袁凱。

❺ 才瑞：出現奇才的祥瑞徵兆。

藉時、袁之白燕詩引出山黛之白燕詩，思路固已微矣。然時、袁白燕詩名作也，久已膾炙人口，設為山黛添畫一蛇足，不幾令人口俱笑破耶？乃細詠之，而不虛不實，又實又虛，字香句秀，直欲壓倒元、白❻，此又詩人爭座，不當於小說家論優劣也。

白燕詩不難於形容白，而難於形容白不離燕。此詩妙在句句是白，卻句句是燕，而又能使白燕嬌嬌痴痴作美人情態，所以妙也！

山黛夢吞瑤光❼而生之異，在呆筆必贅敘於出身之下；此偏冷冷於問答中逗出，何等幽悄！筆墨真猶龍❽也！

詩曰：

富貴千秋接踵來，古今能有幾多才？
靈通天地方遺種，秀奪山川始結胎。
兩兩雕龍誠貴也，雙雙詠雪更奇哉。
人生不識其中味，錦繡衣冠土與灰！

❻ 元白：即唐代詩人元稹、白居易。

❼ 瑤光：星名。即北斗七星中最後一星。

❽ 猶龍：史記老子韓非列傳：「孔子去，謂弟子曰：『……吾今日見老子，其猶龍邪！』」本言老子之道深遠似龍。此處指用筆神妙不可測。

又曰：

道德雖然立大名，風流行樂要才情。
花看潘岳❾花方艷，酒醉青蓮❿酒始靈。
彩筆不妨為世忌，香奩最喜使人驚。
不然春月秋花夜，草木禽魚負此生！

話說先朝隆盛之時，天子有道，四海昇平，文武忠良，萬民樂業。是時建都幽燕，雄據九邊，控臨天下，時和年豐，百物咸有。長安城中，九門百逵，六街三市，有三十六條花柳巷、七十二座管弦樓，衣冠輻輳，車馬喧闐⓫，人人擊壤⓬而歌，處處笙簫而樂，真個有雍熙⓭之化、於變之風！有詩單道其盛：

---

❾ 潘岳：西晉詩人，字安仁。

❿ 青蓮：唐代詩人李白，號青蓮居士。

⓫ 喧闐：喧鬧。

⓬ 擊壤：相傳堯時，有老人擊壤而歌曰：「日出而作，日入而息，鑿井而飲，耕田而食，帝力何有於我哉？」後成為歌頌太平盛世的典故。

⓭ 雍熙：和樂之貌。

九重春色滿垂裳⑭，秋盡邊關總不防。
四境時聞歌帝力⑮，不知何世是虞唐⑯。

一日，天子駕臨早朝，文武百官濟濟鏘鏘，盡來朝賀。真個金闕曉鐘，玉階仙仗，十分隆盛！百官山呼拜舞已畢，各各就班鵠立⑰。早有殿頭官喝道：「有事者奏聞！」喝聲未絕，只見班部中閃出一官，烏紗象簡，趨蹌丹墀，口稱：「欽天監⑱正堂官湯勤有事奏聞。」天子傳問「何事」，湯勤奏道：「臣夜觀乾象，見祥雲瑞靄，拱護紫微⑲，喜曜吉星，照臨黃道⑳。主天子聖明，朝廷有道，天下享太平之福。臣不勝慶幸，謹奏聞陛下。乞敕禮部詔天下慶賀，以揚皇朝一代雍熙雅化。臣又見文昌六星，光彩倍常，主有翰苑鴻儒，丕顯㉑文明之治。此在朝在外濟濟㉒者皆足以應之，不足為奇也。最可奇者，奎壁㉓流

---

⑭ 垂裳：形容無所事事、不費力氣。周易繫辭下：「黃帝、堯、舜垂衣裳而天下治。」後成為稱頌帝王無為而治的套語。

⑮ 歌帝力：即唱擊壤歌。

⑯ 虞唐：虞，即虞舜。唐，即唐堯。皆古帝名，均為聖王。此句詩是說人民安居，不知政事。

⑰ 鵠立：鵠頸長，能遠望，此指翹首而望。

⑱ 欽天監：官署名。掌管天象觀察，推算節氣曆法。

⑲ 紫微：星座名。三垣之一。借指帝王。

⑳ 黃道：古人認為太陽繞地而行，黃道即想像中太陽繞地運行之軌道。可借指帝王行經的道路。

㉑ 丕顯：大顯。

光散滿天下，主海內當生不世奇才，為麟為鳳，隱伏深幽秘密之地，恐非正途網羅所能盡得。乞敕禮部會議，遣使分行天下搜求，以為黼黻皇猷㉔之助。」

天子聞奏，龍顏大悅，因宣御音道：「天象吉祥，乃天下萬民之福。朕菲躬涼德㉕，獲安民上，實云幸致，何足當太平有道之慶？不准詔賀！海內既遍生奇才，已上徵於天象，諒不虛應；且才為國寶，豈可使隱伏幽秘之地。著禮部官議行搜求！」

聖旨一宣，早有禮部尚書出班奏道：「陛下聖明有象，理宜詔賀；萬歲謙抑不准，愈見聖德之大。然風化關一時氣運，豈可抑而不彰？縱仰體聖心，不詔天下慶賀，凡在京大小官員俱宜具表稱賀，以闡揚聖化，為萬世瞻仰。天下既遍生奇才，隱伏在下，遣使搜求，以明陛下愛才至意，禮亦宜然。但本朝祖宗立法，皆於制科㉖取士。若徵召前來，自應優敘㉗；徵召若優，則制科無色㉘，恐失祖宗立制本意。以臣愚見，莫若加敕各直省督學臣，令其嚴責府縣官，凡遇科歲大比㉙試期，必須於報名正額之外，加

㉒ 濟濟：指眾多的人才。

㉓ 奎壁：星名。即奎宿、壁宿。皆為二十八宿之星，前者主文運，後者乃圖書之府。

㉔ 黼黻皇猷：黼黻，音ㄈㄨˇ ㄈㄨˊ。古代禮服上繡製的花紋。此處指潤飾贊助。皇猷，帝王的謀劃。猷，音ㄧㄡˊ。

㉕ 涼德：薄德。此為謙辭。

㉖ 制科：即科舉考試以選拔人才的制度。

㉗ 優敘：優先錄用。

㉘ 制科無色：意謂人才由徵召而優先拔擢，則使科考正途失去光彩。

㉙ 科歲大比：有科考的年份叫科歲，明清時稱鄉試為大比。

意搜求隱逸真才，以應科目。督學、府縣官即以得才失才為升降。如此，則是寓搜求於制科，又不失才，又不礙制，庶為兩便。伏乞皇上裁察！」

天子聞奏，大喜道：「卿議甚善，俱依議行！」禮部官得旨，率百官俱稱「萬歲」。朝畢，天子退入，百官散出。

此時天下果然多才：文章㉚名公，有王、唐、瞿、薛㉛四大家之名；詞賦鉅卿，有前七才子㉜、後七才子㉝之號。真詩酒才名高於北斗，相知意氣傾於天下。人人爭島瘦郊寒㉞，個個矜白仙賀鬼㉟。元、白風流，不一而足；鮑、庾㊱俊逸，屈指有人。「白雪」登歷下之壇㊲，四部執弇州之耳㊳；師生傳歐、

㉚ 文章：指八股文。

㉛ 王唐瞿薛：指王鏊、唐順之、瞿景淳、薛應旂。皆明朝八股文名家。

㉜ 前七才子：指李夢陽、何景明、徐禎卿、邊貢、康海、王九思、王廷相。皆明朝弘治、正德年間詩賦名家，形成一文學流派。

㉝ 後七才子：指李攀龍、王世貞、謝榛、宗臣、梁有譽、吳國倫、徐中行。為明朝嘉靖、萬曆間文學流派。

㉞ 島瘦郊寒：唐朝詩人賈島，其詩清奇僻苦、瘦冷空寂。唐朝詩人孟郊，其詩啼饑號寒，多敘貧病困窘之狀。人稱「島瘦郊寒」。

㉟ 白仙賀鬼：白，指李白，人稱詩仙。賀，指李賀，人稱鬼才。

㊱ 鮑庾：鮑，指南朝宋詩人鮑照。庾，指南北朝作家庾信。

㊲ 白雪登歷下之壇：李攀龍，山東歷城人。自建「白雪樓」，讀書於其中。又杜甫詩陪李北海宴歷下亭：「海右此亭古，濟南名士多。」此句意指李攀龍為文壇名士。

㊳ 四部執弇州之耳：王世貞，弇州山人，有弇州山人四部稿。執耳，即執牛耳，意謂主盟之人。古時結盟，割

蘇㊴之座，朋友同李、郭之舟㊵。真可謂一時之盛！

這一日，禮部傳出旨意，在京大小官員，皆具表次第慶賀。這表章無非是稱功誦德，沒甚大關係，便各各逞才，極其精工富麗。天子親御便殿，細細觀覽，見皆是絕妙之詞、驚人之句，聖情大悅，因想道：「滿朝才臣如此，前日欽天監奏文昌光亮，信不虛也。百官既具表稱賀，朕當賜宴答之，以表一時君臣交泰㊶之盛。」遂傳旨：於三月十二日，命百官齊集端門賜宴。旨意一下，百官皆歡欣鼓舞，感激聖恩。

到了臨期，真個是國正天心順，這一日恰值天清氣爽，日暖風和，百花開放。天子駕御端門。端門階下，擺列著許多御宴。百官朝見過，惟留閣臣數人御前侍宴；其餘官員，俱照衙門大小，鱗次般列坐兩旁階下。每一座各置御苑名花一瓶以為春瑞。旨意一下，百官叩頭謝恩，各各就座而飲。一霎時，御樂作龍鳳之鳴，玉食獻山海之異，真是皇家富貴不比等閑！但見：

國運昌明，捧一人於日月天中；皇恩浩蕩，會千官於芙蓉闕下。春滿建章，百囀流鶯聒耳；晴薰

牛耳取血，盛盤中，主盟者持盤請參加者分嘗，表示誠信。此處指王世貞主持文壇。

㊴ 歐蘇：指北宋文學家歐陽修、蘇軾。

㊵ 同李郭之舟：東漢李膺和太學生郭泰交結，同舟共濟，世稱李郭。南朝梁陸倕以詩代書別後贈：「李郭或同舟，潘夏時方駕。」

㊶ 交泰：指天地之氣融和貫通，生養萬物，物得大通。

赤羽，九重春色醉人。食出上方，有的是龍之肝、鳳之髓、豹之胎、猩之唇、駝之峰、熊之掌、鴞之炙、鯉之尾，山珍海錯，說不盡八珍滋味；樂供內院，奏的是黃帝之咸池㊷、顓頊㊸之六莖、帝嚳㊹之五英、堯之大章、舜之簫韶、禹之大夏、殷之大濩、周之大武，聽不窮九奏聲音。班聯中衣裳燦日，只見仙鶴服、錦雞服、孔雀服、雲雁服、白鷴服、鷺鷥服、鸂鶒服、鵪鶉服、練鵲服、黃鸝服，濟濟鏘鏘，或前或後；階墀下弁冕疑星，只見進賢冠、獬豸冠、鵔鸃冠、蟬翅冠、鶡尾冠、鐵柱冠、金顏冠、卻非冠、交讓冠，悚悚惶惶，或退或趨。奉溫綸㊺於咫尺，盡睹天顏有喜；咸湛露㊻之均霑，咸知帝德無私。傳宣錫命，彤弓明中心之貺㊼；匐伏進規，天保頌醉飽之恩㊽。誓竭媚茲將順，然君曰俞、臣曰咈㊾，人慚獻諂；願言不醉無歸，然左有監、右有史，

㊷咸池：古樂名。周禮春官大司樂：「舞咸池以祭地示。」疏說是黃帝之樂。漢書禮樂志：「昔黃帝作咸池，顓頊作六莖，帝嚳作五英，堯作大章，舜作招，禹作夏，湯作濩，武王作武，周公作勺。」

㊸顓頊：音ㄓㄨㄢ ㄒㄩˋ。傳說中的古代帝王。

㊹帝嚳：傳說中的古代帝王。嚳，音ㄎㄨˋ。

㊺溫綸：皇帝詔令的美稱。

㊻湛露：皇上的恩澤。湛，厚。

㊼彤弓明中心之貺：此指皇帝的賞賜。彤弓為詩經小雅中的篇名，篇中有云「中心貺之」，意謂心中賜之。貺，音ㄎㄨㄤˋ。

㊽天保頌醉飽之恩：此指頌揚皇上賜宴的恩德。天保是詩經小雅中的篇名，篇中有云「萬壽無疆」。

㊾君曰俞臣曰咈：尚書堯典：「帝曰：『俞』、「吁！咈哉！」俞、咈，皆應答之詞。

誰敢失儀㊿。君盡臣歡，尊本朝故事，敕賜賦醉學士之歌；臣感君恩，擇前代良謨，慷慨進疏儀狄之戒。真可謂明良[51]際遇，鼓鐘笙瑟，稱一日風雲龍虎之觴；天地泰交，日月崗陵，卜萬年悠久無疆之壽！

君臣們飲夠多時，閣臣見樂奏三闋、酒行九獻，恐群臣醉後失儀，因離席率領群臣跪奏道：「臣等蒙聖恩賜宴，亦已僅卜其晝[52]，醉飽皇仁。今恐叨飲過量，醉後失儀，有傷國體，謹率群臣辭謝。」天子先傳旨平身，然後親說道：「朕涼薄之躬，上承大統，日憂廢墮，賴眾先生與諸卿輔弼之功，今幸海內粗安，深感祖宗庇祐，上天生成。前欽天監臣奏象緯吉昌，歸功於朕。朕懼不敢當。眾卿不諒，復表揚稱頌。朕實無德以當此，益深戒懼。然君臣同德同心，於茲可見。因卜茲春晝，與諸卿痛飲，以識一時明良雅意。此乃略去禮法而敘情義之舉。雖不敢蹈前人夜飲荒淫，然春晝甚長，尚可同樂，務期盡歡。縱有微愆[53]，所不計也。」閣臣奏道：「聖恩汪洋如此，真不獨君臣，直如父子矣！臣等頂踵盡捐[54]，何能報效，敢不領旨。」天子又道：「朕見太祖高皇帝每宴群臣，必有詩歌鳴盛。前欽天監臣奏

㊿ 失儀：失態。

[51] 明良：明君良臣。

[52] 卜其晝：陳敬仲為齊工正。一次，請桓公飲酒，桓公高興，命舉火繼飲。敬仲辭謝曰：「臣卜其晝，未卜其夜，不敢。」後來稱聚飲無度，晝夜不休為卜晝卜夜。

[53] 微愆：微小的過失。

[54] 頂踵盡捐：頭、腳都放棄。即摩頂放踵之意。頂，即頭。踵，即腳跟。捐，放棄。

文昌光亮，主有翰苑鴻儒為文明之助。昨見諸臣賀表，句工字櫛，多有奇才，真可稱一時之盛。今當此春晝，夔龍55並集，亦當有詞賦示後。今日之盛方不泯滅無傳。」閣臣奏道：「唐虞賡歌，禹稷拜揚，自古聖帝良臣，類多如此。聖諭即文明之首，當傳諭群臣，或頌、或箴、或詩、或賦，以少增巍煥之光。」天子聞奏甚喜。

正談論間，忽有一雙白燕從半空中直飛至御前。或左或右，乍上乍下，其輕盈翩躚之態，宛如舞女盤旋，十分可愛。天子佇目視之，不覺聖情大悅。因問道：「凡禽鳥皆貴白者，以為異種。此何說也？」閣臣奏道：「臣等學術短淺，不能深明其故。以愚陋揣之，或亦孔子所稱『繪事後素』56之意。」天子點首嘉嘆。因復問道：「白燕在古人亦曾有相傳之佳題詠否？」閣臣奏道：「臣等待罪中書，政務倥傯57，詞賦篇章，實久荒疏，不復記憶。乞宣諭翰苑諸臣，當有知者。」

天子未及開言，早有翰林院侍讀學士謝謙出班跪奏道：「白燕在漢唐未必無作，但無佳者流傳，故臣等俱未及見。惟本朝國初時大本七言律詩一首，摹寫工巧，膾炙一時，稱為名作。後袁凱愛慕之，又病其形容太實，亦作七言律詩一首和之。但虛摹其神情，亦為當時所稱，甚有以為過於時作者。此雖嗜好不同，然二詩實相伯仲58。白燕自有此二詩以立其極，故至今不聞更有作者。」天子問道：「此二詩

---

55 夔龍：相傳為虞舜的二臣。夔為樂官，龍為諫官。此處泛指賢良之臣。夔，音ㄎㄨㄟˊ。

56 繪事後素：語出論語八佾。意謂先有白底然後畫畫。

57 倥傯：音ㄎㄨㄥˇ　ㄗㄨㄥˇ。急迫忙碌。

58 伯仲：不相上下，猶如老大老二。

卿家記得否？」謝謙奏道：「臣記得。」天子道：「卿既記得，可錄呈朕覽。」遂命近臣給與筆札。謝謙領旨，因退歸原席，細將二詩錄出，呈與聖覽。近臣接了，置於龍案之上。天子展開一看，只見時大本一詩道：

春社年年帶雪歸，海棠庭院月爭輝。
珠簾十二中間卷，玉剪❺❾一雙高下飛。
天下公侯誇紫頷，國中儔侶尚烏衣。
江湖多少閑鷗鷺，宜與同盟伴釣磯。

袁凱一首道：

故國飄零事已非，舊時王謝❻⓿見應稀。
月明漢水初無影，雪滿梁園❻❶尚未歸。
柳絮池塘香入夢，梨花庭院冷侵衣。

---

❺❾ 玉剪：即白燕。燕尾似剪，故美稱玉剪。
❻⓿ 王謝：王、謝皆六朝著名世族。此處暗用劉禹錫詩句「舊時王謝堂前燕」。
❻❶ 梁園：漢梁孝王劉武所築園圃，為遊賞、延賓之所。

趙家姊妹多相妒[62]，莫遣昭陽殿裡飛。

天子細將二詩玩味，因贊嘆道：「果然名不虛傳！時作實中領趣，袁作虛處傳神，二詩實不相上下。終是先朝臣子有如此才美！」又賞鑒了半晌，復問道：「爾在廷諸臣亦俱擅文壇之望，如有再賦白燕詩一首，可與時、袁並驅中原，則朕當有不次[63]之賞。」眾臣聞命，彼此相顧，不敢奏對。天子見眾臣默然，殊覺不悅，因又說道：「眾臣濟濟多士，無一人敢於應詔，豈薄朕不足言詩耶，抑亦古今人才真不相及耶？」

翰林官不得已，只得上前奏道：「白燕一詩，諸臣既珥筆事主[64]，豈不能作？又蒙聖諭，安敢不作？但因有時、袁二作在前，已曲盡白燕之妙，即極力形容，恐不能有加其上，故諸臣逡巡[65]不敢應諾。昔唐臣崔顥曾題詩黃鶴樓上，李白見而服之，遂不復作。諸臣亦是此意。望皇上諒而赦之。若過加以輕薄之罪，則臣等俱該萬死！」天子又道：「卿所奏甚明，朕非不諒。但以今日明良際會，一堂夔龍在望，英俊盈庭，亦可謂千載奇逢，而白燕一詩，相顧不能應詔，殊令文明減色。非苛求於眾卿。」

---

62 趙家姊妹多相妒：漢成帝皇后趙飛燕及其妹昭儀，均極得寵。傳說飛燕性格好妒。

63 不次：不平常。

64 珥筆事主：古時史官、諫官入朝，或近臣侍從，將筆插在帽側，以便隨時記錄撰述。珥，音ㄦˇ。以玉做的耳飾。

65 逡巡：猶豫。

翰林官正欲再奏，只見閣臣中閃出一位大臣，執簡當胸，俯伏奏道：「微臣有白燕詩一首，望聖上赦臣輕褻之罪，臣方敢錄寫進呈聖覽。」天子視之，乃大學士山顯仁。因和顏答道：「先生既有白燕詩，定然高妙，朕所賓師⑯而願觀者，有何輕褻，而先以罪請？」山顯仁奏道：「此詩實非微臣所作，乃臣幼女山黛閨中和前二詩之韻所作。兒女俚詞，本不當褻奏至尊，因見聖心急於一覽，諸臣困於七步⑰，故昧死奏聞，以慰聖懷。」天子聞奏，不勝大悅，道：「卿女能詩，更為快事，可速錄呈朕覽。」山顯仁得旨，忙索侍臣筆硯，書寫獻上。天子親手接了，展開一看，只見上寫著「白燕詩步時、袁二作元韻⑱」：

夕陽門巷素心稀，遁入梨花無是非。
淡額羞從鴉借色，瘦襟止許雪添肥。
飛來夜黑還留影，銜盡春紅不浣衣。
多少艷魂迷畫棟，捲簾惟我潔身歸。

天子覽畢，不禁大喜道：「形容既工，又復大雅。細觀此詩，當在時、袁之上。不信閨閣中有此美

---

⑯ 賓師：敬如賓客、師長。

⑰ 七步：據世說新語文學，魏文帝曾令其弟曹植七步中成詩，「不成者行大法」。後人稱人文思敏捷為七步之才。

⑱ 步時袁二作元韻：和詩而用原韻，叫步韻。元，即原。

才！」因顧山顯仁問道：「此詩果是卿女所作否？」山顯仁奏道：「實係臣女所作。臣安敢誑奏！」天子更喜道：「卿女今年十幾歲了？」山顯仁奏道：「臣女今年方交十歲。」天子聞奏，尤驚喜道：「這更奇了！那有十歲女子，能作此驚人奇句，壓倒前人之理？或者卿女草創，而潤色出先生之手？」山顯仁奏道：「句句皆弱女閨中自制，臣實未嘗更改一字。」天子又道：「若果如此，可謂才女中之神童了！」道罷，又將詩細細吟賞。忽欣然拍案道：「細細觀之，風流香艷，果是香奩佳句！」因顧顯仁道：「先生生如此閨秀，自是山川靈氣所鍾，人間凡女豈可同日而語！」

山顯仁奏道：「臣女將生時，臣夢瑤光星墮於庭，臣妻羅氏迎而吞之。是夜臣妻亦夢吞星，與臣相同，故以為異。臣女既生之後，三歲尚不能言；即能言之後，亦不多言，間出一言，必穎慧過人。臣教之讀書，過目即成誦。七歲便解作文，至今十歲，每日口不停吟，手不停披[69]。想其稟性之奇，誠有如聖諭。但恨臣門祚衰薄，不生男而生女。」天子笑道：「卿恨不生男，朕又道生男怎如生女之奇。」君臣相顧而笑。

天子因命近侍將詩發與百官傳看，道：「卿以為朕之賞鑒何如？」百官領旨，次第傳看，無不動容點首，嘖嘖道好。因相率跪奏道：「臣等朝夕以染翰為職，今奉旨作白燕詩，尚以時、袁二作在前，不敢輕易措詞。不意閣臣閨秀若有前知，宿構[70]此詩以應明詔。清新俊逸，足令時、袁減價。臣等不勝抱愧！此雖閣臣掌中異寶，實朝廷文明之化所散見於四方者也。今日白燕雙舞御前，與皇上孜孜詔詠，實

[69] 披：披閱。

[70] 宿構：預先構思創作。

天意欲昭閣臣之女之奇才也。臣等不勝慶幸！」

天子聞奏大悅，道：「前日監臣原奏說奎壁流光，正途❼❶之外當遍生不世奇才，為麟為鳳，隱伏幽深。今山卿之女，夢吞瑤光而生，適有如此之美才，豈非明徵乎！恰又宿構白燕詩，若為朕今日宴樂之助。朕不能不信文明有象矣！朕與諸卿當痛飲以答天眷❼❷。」百官領旨，各各歡欣就席。御筵前觥籌交錯，丹闕下音樂平吹。君臣們直飲至紅日西沉，掌班閣臣方率領百官叩頭謝宴。

天子因命內侍取端溪御硯一方、彤管兔筆十枝、龍箋百幅、鳳墨十笏、黃金一錠、白金一錠、彩緞十端、金花十對，親賜山顯仁道：「卿女白燕一詩，甚當朕意，聊以此為潤筆❼❸。後日十五陰望❼❹之辰，早朝外廷喧雜，卿可率領卿女，於午後內廷朝見。朕欲面試其才，當有重賞。」山顯仁領旨謝恩。

天子又傳旨禮部，命加敕學臣，令其加意搜求隱逸奇才，以應明詔。

傳諭畢，聖駕還宮，群臣方才退出。早紛紛揚揚，皆傳說山閣老十歲幼女能做白燕詩之妙。不上三五日之間，這白燕詩，長安城中，家家俱抄寫遍了。又聞欽限十五日朝見，人人都以為何等女子，年方十歲，乃有如此奇才，盡思量到十五日朝中觀看。只因這一朝見，有分教：朝中爭識嬋娟❼❺面，天下俱聞閨閣名。不知怎生朝見，且聽下回分解。

❼❶ 正途：明清時以科舉考試出身做官者稱正途。

❼❷ 天眷：天意眷顧。

❼❸ 潤筆：筆墨文字的酬金。

❼❹ 陰望：即每月十五。陰，指月亮。望，月亮圓時相貌叫望。

❼❺ 嬋娟：美女。

第二回　賢相女獻有道瓊章　聖天子賜量才玉尺

人之情態不摹寫不出。若摹寫必待口之誦贊，筆之稱揚，雖百口百筆亦贊誦稱揚不出。而善於贊誦稱揚者不然，但於冷處為之襯點耳。譬如山黛，十齡女子耳，欲摹寫其見天子奏對不失禮，若但稱其知禮有膽，則稱之至再至三，亦淺而不見。卻妙在先以羨慕李青蓮，自恨不能逢好文之主、吐才人之氣一段，作閑想襯點過，已見胸中先有主宰，便覺後之面聖舉止安詳有自來矣。尤妙在父母驚慌慮之、欣喜告之，彼坦然不以為怪；及父母略於禮而必欲補行之，則其端方有若性生，已高出父母矣。前若聞而驚喜，不足見鎮定之懷；若竟漠然，又豈有心之人？尤妙在退而暗喜，忽接上「吐才人之氣」一段，筆墨忽潛忽見、忽斷忽續，遂將山黛定性深心、高才妙用之情態摹寫殆盡。如此摹寫方可謂之摹寫耳。

敕撰新詩，使他人為之，必作香艷驚人，此偏以渾穆頌聖以成其正色獻規之志，前之照、後之應，俱幽悄不凡。

賜一尺以量才，必藉婉兒一秤為來蹤；又賜金如意一執，早已埋張寅擊頭之去跡。文筆蹤跡，豈使人知？必知之，方見其文筆之妙。

朝罷即歸，則神龍但有頭耳，故假皇太后召見，以隱顯神龍之尾；及皇太后召入，若再描畫，則添蛇足矣，故但虛描一筆作餘姿，令人想像不盡。文人之筆，疏密如花，淺深似水矣！

皇太后召見既虛描矣，寵愛之情於何窺之？又以劉太監一送透露全斑，雖虛亦實矣。

劉太監之送，餘音也，若送到即回，便不嫋嫋❶。故又假求詩發一笑，且前以結題詩之波，後以開求詩之案，真妙不容言！

詞曰：

才難擬，古今何獨周家美？周家美，有婦人焉❷，從來久矣。　彤庭香口陰陽理，丹墀纖手龍蛇體。龍蛇體，穆穆天顏，為之喜起。

右調憶秦娥

話說山顯仁領了朝廷許多賞賜，及十五日朝見旨意，十分興頭，因欣欣然回府，退入後廳請夫人羅

---

❶ 嫋嫋：音ㄋㄧㄠˇ　ㄋㄧㄠˇ。搖曳貌。此處指文勢。

❷ 周家美有婦人焉：論語泰伯：「孔子曰：『才難，不其然乎？唐虞之際，于斯為盛。有婦人焉，九人而已。』」意謂孔子說，人才難得，難道不是這樣嗎？堯、舜以後，就數武王時人才最盛。可是，周武王十位治國大臣中還有一位婦女，實際上只有九人而已。此處用此典故，意謂女子之有才，由來已久。

氏商議。夫人見跟隨捧入許多賞賜及黃金貴物，不知何故，因問道：「今日皇爺賜宴，已是莫大洪恩，為何又賞賜許多禮物？」山顯仁道：「這不是賞我的，乃是皇上特恩賞賜女兒山黛的。」夫人聽了，又驚又喜道：「山黛才是十歲幼女，皇爺為何賞賜與他？」

山顯仁道：「夫人有所不知，」乃將天子見白燕飛舞，與詔群臣作詩及自呈女兒白燕一詩，為天子賞鑒，因命賞賜並朝見之事，細細說了一遍，夫人方大喜道：「此雖好事，但女兒年幼，雖在家中舉動端莊、應對有理，只恐見了皇帝，赫赫威嚴之下，害怕起來，失了禮體，未免有罪。倘皇爺叫他做詩做文，一時做不出，豈不將今日的白燕詩都看假了？」山顯仁道：「夫人所慮亦是。但據我看來，女兒年紀雖小，膽量寬大，才情甚高，料不到害羞害怕做不出的田地。」夫人道：「雖如此說，我終覺放心不下。」山顯仁道：「你我不必多慮，且喚女兒出來，將聖上旨意與他說知，看他如何光景，再作區處。」夫人遂叫侍妾到廳樓之上去請小姐。

原來山顯仁原是晉朝山巨源❸之後，世代閥閱名家；山顯仁又是少年進士，才將近五十歲，就拜了相，為人最有才幹，遇事敢作敢為，天子十分信重，同官往往畏懼。山顯仁正在貴盛之時，未免有驕傲之色、淩虐之氣。但這個女兒山黛卻與父親大不相同。生得美如珠玉，秀若芝蘭，潔如冰雪，淡若煙雲。此其容貌，一望而知者。至於性情沉靜，言笑不輕，生於宰相之家，而錦繡珠翠非其所好，每日只是淡妝素服，靜坐高樓，焚香啜茗，讀書作文，以自娛樂；舉止幽閑宛如一寒素書生，閨閣脂粉妖淫之態，一切洗盡；雖才交十歲，而體度已如成人。這日正在樓上看書，正看到唐玄宗同楊貴妃在沉香亭賞牡丹，

❸ 山巨源：即山濤，字巨源。竹林七賢之一。

因欲賦新詩作樂，急召李白，其時正值李白大醉，因命楊貴妃捧硯、高力士脫靴，然後揮毫染翰，賦清平調三章以入樂一段才氣，因贊嘆道：「古文人在天子前，有如此之才，有如此之氣，調之才子，方不有愧。自唐到今，千載有餘，並未再見，何才之難如此！只可惜我山黛是個女子，沉埋閨閣中。若是一個男兒，異日遭逢好文之主，或者以三寸柔翰，再吐才人之氣，亦未可知……」正閑想未完，忽侍妾來請道：「老爺朝回，與太太在後廳，立請小姐說話。」小姐聞命，不敢少停，遂同侍妾下樓來見父母。

山顯仁一見便說道：「我兒，你今日有一樁喜事，你可知道麼？」小姐道：「孩兒不知，求父親說明。」山顯仁道：「今日朝廷賜宴群臣，忽見白燕飛舞，因敕群臣賦詩。眾官因見有時大本、袁凱二名作在前，諒不能有警句勝之，故默默無人奉詔。聖上甚是不悅。你為父的一時高興，忍耐不住，就將你做的白燕詩錄呈聖覽。天子見了，不勝之喜。因細細詢問，知你幼年有才，更加喜悅，因賞賜了許多物件與你。又命我於本月十五日帶你入宮朝見，要面試真假，另有重賞。你道豈非一樁喜事麼？」

小姐開言道：「既是聖恩隆眷，有此厚錫，孩兒禮當望闕拜謝。」山顯仁道：「我已親於御前謝過。汝在深閨之中，謝與不謝，誰人知道？」小姐道：「孩兒聞『君子不以冥冥廢禮』。孩兒雖係弱女，然君臣之禮，性所生也，豈可令伯玉❹獨自擅美千古。」山顯仁大訝道：「汝能守禮如此，吾不及也！」因叫侍妾排列香案。小姐重更吉服，恭恭敬敬，望闕拜了九拜。拜畢，隨請父母拜謝。山顯仁與羅夫人同說道：「這也不必了。」小姐道：「若非父母生育教養，孩兒焉有今日，安敢不拜！」山顯仁大喜，因

---

❹ 伯玉：即春秋衛大夫蘧伯玉，名瑗，以字行。靈公與夫人南子夜坐。聞車聲轔轔，至闕而止。夫人曰：「此伯玉也。」公曰：「何以知之？」曰：「君子不為冥冥墮行，伯玉，賢大夫也，是以知之。」

與夫人笑說道：「我兒不獨有才有禮，竟是一個道學先生。」羅夫人也不覺笑起來。小姐卻顏色不改，端端正正拜了四拜，方才卸去吉服，坐於旁邊。

山顯仁因說道：「我兒，你小小年紀便為天子所知，固是一樁好事。但你母親慮你閨中嬌養，從未與人交談；況天子至尊，威嚴之下，皇宮內院深密之地，儀衛羅列如林，倘或你一時膽怯，行禮不周，聖上有問，對答不來，未免得罪。你也須預先打點。」小姐道：「孩兒聞『資於事父以事君』❺。孩兒日事父母之前，不蒙呵責，天子雖尊，其恩其情，當與父母相近。孩兒雖幼，為何膽怯，便至於失禮，對答不來？若說皇家儀衛森然，孩兒不視其巍巍然，已久奉孟夫子❻之教矣。爹爹與母親萬萬放心，決不至此。」山顯仁聽了大喜，對夫人道：「我就說孩兒素有大志，方信宰相人家閨秀，豈區區小人家兒女所可比！夫人請放心，後日入朝面見，定邀聖眷！」夫人道：「只願如此，便是家門之幸了。」山顯仁議定了，因分付女兒道：「你可回房靜養，以待至期朝見。」

小姐領命，退入內樓，因暗喜道：「我正恐面聖無期，不能展胸中才學，不期有此機緣。明日入朝時，當正色獻規，太白香艷詼詞，所當首戒，無辱吾筆。」主意定了。

光陰易過，倏忽之間，蚤❼已十五。山顯仁自去早朝，天子又面諭午朝之事。山顯仁回府，忙著夫人與女兒梳妝齊整，打扮停當。候到午時，便叫女兒坐了暖轎，自乘顯轎，跟隨許多侍妾僕婦，擺列許

---

❺ 資於事父以事君：語出禮記喪服四制。意謂事君可參考事父之禮。

❻ 孟夫子：即孟子。孟子盡心：「孟子曰：說大人則藐之，勿視其巍巍然。」

❼ 蚤：即早。

多執事人員，開道入朝。

此時，長安城中都知道山閣老家十歲女兒做得好白燕詩，皇帝歡喜，欽召今日午時入朝，一個個都挨擠在西華門兩傍爭看，真個是人山人海，十分熱鬧。不多時，山顯仁與女兒轎到了。山顯仁便先自下了轎，直將女兒暖轎抬到西華門口，方令出轎，蚤有許多婢妾圍繞簇擁進去。山顯仁獨自於後壓行。兩邊看的人，挨擠做一團，也有看得見的，也有看不見的。看見的個個稱揚道：「真好一個青年女子！古稱西子、毛嬙❽，想來不過如此！」眾人稱贊不題。

且說山顯仁押著女兒入宮，才行至五鳳樓，早有穿宮太監傳說道：「皇爺已在文華殿與二三閣臣坐多時了。」山顯仁忙領女兒轉過五鳳樓，一徑直到文華殿前。守門太監見了，忙迎說道：「山太師，令愛小姐到了？待咱傳奏。」山顯仁應道：「到了，相煩老公❾引見。」太監進去，不移時即出來道：「有旨宣入。」山顯仁叫眾侍妾俱住在殿外，獨自領了女兒入去。

行至丹陛，山顯仁抬頭見聖駕已坐在殿上，因令女兒立在半邊，先自跪奏道：「臣山顯仁遵旨率領臣女山黛見駕。」有旨：「賜卿平身。入班，著卿女當面。」山顯仁謝恩，隨立起身，趨入眾閣臣之列，忙令山黛朝見。

山黛領旨，因走到丹陛當中，正欲下拜，忽又有旨道：「命山黛入殿朝見。」山黛聞旨，不慌不忙，便鞠躬其身，從御階左側一步一步拾級而上。行到殿門，將衣摳起而入，直到殿中，然後舞蹈揚塵，行

❽ 西子毛嬙：西子即西施。毛嬙亦古美女名。

❾ 老公公：對太監的尊稱。

那五拜三叩頭之禮。

天子在御座上定睛往下一看，只見那女子生得：

眉如初月，臉似含花：眉如初月，淡安鬢角正思描；臉似含花，艷斂蕊中猶未吐。髮綰烏雲，梳影垂肩覆額；肌飛白雪，粉光映頰凝腮。盈盈一九，問年隨道韞❿之肩；了了十行，品才有婉兒⓫之目。肢體輕盈，三尺將垂弱柳；身材嬌小，一枝半放名花。入殿來，玉體鞠躬跛踖⓬，極嫵媚，卻無兒女子之態；升階時，金蓮趨進翼如⓭，絕娉婷，而有士大夫之風。百拜瞻天，青降九重之盼；十齡頌聖，香呼萬歲之嵩。十二當權，羨甘羅⓮為老成男子；三旬失寵，笑張妃為過時婦人。真個是：神童希有還曾見，至於童女稱神實未聞。

天子在龍座上，看見山黛嬌小嫣媚，禮數步趨雍容有度，先已十分歡喜；又見山黛叩拜完了，俯伏在地，口稱：「禮部尚書東閣大學士臣山顯仁幼女臣妾山黛朝見，願吾皇萬歲，萬歲，萬萬歲！」齒牙聲音，

❿ 道韞：即東晉才女謝道韞。韞，亦作「蘊」。

⓫ 婉兒：即唐朝女詩人上官婉兒。中宗時，曾代朝廷品評臣子詩文。

⓬ 跛踖：音ㄘㄨˋ ㄐㄧˊ。恭敬而侷促不安的樣子。

⓭ 翼如：輕快貌。

⓮ 甘羅：秦相甘茂之孫。十二歲做秦相呂不韋家臣。曾自請出使趙國，不辱使命，因功封為上卿。

嚦嚦楚楚，如新鶯雛鳳。天子聽了，不勝大悅，先傳旨平身，然後宣近龍案前問道：「前白燕詩果是汝所作否？」

山黛奏道：「白燕一詩，的係臣妾閨中所詠。但兒女中晚纖詞⓯，不意上呈聖覽，死罪，死罪！」天子道：「白燕詩詞雖近倩，然寓意甚正。詩體固應如此，即中晚何妨。」山黛奏道：「采風不遺樵牧，聖諭誠足盡詩之微。但天子至尊，九重穆穆，即『國風』居三百之首，然絕不敢入於『雅』、『頌』者，賡揚⓰固自有體也。」天子聞奏，連連點首道：「汝十齡幼女，如何胸中有此高論，真天才也！」因問道：「汝在閨中讀書，曾有師否？」山黛奏道：「閨中弱女，職在蘋蘩⓱，安敢越禮延師以眩名？除父前問字而外，實無執業傳經之事。但六經具在，坐臥求之有餘，臣妾山黛，又未嘗無師。」

天子大加嘆賞，因向山顯仁說道：「卿女一稚子耳，便能應對詳明如此，真可羨也！皆卿之教養有方也。」山顯仁奏道：「兒女家庭質語，上瀆聖聰，蒙陛下不加譴責，實出萬幸；乃復天語獎賞，令臣父女銜感無地！」天子大悅，因命近侍賜宴。

真是國家有倒山之力！天子只吩咐得一聲，內御廚早已端端正正擺列上來。閣臣俱照常坐於東南殿角。獨設一席於西南殿角，賜山黛坐飲。山顯仁與山黛再三辭謝，天子不允，方各叩頭就坐。

⓯ 中晚纖詞：中晚唐纖弱的詩歌。此處是自謙。

⓰ 賡揚：賡，續也。揚，高聲作歌。取尚書益稷：「拜手稽首颺言」及「乃賡載歌」之意，謂在帝王面前歌頌及勸戒。

⓱ 蘋蘩：詩經召南有采蘋、采蘩兩篇。此處指女孩在家當熟悉女紅之事。

原來天子出入，皆有御樂跟隨。酒才獻上，早已音樂並舉，羽干齊舞⓲。此時十分熱鬧。天子在龍座上偷睛看山黛，只道他小女見了皇家歌舞，定然觀看。不料他恭恭敬敬坐於位上，爵至微微而飲，饌至舉箸而嘗，至於樂人歌舞，端然垂目不視。天子看了半晌，心下大異道：「小小女子，乃能端方如此，誠可愛也。」

正想不了，歌舞一停，早有二三閣臣同出位奏道：「聖上洪福齊天，天生此才女，以黼黻皇猷。今日朝見，又蒙聖恩賜宴，實千古奇逢。臣等不勝慶幸！謹借御尊，上獻萬年之壽。山顯仁宜命女山黛撰新詩三章上頌，庶不負今日朝見之意。乞聖裁定奪。」天子聞奏大悅道：「朕正有此意，不料諸卿與朕同心。」因顧山黛道：「眾閣臣欲汝撰新詩獻朕，汝能在朕前面作否？」山黛忙離席跪奏道：「皇上有命，眾大臣見推，臣妾焉敢不遵。但恐淺陋之詞，不能上揚聖德之萬一，統祈皇恩寬宥。」天子見山黛不辭，愈加歡喜。隨敕中官，另設一低案於御案之傍，即將御用文房四寶移在上面，命山黛道：「汝可即於此構思揮毫，待朕親觀。」

山黛叩頭謝恩過，遂立起身來，不慌不忙，走到案前。此時中官已將御墨磨得濃濃，一幅蟠龍錦箋已鋪在案上。真是「學無老少，達者為尊」。山黛雖是十歲女子，然敏慧天生，才情性出，拈起御筆，略不經思，也不起草，竟在龍箋上，端端楷楷一直書去，就如宿構於胸中的一般。天子看了，喜動天顏。沒半個時辰，山黛早已寫完，雙手捧了，親至御前獻上道：「願吾皇萬歲，萬萬歲！」天子親手接了，鋪在龍案上，一面吩咐平身，一面喚四閣臣同至御前：「讀與朕聽。」四閣臣領旨，俱趨至御前，

⓲ 羽干齊舞：羽，古代文舞所執的雉羽。干，即盾。古時亦執盾而舞。

首相高學士遂朗誦道：

天子有道，天運昌明，四海感覆載之有成。四海感覆載之有成，於以垂文武神聖之名。天運昌明，天子有道，四海忘帝力之有造。四海忘帝力之有造，於以上蕩蕩無名之號。聖壽萬年，聖名萬禩，大臣相率捧觴而稱瑞。大臣相率捧觴而稱瑞，翳予小女亦得珥筆摛詞獻茲一人之媚。

右天子有道三章，章五句。

臣妾山黛稽首頓首獻祝

高學士讀罷，天子聽完，不勝大喜道：「體高韻古，字字有三百⑲之遺風，直逼典、謨⑳，且構思敏捷，真才女也！」三閣臣俱交口稱贊道：「讀書識字，女子中容或有之；然求如山黛，年雖幼稚，而學如耆宿㉑，實古今所未有也。今加以才女之名，實當之無愧！」

山顯仁在旁觀看，見女兒舉止幽閑，詩如「頌」、「雅」，滿心狂喜；又見天子盛稱，諸臣交贊，只得勉強謙奏道：「稚女陋詞，聖前無禮，乞聖恩寬宥。」天子道：「卿女才德不凡，卿當慎擇佳婿，無失

---

⑲ 三百：即詩經。

⑳ 典謨：典，即尚書堯典。謨，即尚書大禹謨。

㉑ 耆宿：飽學老儒。

身匪人，傷朕文明之化。」遂命近侍傳旨，賜黃金百兩、白金百兩、明珠十顆。面諭山顯仁與山黛道：「昔唐婉兒夢神人賜一秤，以稱天下之才。今朕再賜汝玉尺一條，汝可以此為朕量天下之才。再賜金如意一執，此文武器也，文可以指揮翰墨，武可以捍禦強暴——倘後長成擇婿，有妄人強求，即以此擊其首，擊死勿論。」又命近侍磨墨，展開一幅龍箋，親洒宸翰㉒，御書「弘文才女」四大字以賜之。山顯仁與山黛俯伏於地，再三謝恩道：「聖眷宏深，皇恩浩蕩，微臣父女，踵頂俱捐，何能上報萬一！」

正奏不完，早有一個內臣走來跪奏道：「皇太后娘娘聞知萬歲爺召見才女，喜以為奇，著奴婢來奏知：如萬歲爺朝見畢，命奴婢宣入後宮朝見。」天子聽見，歡喜道：「朕正欲命彼朝見太后娘娘，不期太后娘娘早來宣召。」就降旨著山黛入後宮朝見太后娘娘。山黛領旨欲行，天子又止住，顧山顯仁道：「深宮內院，卿女從未入朝，恐年幼恐懼，朕當親率入宮，朝見太后。眾卿且退。山卿可退出午門候旨。」說罷即退駕，帶領山黛退入後宮去了。

眾閣臣俱各散去，惟山顯仁領了眾侍妾坐在朝房伺候。只候至日色沉西，方見四個小太監捧著許多賞賜，又一個大太監劉公押送山黛出來。山顯仁迎著，又望內叩頭謝恩，然後率眾侍妾一同簇擁直出西華門外，方令山黛上了暖轎。山顯仁就要辭謝劉公回去，劉公道：「咱奉太后娘娘與萬歲爺旨意，叫送小姐到府，怎敢半路便回！」山顯仁見辭不得，便同坐顯轎，並押在後，擺列執事回府。此時，街上看的人挨肩擦背，一發多了。

不一時到了相府，山小姐轎子直入後廳，方才下了進去。山顯仁與劉公到了儀門，就下轎。山顯仁

㉒宸翰：宸，北極星所居，因以指帝王宮殿。此處指皇帝的筆墨文字。

拱揖到廳，先將賞賜供在上面，然後分賓主坐下。

獻茶畢，劉公就笑嘻嘻說道：「好一位令愛小姐！點點年紀，怎麼這樣聰明！莫要說才學高，皇爺愛他，只方才朝見皇太后老娘娘並皇后娘娘，行的禮數，從從容容，就像見慣的一般，就是嬪妃也及他不來！對答的話兒，一句句清清楚楚，就是朝中大臣，也沒有這樣明白！兩宮皇太后見了，俱歡喜的要不得，就要留他在宮中過夜耍子，轉是萬歲爺說他年小，恐怕老太師父母牽掛，故賜茶留到這時候，方賞賜了，著咱送來。」山顯仁道：「聖上與太后皇恩，真天高地厚，感激不盡！又勞公公臺駕遠送，何以克當！今日倉卒中，不敢草草簡褻，容改一日潔治一尊奉屈，再備薄禮奉酬。」

劉公笑說道：「咱與老太師通家往來，不要說這等客話。盛酌也不敢叨，厚禮也不敢受，咱直說了罷：老太師若是見愛，只求令愛小姐親寫一把扇子見賜，便是異寶了，別樣東西咱都不愛。」山顯仁道：「老公公臺命，安敢不遵。明日命小女寫了送來。」劉公笑道：「別的物件，便沒個逼取的道理，求詩求文，坐索無妨。老太師與令愛小姐若是肯見愛，何不就當面賜了，使咱歡喜歡喜。省得許下，又要牽腸掛肚。」山顯仁見說，也笑將起來道：「老公公臺諭，倒也直截痛快。」就吩咐侍妾：「傳稟小姐，快寫一柄詩扇來送劉公公。」劉公攔住道：「且不要去！咱們內官家的性兒是這樣直的，還有一句話，率性實實說了罷：詩文的好歹，咱們實不知道。只見皇爺這等貴重，定然是希罕的了，故思量也要求一柄詩扇，以為鎮家之寶，真假委實看不出來。若求了一把假的去，豈不叫人家笑殺！令愛小姐，咱又是在上位前伏侍過的，必得當面寫幾個字兒，咱方肯信真；若是內裡邊寫出來的，咱終有些疑疑惑惑。老太師，你心下肯也不肯？」山顯仁笑道：「老公公既是這等疑心，請到後廳去。」隨立起身，拱[22]他入去。劉公方歡喜道：「若是這等，足見老太師盛情了。進去，進去！」遂起身同到後廳來，求山小姐面寫詩扇。只因這一求，有分教：硯池飛出北溟魚，筆毫殺盡中山兔。劉公進去，不知小姐肯寫詩扇不肯寫詩扇否，且聽下回分解。

㉓ 拱：拱手相請。

第三回　現醜形詩誚狂且　受請托疏參才女

此回起釁，不過為下回開端耳。卻於考較❶外明明引出一晏文物，為松江做知府；又暗暗引出一竇國一，為揚州做知府；又半明半暗引出一宋信，為往來松江、揚州之地。譬如一樹，人但見後來之東一蕊、西一花，而不知枝枝葉葉悉生於此矣。文人最閑之筆決不閑下，故到忙時取之左右而逢源，絕不手慌腳亂。

贈劉公詩，妙在恰是贈劉公，一字移易不得。雖游戲，實風雅，不可糊塗讀過。

晏文物之敢於怒、敢於恨，只為是故相子孫；山小姐偶戲之、偶譏之，只為眇一日、跛一足、自誇文章政事；宋信從旁挑撥，只為賣弄奸巧：各心各性，鬬湊成文，故一段情態宛然在目。

「日孤明」譏目，「路不平」譏足，原譏得有趣。晏文物若稍知風雅，便當失笑，而不當蓄怒。

竇國一之參山黛，雖受晏文物之托，貪其千金，然其心實實不信小女子有此大才，非妄

❶ 考較：考核、考試。

言也。天子目為「腐儒坐井觀天」，罪案定矣。

荐五名公、一山人，與一小女子並較，亦可謂萬無一失矣；而不知「迂腐儒紳」四字，已為山小姐笑盡矣。由此知迂腐儒紳於國家無毫髮之補。

詞曰：

筆墨何嘗有淺深，興至自成吟。有時畫佛，有時畫鬼，苦不能禁。意氣相投芥與針❷，最忌不知音。乍歡乍喜，忽嗔忽怒，傷盡人心。

右調眼兒媚

話說山顯仁因劉太監要求女兒面寫詩扇，無法回他，只得邀入後廳坐下。一面吩咐侍妾傳話請小姐出來，一面就吩咐取金扇與文房四寶伺候。

原來山小姐退入後樓正與母親羅夫人講說宮中朝見之事，尚未換衣。忽侍妾來稟說劉公求寫扇之意，小姐笑道：「他一個太監曉得甚麼，也要求我寫扇。」羅夫人道：「劉太監雖不知詩，亦是奉御差送你來的，若輕慢他，便是輕慢朝廷了。」山小姐道：「母親嚴命極是，孩兒就去。」因起身隨侍妾出到後廳。因是相見過的，便不行禮。此時案上筆墨扇子俱已擺列端正。山顯仁因說道：「喚你出來，別無甚

❷ 意氣相投芥與針：芥、針，皆細小事物。意謂若相知，則無一點嫌隙。芥，草芥。

事，劉老公公要你寫一把扇子。」山小姐未及回答，劉公就接說道：「咱學生奉御差來送小姐　場也是百年難遇。令尊老太師要將些禮物謝咱，咱想禮物要還容易，小姐的翰墨難得，故不要禮物，只求小姐一柄詩扇。老太師已許了，小姐不要作難方好。」山小姐道：「寫是不難，只怕寫的不好，老公公要笑。」劉公道：「萬歲爺見了尚且千歡萬喜，咱笑些甚麼！這是小姐謙說了。」小姐笑一笑，就展開扇子，提起筆來一揮而就，送與父親就進去了。

山顯仁看了一遍，微笑笑就送與劉公。劉公接在手，見淋淋漓漓，墨跡尚然未乾，滿心歡喜。因笑說道：「小姐怎麼寫得這等快！」山顯仁道：「凡寫字有真、草、隸、篆四體，真、隸、篆俱貴端楷精工，惟草書全要揮毫如風雨驟至，方有龍蛇飛舞之勢。小女此扇乃是草書，故此飛快。」劉公笑道：「咱常見人家慢慢寫的還要錯了，怎這樣快，卻不掉字，真個是才子！但這個字，咱學生一個也不識，老太師須念一遍咱聽。」山顯仁就將扇子上字指著念與他聽道：

麟宮鳳閣與龍墀，奉御承恩未暫離。
莫道笑嚬全不假，天顏有喜早先知。

後寫「欽賜才女山黛題贈尚衣監劉公」。

劉公聽了道：「老太師念來，咱學生聽來，『鳳閣』、『龍墀』像說的都是皇爺內裡的事情，但其中滋味咱解不出。一發煩老太師解與咱聽，也不枉了小姐寫這一番。」山顯仁因解說道：「小女這首詩是贊羨老公出入皇朝與聖上親密的意思。頭一句『麟宮』、『鳳閣』、『龍墀』，是說皇帝宮闕之盛，惟老公公出入掌管與聖上不離，故第二句說『奉御承恩』。古來聖明天子絕不以一嚬一笑假人，萬歲爺聖明，豈不如此？但老公公與聖上不離，若是天顏有喜，外人不知，惟老公公早已先知。這總是贊羨老公公與聖上親密之意。」

劉公聽了，拍手鼓掌的歡笑道：「怎麼說得這等妙！只是咱學生當不起。真個是才女，怪不得皇爺這等貴重。多謝了！小姐明日有事入朝，咱們用心服侍罷。」山顯仁道：「一扇不足為敬，改日還要備禮奉酬。」劉公道：「這首詩夠得緊了！禮物說過不要，就送來咱也不收。」說罷就起身。山顯仁尚欲留他酒飯，劉公辭道：「天晚快了，還要回覆皇爺與兩宮娘娘的旨意哩。」竟謝了一直出來。正是：

芳草隨花發，何曾識認春！
但除知己外，都是慕名人。

劉公辭去，得了這把詩扇到各處去賣弄不題。卻說山顯仁退入後廳與羅夫人、小姐將御賜禮物檢點商量道：「金銀表禮還是賞賜，御書『才女』四字與玉尺、金如意，此三物真是特恩，卻放在何處？」羅夫人道：「既賜女兒，就付女兒收入臥房藏了。」山顯仁道：「朝廷御物，收藏臥房，豈不褻瀆？明日聖上知道不便。」羅夫人道：「若如此說，卻是沒處安放。」山顯仁道：「我欲將大廳東旁幾間小屋拆去，蓋一座樓子，將三物懸供上面，就取名叫做『玉尺樓』，也見我們感激聖恩之意，就可與女兒為讀書作文之所。夫人你道何如？」羅夫人道：「老爺所論甚妙。」

商量停當，到了次日，山顯仁就吩咐聽事官，命匠蓋造。真是宰相人家，舉事甚易，不上一月，早已蓋造停當。即將御書的四個大字鑲成匾額懸在上面。又自書「玉尺樓」一匾，掛在前楹。又打造一個硃紅龍架，將玉尺、金如意供在高頭。周圍都是書櫥書架、牙籤錦軸，琳琳瑯瑯；四壁掛的都是名人古畫墨跡。山黛每日梳妝問安畢，便坐在樓上，拈弄筆墨以為娛樂。

此時山黛的才名滿於長安，閣部大臣與公侯國戚、富貴好事之家無不備了重禮來求詩求字。山顯仁見女兒才十歲，無甚嫌疑，又是經皇帝欽賜過的，不怕是非，來求者便一概不辭。此時天下太平，宰相的政務倒也有限。府門前來求詩文的真是絡繹不絕。

一日，有個江西故相的公子姓晏名文物，以恩蔭❸官來京就選，考了一個知府行頭在京守候。聞得欽賜才女之名，十分欣慕，便備了一份厚禮，買了一幅綾子、一把金扇，親自騎馬來求。原來山小姐凡有來求詩扇的，都是一個老家人袁老官接待收管。這日晏文物的禮物、綾扇，老家人就問了姓名，登帳收下，約定隨眾來取。

晏文物去後，老家人即將禮物交到玉尺樓來。不期小姐因老夫人有恙❹，入內看視，不在樓上，老家人就將禮物、綾絹交與侍女，叫他稟知小姐。不期侍女放在一個櫥裡，及小姐出來，因有他事忙亂，

---

❸ 恩蔭：清制，文職京官四品以上，外官三品以上，武職二品以上，俱准送一子入監讀書，或遇慶典給予的，稱為恩蔭。

❹ 有恙：有病。

竟忘記了稟知小姐。及臨期，各家來取詩文，人人都有，獨沒有晏公子的詩扇。晏公子便發急道：「為何獨少我的？」老家人著忙，只得又到玉尺樓來查問；一時查不著，只得又出來回覆晏公子道：「晏爺的綾扇，前因事忙，不知放在那裡，一時沒處查。晏爺且請回，明日查出來再取罷。」晏公子聽了，大怒道：「你莫倚著相府人家欺侮我，我家也曾做過宰相來。怎麼眾人都有，獨我的查不出？你可去說：若肯寫時就寫了，若不肯寫時，可將原物還了我！」老家人見晏公子發話，恐怕老爺知道見怪，因說道：「晏爺不消發怒，等我進去再查。」

老家人才回身，晏公子早跟了入來，跟到玉尺樓下，只見樓門旁貼著一張告示，說道：「此樓上供御書，係才女書室，閑人不得在此窺覷。如違，奏聞定罪！」晏公子跟了入來，還思量發作幾句，看見告示，心下一餒，便不敢做聲，捏著足悄悄而聽。只聽見老家人在樓上稟道：「江西晏爺的綾扇，曾查出麼？」樓上侍女應道：「查出了。」老家人又稟道：「既查出了，可求小姐就寫一寫。晏爺親自在樓下立等。」過了一晌，又聽見樓上吩咐老家人道：「可請晏爺少待，小姐就寫。」晏公子親耳聽見，滿心歡喜，便不敢言，只在樓前階下踱來踱去等候。

卻說小姐在樓上查出綾子與金扇，只見上面一張包紙，寫著：「江西晏闍老長子晏堯明，諱文物，新考選知府，政事文章頗為世重，求大筆贊揚。」小姐看了，微笑道：「甚麼人，自稱政事文章！」又聽見說「樓下立等」，便悄悄走到樓窗邊往下一窺，只見那個人頭戴方巾，身穿闊服，在樓下斜著眼，拐來拐去；再細細看時，卻是個眇一目、跛一足之人！心下暗笑道：「這等人，也要妄為！」便回身將綾子與金扇寫了，叫侍女交與老家人，傳還晏公子。晏公子打開一看，其中詩意雖看不出，卻見寫得飛舞有趣，十分歡喜，便再三致謝而去。正是：

詩文自古記睚眦❺，怒罵何如嬉笑之。
自是登徒❻多醜態，非關宋玉有微詞。

晏公子得了綾子與詩扇，欣欣然回到寓處，展開細看，因是草書，看不明白。卻喜得有兩個門客認得草字，一一念與他聽。只見扇子上寫：

三台高捧日孤明❼，五馬何愁路不平❽；
莫詫黃堂新賜綬，西江東閣舊知名。

又見綾子上寫兩行碗大的行書：

---

❺ 睚眦：怒目而視，引申為小怨小憤。
❻ 登徒：宋玉有登徒子好色賦，登徒是姓。後用來稱好色之人。
❼ 日孤明：暗刺晏文物眇一目。
❽ 五馬何愁路不平：五馬，指晏文物新考選知府。漢樂府陌上桑：「五馬立踟躕」。路不平，暗刺晏文物跛一足。

斷鰲立極❾，造天地之平成。
撥雲見天❿，開古今之聾瞶。

晏公子聽門客讀完了，滿心歡喜道：「扇子上寫的『三台』、『東閣』是贊我宰相人家出身，『五馬』、『黃堂』是贊我新考知府；綾子上寫的『斷鰲』、『撥雲』等語，皆贊我才幹功業之意。我心中所喜皆為他道出，真正是個才女！」門客見晏公子歡喜，也就交口稱贊。晏公子見門客稱揚，愈加歡喜，遂叫人將綾子裱成一幅畫兒，珍重收藏，逢人誇獎。

過了月餘，命下，選了松江知府。親友來賀，晏文物治酒款待。飲到半酣，晏文物忍耐不定，因取出二物來與眾客觀看。眾客看了，有贊詩好的，有贊文好的，有贊字好的，有贊做得晏文物好的，大家爭誇競獎不了。內中只有一個詞客，姓宋名信，號子成，也知做兩首歪詩，專在縉紳門下走動，這日也在賀客數內，看見眾人稱贊不絕，他只是微微而笑。

晏文物看見他笑得有因，問道：「子成兄這等笑，莫非此詩文有甚不好麼？」宋信道：「有甚不好？」晏文物道：「既沒不好，兄何故含笑？想是有甚破綻處麼？」宋信道：「破綻實無，只是老先生不該如此珍重他。」晏文物道：「他十分稱贊我，教我怎不珍重？」宋信道：「老先生怎見得他十分稱贊？」晏文物道：「他說『三台』、『東閣』，豈不是贊我相府出身？他說『黃堂』、『五馬』，豈不是贊我新選知

❾ 斷鰲立極：淮南子覽冥述女媧補天，「煉五色石以補蒼天，斷鰲足以立四極」。此處暗譏其跛足。
❿ 撥雲見天：暗譏晏文物眇目。

府？『造天地』、『開古今』，豈不是贊我功業之盛？」宋信笑道：「這個是了。且請問老先生：他扇上說『日孤明』、『路不平』，卻是贊老先生那些兒好處？他畫上說『斷鰲』、『撥雲』、『平成』、『聾聵』，卻是贊老先生甚麼功業？請細細思之。」晏文物聽了，啞口無言，想了一回道：「實是不知，乞子成兄見教。」宋信復笑道：「老先生何等高明，怎這些兒就看不出？他說『日孤明』是譏老先生之目，『路不平』是譏老先生之足，『斷鰲』、『撥雲』猶此意也。」

晏文物聽了，羞得滿面通紅，勃然大怒道：「是了，是了！我被這小丫頭耍了！」因將綾畫並扇子都扯得粉粉碎。眾客勸道：「不信小小女子，有這等心思。」宋信也勸道：「老先生如此動怒，倒是我學生多口了。」晏文物道：「若不是兄提破，我將綾畫掛在中堂，金扇終日持用，豈不被人恥笑！」宋信道：「若是個大男子，便好與他理論。一點點小女兒，偶為皇上寵愛，有甚真才？睬他則甚！」晏文物道：「他小則小，用心其實可惡！他倚著相府人家，故敢如此放肆。我難道不是相府人家，怎肯受他譏誚，定要處治他一番，才泄我之恨！」眾客再三解勸不聽，遂俱散去。

晏文物為此躊躇了一夜：欲要隱忍，心下卻又不甘；欲要奈何他，卻又沒法。因有一個至親，姓竇名國一，是個進士知縣，新行取考，選了工科給事中，與他是姑表弟兄，時常往來。心下想道：「除非與他商議，或有計策。」

到次日，絕早就來見竇國一，將前事細細說了一遍，要他設個法兒處他。竇國一道：「我一向聞得小才女之名，那有個十歲女子便能作詩作文如此？此不過是山老要賣弄女兒，代作這許多圈套；聖上一時不察，偶為所愚，過加寵愛；山老遂以假為真，只管放肆起來。」晏文物道：「若果是小女子所為，情還可恕；倘出山老代作，他以活宰相戲弄我死宰相之子，則尤為可恨！只是我一個知府，怎能夠奈何他宰相？須得老表兄為我作主。」竇國一道：「這不難。待我明日參他一本，包管叫他露出醜來。」晏文物道：「得能如此，小弟不但終身感戴不盡，且願以千金為壽。」竇國一笑道：「至親怎說此話！」過了數日，竇國一果然上了一疏。

此時天子精明，勤於政事，凡有本章，俱經御覽。這一日，忽見一本上寫著：

> 工科給事中竇國一，奏為大臣假以才色獻媚，有傷國體事：竊聞朝廷重才，固應有體。是以五臣稱於虞廷⑪，八士顯於周代⑫，漢設三老⑬於橋門，唐集群英於白虎⑭，此皆淹博鴻儒、高才學士。未聞以十齡乳臭小娃，冒充才子，濫叨聖眷，假敕造樓，哄動長安，譏刺朝士，有傷國體，如閣臣山顯仁之女山黛者也。山黛本黃閣嬌生，年未出幼，縱然聰慧，無師無友，不過識字塗鴉⑮，眩閨閣之名而已。怎敢假作白燕之詩，上惑聖主之聰，下亂廷臣之聽，妄邀聖恩，叨竊女才子之名，倚恃相府，建造玉尺樓之號，此其過分為何如！若借此為擇婿聲價，猶之可也；乃敢賣詩賣

---

⑪ 五臣稱於虞廷：論語泰伯：「舜有臣五人而天下治。」虞，虞舜。

⑫ 八士顯於周代：相傳周代有八個有才能的人。見於逸周書和寤、論語微子。

⑬ 漢設三老：漢並置縣三老、郡三老，以協助政府。

⑭ 白虎：指白虎觀。漢章帝時曾會群儒於白虎觀，議論五經同異。作者誤作唐朝典故。

⑮ 塗鴉：比喻書法拙劣、胡亂塗抹。

文，欲以一乳臭小娃，而駕出翰苑公卿之上，甚且狂言囈語，譏笑紳士。夫紳士，朝廷之臣子也。辱臣子，則辱朝廷矣。山黛幼女無知，固不足責；山顯仁臺閣大臣，忍而以假亂真，有傷國體如此，不知是何肺腸？臣蒙恩拔至諫垣，目擊幼女猖狂，不敢不奏。伏乞聖明，追回御書，拆毀建樓，著該部根究其代作之人。如此則狐媚現形，而朝紳吐氣矣。謹此奏聞。

天子覽畢，微微而笑道：「他以山黛為虛名，說朕為之鼓惑。朕豈為人鼓惑者哉！此腐儒坐井觀天之見也。」因御批道：「竇國一既疑山黛以假作真，可親詣玉尺樓，與山黛面較詩文。朕命司禮監糾察。如汝勝山黛，朕當追回御書究罪；若山黛勝汝，則妄言之罪，朕亦在所不赦！該部知道。」

旨意一下，竇國一見了，著慌道：「別人家的事，倒弄到自家身上來了！我雖說是個進士，只曉得做兩篇時文⑯，至於詩文一道，實未留意。若去與他面較，勝了他，他一個小女子，有甚升賞？倘一時做不出輸與他，則諫官妄言之罪倒只有限，豈不被人笑死！」因請了晏文物與許多門客再四商量。此時宋信亦在其中，因說道：「十歲女子，善作詩文，定是代筆傳遞。若奉旨面較，著侍妾近身看緊，自然出醜；即使塗抹得來，以竇老先生科甲之才，豈有反出小女子下之理？若是竇老先生恐怕褻體，不願去，何不另荐幾個有名才學之士去較試，豈不萬全？」竇國一聽了，大喜道：「有理，有理！」遂到次日另上一本道：

⑯ 時文：即八股文。

工科給事中竇國一，為特荐賢才較試，以窮真偽，以正國體事：臣前疏曾參閣臣山顯仁之女山黛以假才亂真，蒙御批，著臣親詣玉尺樓，與山黛面較詩文以定罪。遵旨即當往較。但臣一行作吏，日親簿書，雕蟲文翰，日久荒疏，倘鄙陋不文，恐傷國體。今特荐尚寶司少卿周公夢、翰林院庶吉士夏之忠，雄才偉筆，可與山黛考較文章；禮部主事卜其通、山人宋信，古風、近體頗擅三百之長，可與山黛考較詩歌；行人穆禮，聲律精通，可與山黛考較填詞；中書顏貴，真、草兼工，可與山黛考較書法。伏乞陛下欽敕六臣前往考較，則真偽自明，虛實立見。如六臣不勝，臣甘伏妄言之罪；倘山鬼技窮，亦望陛下如前旨定罪。則朝士幸甚！國體幸甚！

天子看了，又微笑道：「自不敢去，卻轉荐別人。若不准他，又道朕被他鼓惑了。」因批旨道：「准奏。即著周公夢、夏之忠、卜其通、穆禮、顏貴、宋信前往玉尺樓，與山黛考較詩文。該部知道。」旨意一下，早有人報到山顯仁府中來。山顯仁著驚道：「竇國一為何參我？」因著的當家人去細細打聽，方知為晏文物詩文譏誚之故。因與女兒山黛說知前事，道：「大凡來求詩文的，皆是重你才名，只該好好應酬他才是。為何卻作微詞譏誚，致生禍端？」山黛道：「前日這晏知府送綾、扇來時，因孩兒在內看母親，侍女收在櫥中，失記交付孩兒，未曾寫得。他來取時，見一時沒有，著了急，就在府前發話，又跟到玉尺樓，踱來踱去，甚無忌憚。孩兒因窺他眇一目、跛一足，一時高興，譏誚了幾句，不期被他看破，有此是非。實是孩兒之罪！」

山顯仁道：「這也罷了。只是有旨著周公夢等六人來與你考較詩文，他們俱是一時矯矯⑰有名之人，倘你考他不過，不但將前面才名廢了，恐聖上疑你白燕等詩俱是假的，一時譴怒，豈不可慮。」山黛笑道：「爹爹請放心。不是孩兒誇口，就是天下真正才人，孩兒也不多讓；莫說這幾個迂腐儒紳，何足掛於齒牙！他們來時，包管討一場沒趣。」山顯仁聽了大喜道：「孩兒若果能勝他，竇國一這廝，我決要處他一個盡情⑱，才出我惡氣！」只因這一考，有分教：丈夫氣短，兒女名香。不知後來畢竟如何，且聽下回分解。

⑰ 矯矯：翹然出眾之貌。

⑱ 盡情：痛快。

第四回　六儒紳氣消彩筆　十齡女才壓群英

天下文才，原有一定之品，毫忽假借不得。卻被一輩無真識見人，只就眼前等第，模糊揣度，害事不淺。譬如山黛，有才無才，當就其所已見之才而參觀之，當再求其未見之才而推究之，或真或假，庶乎得之矣。奈何全不探訪，但以一小女子輕薄之？雖所荐之五名公皆享科甲榮名，然到與人對考之時，亦須自揣所學，限於一時之中，果能成詞、成詩、成賦，出語驚人、壓倒尋常否。奈何竟不自揣，但以科甲自雄，但以小女子藐視之？既不知己，又不知人，幾何而不取辱也耶！

山顯仁與各官座位先打點停當，到坐時，只指著一問便了，又楚楚可辨，又見有權術，又省卻許多筆墨奔忙。及眾官相見，或虛謙，或隱誚，或默默無言，或直直道破，俱各盡其情態，方覺敘事委婉，不墮枯寂。既已登樓，宜各就坐，仍復以拜御書挫其氣，真有平地生波、無風作浪之妙！若平平看過，俱非善看書人。

考五題，雖俱山黛先完，然完法各有其妙：或在對考者眼中，或在趙公笑中，或在山黛口中，或在山顯仁喜中。——錯雜而出，出必可驚可喜，絕不雷同。

從來小說，戲言謔語，或有可觀，至於詩詞，若捨古人真作，其餘往往令人噴飯。試看此三詞一詩，雖雜入宋詞唐詩中，亦不多讓。此又假作而逼真者矣！五色雲賦雖非正體，而游戲為之，不知小說家恰又以游戲為正體。且此游戲偏能於古今形氣中推測出一段妙理，作正色之談，令人閱之而不敢認以為游戲，亦游戲之入於三昧❶者也。

所問十事，獨於山濤稱為「先公」，可謂善於說謊；獨於十香詞，但以「回心裙帶」一語包括之，使人不敢疑其不知九事，又可謂假作老成。筆墨猶龍，真不可測！

詞曰：

才須好，何女何男何老。十歲閨娃天掞藻❷，直壓群英倒。　溫李❸笑他纖巧，元白怪他潦草。

繡口錦心❹香指爪，真個千秋少！

右調謁金門

話說廷臣得了考較詩文旨意，不敢遲慢，禮部便將考較事宜商量停當，奏聞朝廷道：

❶三昧：奧妙、訣竅。
❷天掞藻：天生會作文章。掞，音ㄕㄢˋ。發舒、鋪張。藻，詞藻。
❸溫李：指唐朝詩人溫庭筠、李商隱。
❹繡口錦心：比喻口才、文才俱好，如繡似錦。

禮部為遵旨回奏事，謹將條定考較事宜，開列於後：

一、考期：擬於七月初三。是日立秋，正才子賓興❺之候。

一、考時：限辰時齊集玉尺樓，巳時考書法，午時考填詞，未時考詩，申時考文，酉時考古。先時而成者為優，過時不成者為劣。

一、考書法：真、草、隸、篆各一紙。

一、考填詞：宋詞、時曲各一闋。

一、考詩：五言近體一首。

一、考文：或論或賦，內科一道。

一、考古：詰問往事三段，不多不寡，庶寸晷❻可完。

一、出題：召翰林院官齊集文華殿，臨時擬上，御筆親定，走馬賜考❼。

一、題文完，走馬呈覽，再發二題，庶無私傳等弊。

一、監考：委司禮太監一員，並竇國一、山顯仁，督同糾察，庶無後言❽。

一、考後，除山黛幼女免赴，其餘俱至文華殿，聽候聖上親定優劣功罪，庶免虛傳妄報。

---

❺ 賓興：即鄉試。

❻ 寸晷：片刻。古時測日影而計時，日影移動寸許叫寸晷，喻時間之短暫。晷，日影。

❼ 走馬賜考：跑馬御賜試題。

❽ 庶無後言：方致日後沒有爭議。

以上數款，俱考較事宜。謹遵旨條奏，乞聖明裁鑒定奪。

御批：「條議允合，俱依議。」

旨意下了，周公夢即知會夏之忠、卜其通、穆禮、顏貴、宋信等，同集竇國一私衙商議道：「山家小女，我聞他前日朝見時，筆不停腕，而賦天子有道三章，古雅絕人，所以天子十分寵愛，恐與尋常浪得虛名者不同。列位先生亦不可輕視。」竇國一道：「周老先生如何這等說？莫說虛名，就是真才實學，一個十歲女子能讀多少書，豈有轉勝似列位老先生之理？此一考較，立見其敗也。」周老先生更何疑何慮而為此言？」宋信道：「若說考古、做文，我晚生學疏才淺，實實不敢誇口；倘只要做這五言八句的歪詩，我晚生遍游天下，凡詩社名公、詞壇宿彥俱曾領教，無過是限韻，無過是刻燭❾，從未見笑於人，豈至今日而失利於弱女？我晚生一山人布衣，尚且藐視，何況列位老先生，金馬名卿❿，玉堂學士⓫，不必明日旗鼓相當而喪其氣，即此先聲所至，已足令彼膽落閨中矣！」大家齊笑道：「宋兄之言有理！」竇國一道：「只有一事可慮。」眾問：「何事？」竇國一道：「所慮者傳遞耳。雖說召學生糾察，也須大家覺察。臨考時，或有疑難，彼此須互相提撥，方不失利。」眾人道：「這個自然。」商量停當，遂各各散去。

---

❾ 刻燭：據南史王僧孺傳，南齊竟陵王蕭子良，曾夜集學士作詩，刻燭計時，作四韻詩的，刻燭一寸為標準。

❿ 金馬名卿：漢武帝時，東方朔、主父偃、嚴安等皆待詔金馬門。此處指眾人皆一時人選，身分煊赫。

⓫ 玉堂學士：玉堂，即翰林院。此處指眾人皆才學傑出之士。

到了七月初三正日，山顯仁早在玉尺樓御書才女匾額之下，鋪設龍案，焚香點燭。下面設三座為司禮太監、竇國一並自己糾察之位；左邊西向設六座為周公夢等六人之位；右邊東向設一座為女兒山黛之位。各鋪筆硯於上。打點端正，卻自在廳上等候。

將交辰時，司禮監太監趙公早先到了，山顯仁迎入。敘禮未畢，各官陸續俱到。山顯仁待茶。茶罷，因說道：「小女閨娃識字，過蒙聖恩，謬加奬賞，實傷國體。今辱竇掌科白簡，亟賜追回改正，已出萬幸。不意聖心不肯模糊，欲明正小女虛假之罪，又勞列位老先賜教。小巫氣折大巫，固不必言；但以閨中乳臭，而與翰苑大臣逐詞壇之鹿，其褻瀆之罪，又當何如！」周公夢道：「晚生陳腐迂儒，本不當唐突令愛閬苑仙才；但辱竇掌科荐剡⓬，又蒙聖上詔遣，故不得已應詔而來，實惶愧不安。」

竇國一此時，要謙不得，要讓不得，要爭論又不得，只老著臉，默默不則一聲。只有太監趙公笑說道：「列位老先，太謙也不中用，譏誚也不中用，既奉旨來了，只是早早去考較詩文罷了。」眾官都說道：「有理。」遂一齊起身，山顯仁就邀入玉尺樓來。

眾官上得樓一看，只見正當中上面懸著御書「弘文才女」一匾，下面焚香點燭，四邊座位擺得端端正正。眾官正打帳序坐，山顯仁乃說道：「御書在上，臣子例當展拜。但在老夫私第，又係特賜小女，在御書則重⓭，在老夫與小女則輕⓮，還是該拜不該拜，請教竇掌科與趙老公，無使朝廷聞之，謂我輩

⓬ 荐剡：薦舉人才。

⓭ 在御書則重：作為御書，則理應敬重。

⓮ 在老夫與小女則輕：作為御書對山顯仁女兒的推崇，則不必看得太重。此為謙詞。

失禮。」寶國一欲說不該拜，又恐得罪朝廷；欲說該拜，又恐折了銳氣，躊躇不定，掙得滿面通紅。又是趙公說道：「御書在上，誰敢不拜！老太師怎麼替萬歲爺謙起來？」山顯仁道：「既是這等，可鋪毯。」只說得一聲，左右已將紅毯條鋪在樓板上，早有府中掌禮人唱喝排班。寶國一與周公夢等面面相覷，然事已到此，無可奈何，只得敘位而拜。

拜罷，山顯仁又指著座位道：「這座位，據學生之意雖是這等擺設，不知可該如此？」眾官道：「禮該如此，老太師所設不差。」山顯仁道：「既不差，」因吩咐左右道：「可請小姐出來，相見過，好就座。」

左右去不多時，只見內閣中一二十個侍婢簇擁小姐出來。山顯仁道：「小女見列位大人，本該下拜，恐怕反勞動大人，只常禮罷。」眾官俱道：「常禮最便。」小姐因走到正中，朝上深深拜了四拜。眾官俱立在東首還禮。禮畢，方各各就座：周公夢六人坐於東，山黛一人坐於西，趙公、寶國一、山顯仁三人坐於下。坐定，一面獻茶，一面就著傳題員役飛馬入朝領題。

此時，擬題翰林官已在文華殿伺候。不一刻，天子駕御文華殿，近臣奏言：「蒙詔玉尺樓考較詩文，將近巳時，宜考較書法。眾臣遵旨，走馬領題。」天子命翰林官擬來。翰林官擬上：真書猗蘭操，草書蟪蛄吟，隸書龜山操，篆書獲麟歌，各一幅。天子依擬，又於題紙上御筆加四字道：「俱著默書⓯」付與近侍。

近侍付與領題員役，飛馬打入玉尺樓來。先是糾察趙公、寶國一、山顯仁三人接著開看。看罷即分

⓯ 默書：默寫。

抄二紙：一紙送與顏貴，一紙送與山黛。又各送錦箋四幅。元題供於龍案之上。

題紙分送畢，山顯仁即命侍妾俱退。侍妾一哄散去，止是山黛一人在座。山黛接題一看，不慌不忙，即親手磨墨濡毫，展開錦箋，次第而寫。

卻說顏貴，乃是一個考選中書，字雖寫得幾個，卻不曾讀書，那裡曉得猗蘭操、蟪蛄吟、龜山操、獲麟歌等歌是何物？見御筆「俱著默書」四字，嚇得魂不附體，心下猶想：「我雖記不得，山黛一個小女子，他如何記得。大家不知，便好奏請底本。」及抬頭一看，早見山黛從從容容的寫了，急得他滿身上汗如雨下。急不過，只得開口說道：「我晚生原係中書，只管書寫，四歌實記不得。還求竇老先生與趙公代奏。」

竇國一見第一考顏貴就寫不出，十分著忙，就接說道：「顏先生也說得是。座中有記得四歌的，不妨抄出，與顏先生寫了，再奏聞聖上可也。」趙公道：「這個使不得。皇爺既批說默寫，誰敢抄出？若是私抄出，便是背旨了。」竇國一道：「不是背旨私抄。但考字與考學不同，書寫之人焉能兼讀古歌？自當明將此情奏知聖上。但恨時促迫，往返不及，故說先抄寫了，然後奏聞。」趙公道：「若是兩家都記不得，便好奏聞；倘一家記得，單為一家奏請，如何叫做考較？」周公夢、夏之忠等若果是記得，或是明抄，或是暗傳，也好用情；奈何總記不得，只得假說公言道：「趙老公所言有理。且看山小姐寫得何如，再作區處。」

正說不了，只見山黛已將真、草、隸、篆四幅寫完，對父說道：「四歌遵旨寫完。還是竟呈御覽，還是先請教過列位大人？」山顯仁躊躇未及答，趙公聽見，先笑說道：「山小姐倒記得，寫完了。妙耶，妙耶！這不比封函奏章，大家先看看不妨事。」山顯仁遂令另設一張書案於正中，將四幅字擺列於上，請眾官出位同看。只見第一幅楷書：

猗蘭操　孔子歷聘諸侯，諸侯莫能任。自衛反魯，隱谷之中，見薌蘭獨茂，喟然嘆曰：「蘭當為王者香，今乃與眾草伍！」止車援琴歌之。歌曰：

習習谷風，以陰以雨。之子于歸，遠送于野。何彼蒼天，不得其所。逍遙九州，無所定處。時人闇蔽，不知賢者。年紀逝邁，一身將老。

第二幅草書：

蟪蛄吟　政尚靜而惡譁。時魯政日非，孔子傷之。歌曰：

違山十里，蟪蛄之聲，尚猶在耳。

第三幅隸書：

龜山操　季桓子受女樂。孔子欲諫不得，退而望魯龜山，以喻季氏之蔽魯也。歌曰：

予欲思魯兮，龜山蔽之；手無斧柯，奈龜山何！

第四幅篆書：

獲麟歌　叔孫氏之車子鉏商，樵於野而獲麟焉。眾莫之識，以為不祥。夫子往觀焉，泣曰：「麟也！麟出而死，吾道窮矣！」歌曰：

唐虞世兮麟鳳游，今非其時來何求？麟兮麟兮我心憂！

眾官看了，見楷書如美女簪花，草書如龍蛇飛舞，隸書擅蔡邕之長，篆書盡李斯之妙，無不點首吐舌，嘖嘖稱美。顏貴心下暗忖道：「早是記不得，不曾寫，還好藏拙；若是寫出來，怎能及他秀美，豈不反惹他一場笑恥！」便口也不敢再開。竇國一俱看得呆了。惟趙公笑嘻嘻說道：「不但記得，又四體俱寫得精妙入神，真是個才女。難得，難得！快著人進呈，領第二題來。」左右卷好，付與傳題員役飛馬進呈。

不半個時辰，早又飛馬領了第二題來。山顯仁與竇國一、趙公三人打開看時，卻是早朝、午朝、晚朝詞各一闋，仍前抄作二紙，分送二處。

此時穆禮見顏貴默寫不出，十分沒趣，猶恐也是個難題，心下甚是徬徨。及題目送到，見是早、午、晚朝三題，頗覺容易，滿心歡喜，便磨墨拈筆，打點欲做。忽又想道：「用甚牌兒名好？」欲做如夢令、長相思、憶秦娥等詞，卻又不合時宜；欲想合時宜之名，卻又想不起。因又想道：「只要做得詞好，詞名或可不論。」遂下筆而寫。尚不曾寫得三兩句，只聽見趙公哈哈大笑說道：「怎麼山小姐完得這等快！奇才，奇才！大家來同看了好進呈。」再抬頭一看，只見眾官已出席矣。穆禮自料一時做不完，便也起身，隨眾而看。只見一幅龍箋上面，三個詞兒已寫得端端正正：

早朝

雞鳴曉，殿角明星稀少。天上六龍飛杳杳，聖主臨軒早。　雙闕雲霞縹緲，萬國衣冠顛倒。初日上升紅杲杲⑯，簾捲瞻天表。

右調謁金門

午朝

中天紅日剛剛午，御當陽聖主。花磚鵠立，丹墀虎拜，共瞻九五⑰。　三勤晉接⑱，稀聞晝漏，宣琅琅天語。停經賜食，分班染翰，自慚無補。

右調賀聖朝

晚朝

九重向晏，北闕明星爛，天子勞宵旰⑲。趨承環佩響，起伏火燈亂。勵政治，賈生前膝夜常半⑳。

---

⑯ 杲杲：音ㄍㄠˇ ㄍㄠˇ。明亮貌。

⑰ 九五：易有乾卦：「九五，飛龍在天，利見大人。」術數家釋作人君的象徵。此處即指帝王。

⑱ 三勤晉接：易晉：「晉，康侯用錫馬蕃庶，晝日三接。」疏曰：「晝日三接者，言非惟蒙賜蕃多，又被親寵頻數，一晝之間，三度接見也。」此處指御賜試題頻頻送來。

⑲ 勞宵旰：日已晚方進食，天未明即穿衣。十分辛苦。形容帝王勤政。旰，音ㄍㄢˋ。

⑳ 賈生前膝夜常半：李商隱詩賈生：「宣室求賢訪逐臣，賈生才調更無倫。可憐夜半虛前席，不問蒼生問鬼神！」

夕惕牛歌旦㉑，紅燭蒼生嘆。君交警，臣交贊。久咨禁鼓動，遲出明河㉒暗。君恩重，金蓮撤賜馳歸院。

右調千秋歲

眾官看了，大家驚嘆，以為奇才，猶不為異。獨竇國一見第二題又被山黛占先，愈加著急，卻又無力可助。趙公早喜得打跌道：「好才女，好才女！快卷好進呈！」竇國一道：「須候穆老先完了同進。」趙公因回頭對穆禮道：「老先佳作曾完了麼？」穆禮掙紅了臉道：「尚未。」竇國一道：「聖上原限午時考填詞，如今尚在巳時，不妨少緩。」趙公遂走到穆禮座上一看，只見草稿上才寫得兩行，倒又抹去了一行。趙公說道：「如此做來，尚早尚早，如何等得！且將山小姐的進呈了，穆老先完了再進罷。」便不由分說，竟付與傳題員役飛馬進呈去了。

穆禮欲待不做，恐怕得罪；欲要做完續進，莫說襯點早、午、晚詞意之美，萬不可及，即「謁金門」、「賀聖朝」、「千秋歲」三個詞名已含蓄無窮頌聖之意，如何再做得來？拈筆左思右想，愈覺艱難，筆尚未下，第三題早又飛馬傳遞到了。趙公三人看了，卻是「賦得立秋梧桐一葉落，五言近體一首，限『秋』、

此處指帝王勤政，並無李詩之諷刺意味。

㉑ 夕惕牛歌旦：夕惕，即戒懼之意。易乾：「夕惕若厲。」牛歌，即甯戚欲干齊桓公，扣牛角而歌事。歌中有「長夜冥冥何時旦」句。

㉒ 明河：即銀河。

『留』、『游』、『愁』四韻。」此考是卜其通、宋信、山黛三人。遂抄寫三紙，仍前分送三處。

山黛接到手，見是一首詩，越要賣才，便提起筆來，草也不起，竟如風雨驟至，龍蛇飛舞。卜其通拿著題目，連限韻尚未看清，山黛早已寫完送至正中案上。山顯仁看見，自也愛之不了，喜得眉歡眼笑，忙起身邀眾官同看。卜其通驚得滿身汗下，暗想道：「這丫頭怎這等敏捷！不知做些甚麼？」因擱下筆，不顧眾人，先走至案前去看。宋信還強著要做，當不得眾官俱已圍看，沒奈何，也只得走到案前去看。只見上寫著：

立秋日，賦得「梧桐一葉落」，限「秋」、「留」、「游」、「愁」四韻

萬物安然夏，梧心獨感秋。
全飛猶未敢，不下又難留。
乍減玉階色，聊從金氣㉓游。
正如衰盛際，先有一人愁。

卜其通看完，不禁拍案大叫道：「真才女，真才女！不獨敏捷過人，而構思致意，大有三百遺風！」因回頭對竇國一道：「此殆天授，非人力所及也。吾甘拜下風矣！」竇國一聽了，目瞪痴呆，開口不得。宋信還打帳㉔說甚麼，趙公早笑道：「還是卜老先肯服善。快進呈，快進呈！」說不了，傳題員役早接

㉓ 金氣：即秋氣。古人按五行說，認為秋屬金。

了飛馬而去。

第四題該到夏之忠了。夏之忠見三人垂頭喪氣，自暗思道：「他們外官輸了，尚猶自可；我一個翰林院，若做不過他，明日如何典試？」又想道：「詩詞小道，小女兒家或者拈弄慣了，做文難道也能如此？」正想未完，第四題早已傳到。打開看時，卻是一篇五色雲賦。夏之忠又驚又喜：喜的是題目難，他女兒難做；驚的是題目難，自做吃力。自且不做，先偷眼看山黛如何。只見山黛提著一管筆，如兔起鶻落㉕，忽疾忽徐，欣然而寫，全無停擱苦思之態，目不及瞬，早已有十數行下矣。自己著忙，再拈筆時，心先亂急，那裡還有奇想，只得據題平鋪，急急忙忙，尚鋪不到半篇，而山黛之作又報完矣。

此時，眾官見山黛一小女子揮灑如此，俱忘了考較妒忌之心，反嘆賞以為奇。見完了，團聚而觀。只見上寫著道：

五色雲賦

粵自女媧氏煉五色石以補天，而青、黃、赤、白、黑之氣，遂蘊釀於太虛中，而或有、或無、或潛、或見，或紅抹霞天，或碧塗霄漢，或墨濃密雨，或青散輕煙，或赤建城標，或紫浮牛背，從未聚五為一，見色於天。矧雲也者，氣為體，白為容，薄不足以受彩，浮不足以生華，而忽於焉種種備之，此希遘於古，而罕見於今者也。惟夫時際昌明，聖天子在位，備中和之德，稟昭朗之

㉔ 打帳：打算。

㉕ 兔起鶻落：當為「兔起鶻落」。如兔的躍起，如鶻的衝下。極言動作敏捷。此處形容山黛揮筆疾書。

靈，行齊五禮，聲合五音，政成五美，倫立五常，出坎向離㉖，範金白、木青、水黑、火紅、土黃之五行於一身，而後天人交感，上氣下垂，下氣上升，故五色徵於雲，而禎祥見於天下。猗歟㉗盛哉！仰而觀之，山龍火藻，呈天衣之燦爛；虛而擬之，鏤金嵌玉，服周冕之輝煌。綺南麗北，彩鳳垂蔽天之翼；艷高冶下，龍女散漫空之花。濯自天河，不殊江漢；出之帝杼㉘，何有七襄㉙。不線不針，陰陽刺乾坤之繡；非毫非楮，煙霞繪天地之圖。濃淡合宜，青丹相配。縹緲若美人臨鏡，姿態橫生；飛揚如龍戰於野，玄黃百出。如旌、如旆、如輪、如蓋，六龍御天上之鑾輿；為樓、為閣、為城、為市，五彩吐空中之蜃氣㉚。初絢焉呈卿慶於九重，既塊然流豐亨於四海。落霞孤鶩，不敢高飛；秋水長天，為之減色。錦雞羞而匿影，山雉慚而藏形。他如奩盒膏脂、筐箱玉帛，莫不望而失色，比而減價；矧妖紅褻紫，安敢以草木微姿，而上分其萬一之光華。猗歟盛哉！是誠地天昌泰，國家文明，而一人流光，千古昭朗者也。臣妾才謝班姬㉛，學慚謝女㉜，剪

㉖ 出坎向離：在易中，坎為水，離為火。此處指出入水火。

㉗ 猗歟：嘆詞。

㉘ 帝杼：即天杼，天帝給織女的機杼。

㉙ 七襄：紡織。詩經大東：「跂彼織女，終日七襄。」襄，反覆、移動。

㉚ 蜃氣：光線經不同密度的空氣層，發生顯著折射（有時伴有全反射）時，把遠處景物顯示在空中或地面的奇異幻景。常發生在海邊和沙漠地區。古人以為是蜃吐氣所致。蜃，音ㄕㄣˋ。

㉛ 才謝班姬：才能遜於漢才女班昭。

㉜ 學慚謝女：學識不如南朝才女謝道韞。

裁無巧，雕繡不工。瞻天仰聖，雙眼有五色之迷；就日望雲，寸管窺三才之妙㉝。此蓋天心有眷，上降百福之祥，下獻無疆之瑞。謂臣言不信，請遠質古媧之靈，近徵當今之聖。謹賦。

眾官才看「女媧」起句，便吐舌相告道：「只一起句，便奇特驚人矣！」再讀到「彩鳳垂蔽天之翼」、「陰陽刺乾坤之繡」等句，都贊不絕口道：「真是天生奇才！」及讀完，夏之忠連連點首嘆服道：「王子安滕王閣序未必敏捷如此，吾不得不為之擱筆也！」

趙公見眾人甘心輸服，大笑道：「這等看來，還是萬歲爺有眼力。快進呈！」此時，只有竇國一臉上紅一塊、紫一塊，默默無言。賦傳遞去，趙公因問左右道：「今日甚麼時候了？」左右回道：「午末未初了。」趙公因對眾人道：「若論時候，尚未為遲。列位老先生還是做也不做？」夏之忠、卜其通同說道：「學問才情矯強不得。此時若要成篇也還容易，只恐成篇終不及山小姐詞意秀美。倒不如見聖上認罪罷了。」趙公道：「轉是高見。皇爺倒不計較。」

正談論未完，忽第五題又到了。上寫是問：

太虛㉞一點，何物？伏羲㉟二相，何氏？

㉝ 三才之妙：天、地、人的奧妙。
㉞ 太虛：氣的原始狀態。是古代哲學概念。
㉟ 伏羲：神話中人類的始祖。

海上三神，何山？商山四皓㊱，何老？
漢五陵㊲，何地？湯六禱㊳，何事？
竹林七賢㊴，何賢？穆王八駿㊵，何馬？
香山九老㊶，何人？蕭后十香㊷，何詞？
俱著詳書。

題目分開。周公夢接了一紙看時，事跡雖都知道，但要一一還個明白，卻是記得不清。有寫得一件忘記兩件的，有記得三件忘記五件的，想來想去，畢竟記得不全。

㊱ 商山四皓：西漢初隱於商山的四位隱士。

㊲ 漢五陵：漢代五位皇帝的陵墓。

㊳ 湯六禱：湯，指商湯。荀子大略：「湯旱而禱曰：政不節與？使民疾與？何以不雨至斯極也！宮室榮與？婦謁盛與？何以不雨至斯極也！苞苴行與？讒夫興與？何以不雨至斯極也！」湯所禱，涉及六件事，所以謂之「六禱」。

㊴ 竹林七賢：指魏晉間的嵇康、阮籍、山濤、向秀、阮咸、王戎、劉伶等七位名士。

㊵ 穆王八駿：相傳周穆王的八匹駿馬。

㊶ 香山九老：白居易，稱香山居士。又新唐書白居易傳：「嘗與胡杲、吉旼、鄭據、劉真、盧真、張渾、狄兼謨、盧貞燕集，皆高年不事者，人慕之，繪為『九老圖』。」

㊷ 蕭后十香：遼蕭后因被讒而致死，作十香詞，亦稱回心院詞。

不期才慧實是天生，山黛一個小女子，偏生記得清清白白，逐款填寫分明，因對眾說道：「詩賦係各人才情，不妨共見；此不過記誦之學，若大家看明，便非考較之意。」趙公聽了，便先說道：「小姐說得有理，但不許周老先看就是了。我們眾人看看不妨。」山黛依命送出，眾官圍繞而看。只見上面已將所問十事該括做一首七言古風道：

太虛一點元無物。二相初求自伏羲：
上相共工㊸先獨立，柏皇㊹下相共為之。
三神山首蓬萊島，方丈、瀛洲㊺俱縹緲。
東園、綺里、夏黃公，角里先生㊻稱四老。
五陵佳氣何日無，長陵馬走安陵途，
茂陵風雨相如病㊼，陽陵、平陵多酒徒。
政不節兮民失職，女謁㊽盛兮崇宮室，

㊸ 共工：古代傳說中的一位神。
㊹ 柏皇：亦稱皇柏。傳說伏羲氏上相共工，下相皇柏。
㊺ 蓬萊島方丈瀛洲：古代傳說中的三座海上神山。
㊻ 東園綺里夏黃公角里先生：即商山四皓。
㊼ 相如病：相如即司馬相如，後因病免職，居茂陵。
㊽ 女謁：即信用婦人之言。

苞苴㊾大行讒夫昌，桑林十事禱何亟㊿。
七賢久矣醉劉伶(51)，阮籍猖狂總不醒(52)，
鑽李笑戎嵇鍛柳(53)，阮咸、向秀眼還青(54)，
惟有先公(55)稱大志，手掌銓衡日啟事(56)。
穆王八駿幾時還，白兔、黃駼隨赤驥(57)，

㊾苞苴：本為包裹，後通指賄賂。

㊿桑林十事禱何亟：桑林，桑山之林，為湯禱旱之處。十事，他本作「六事」，參之前注㊳，當以作「六事」為是。

(51)醉劉伶：劉伶好酒，常醉。有文酒德頌。

(52)阮籍猖狂總不醒：猖狂，指放蕩不拘禮法。又晉書阮籍傳：「文帝初欲為武帝求婚於籍；籍醉六十日，不得言而止。」

(53)鑽李笑戎嵇鍛柳：戎，即王戎。嵇，即嵇康。世說新語儉嗇：「王戎有好李，賣之，恐人得其種，恆鑽其核。」此即「鑽李」典故。晉書嵇康傳：「性絕巧而好鍛。宅中有一柳樹甚茂，乃激水圜之。每夏月，居其下以鍛。」此即「鍛柳」。

(54)阮咸向秀眼還青：晉書阮籍傳：「籍又能為青白眼，見禮俗之士，以白眼對之。」意謂阮咸、向秀皆不拘禮法之人，阮籍以青眼對之。

(55)先公：山黛認山濤為先祖，故稱「先公」。

(56)日啟事：晉書山濤傳：「濤所奏甄拔人物，各為題目，時稱山公啟事。」

(57)白兔黃駼隨赤驥：白兔、黃駼、赤驥連同下文的騹騮、騄駬、山子、撓渠、盜驪，皆八駿之名。

驊騮、騄駬日追風，山子、撓渠電掣空，
況是盜驪飛捷足，瑤池萬里遠留蹤。
香山九老居易一㊽，鄭據、吉旼、兼謨狄，
劉真、張渾過盧貞，胡杲、盧真九老畢。
君王若問十香詞，公事公言不及私，
敢以回心裙帶事，瀆陳堯舜聖明時。

眾官看了，無不驚異道：「著作之才又敏捷絕人，淹貫㊾之學又該詳如此，真不愧女中才子矣！」

周公夢見眾人贊揚，便也離席說道：「我學生實記不全，願作輸了。既山小姐寫完，敢求一觀。」趙公道：「既算輸，便請看看。」周公夢看完，滿口稱許道：「真才女，真才女！我輩不如也！」趙公因問：「甚麼時候了？」左右回：「未時了。」趙公道：「考較已完，須遵旨回奏。此題也不必傳遞了，我們自同奏上罷。」

周公夢對夏之忠等說道：「才學矯強不得。我們既考較不如，須面聖認罪，不必強辯以觸聖怒。」夏之忠等俱道：「周老先生所教最是。」遂一齊起身要行。只見竇國一攔住道：「列位且慢行！事有可疑，還須考究！」眾官驚訝道：「有何可疑，又要考究？」只因這一考究，有分教：才上添才，罪中加罪。不知竇國一考究些甚麼，且聽下回分解。

㊽ 香山九老居易一：九老之中，香山居士白居易為第一。

㊾ 淹貫：淹博貫通。

第五回　補絕對明消群惑　求寬赦暗悅聖心

前回考較，雖為山黛顯才，然亦欲借考較之罪降罰竇國一、宋信二人於揚州，以為援引冷絳雪之地。設於考較後明知不如，甘心認罪，則言官偶言不當，不過罰俸，豈至降調？竇國一若不降調，則冷絳雪何由出頭？故疑而不信，復以先事傳題、關通天子又作一波，所以觸怒聖心，而有揚州之行矣。覽此者，但知竿頭進步，又逼出山黛二妙對，聳人耳目，不知冷絳雪秀色芳香已結胎於此矣。文心縹緲，不容人見。

戲文雖極正大，亦必有丑、淨插科打諢❶，解人之頤❷也。小說猶是也。故百忙中忽夾出二對，使覽者既驚其奇，又詫其巧，耳目為之一醒。雖微傷誕，亦所不惜，所謂未能免俗耳。

食瓜果而美，撤賜山黛，似屬閑筆，不知眷顧深情，正於此見；且急急回照立秋，又緊緊附出寬罪之表，正忙不了。

❶ 插科打諢：在戲曲、曲藝中引人發笑的動作和詼諧言語。

❷ 解人之頤：使人發笑。頤，面頰。

表請寬竇國一之罪、免宋信之杖，雖欲見山黛之德性才學高人，實又開宋信歸附之門，闢竇國一獻女之路，何等微妙！至於因檢貯無人，買識字之婢，與宋信買婢不中意，打罵媒人，引出冷絳雪之父，此則尋常過接，人所知也，妙亦妙矣，不足為奇。

詞曰：

眉筆生花，笑殺如椽空老大。應詔賡歌❸，不數虞廷下。　鈍足庸駑，豈慣文章駕？空驕詐，不須謾罵，醜態應如畫。

右調點絳唇

話說周公夢眾官因考較輸了，欲入朝認罪，竇國一攔住道：「才情還有天生，學問必由誦讀。十歲一個女子，從三歲讀起，也只七年工夫，怎能詩賦信筆而成，考古不思而對，如此毫髮不爽？此必天子過於寵愛，相公善於關通，先事傳題，文章宿構，故能一一不爽。若說真真實實，落筆便成，雖斬頭瀝血，吾不信也！」夏之忠等聽了，俱回想道：「竇老先生此一論，實為有理。天下文章，出於科甲；科甲雄才，俱歸翰苑。豈有翰苑所不能對，而一小女子能條對詳明如此？實有可疑，還煩糾察老先生奏詰。」山顯仁質辯道：「天子寵愛，豈獨寵愛老臣一人？老臣關通，豈便能關通天子？」

❸ 賡歌：應和詠唱。賡，繼續。

正說不了，山黛便接說道：「父親大人，不是這等說了。寶大人既疑天子寵愛，大人關通，此實難辨。但求寶大人自出一題，待賤妾應教，真假便立見了。」趙公道：「這最有理！寶先兒，你就出一題，看他做得來做不來，便大家沒得說了。」寶國一道：「奉旨考較，我學生怎好出題？」宋信便接說道：「既是山小姐情願受考，老先生便出一題也無礙。若不如此，則大家之疑終不能解。」趙公又說道：「倒是出一題的好，真假立辨，省得又要說長說短！」

寶國一因目視宋信道：「出甚麼題目好？」宋信便挨近寶國一身邊低低說道：「不必別尋題目，何不就將前日對不來的對句，煩山小姐一對？」寶國一被宋信提醒，因喜道：「山小姐既要我學生出題請教，我若出長篇大論，只道我有意難他，我學生有一個小學生的對句在此，倒正與山小姐相宜。若是山小姐對得來，我學生便信是真才子了。」趙公道：「既是這等，快寫出來！」寶國一因取紙筆寫出一句，與大家同看。

眾官一齊觀看，卻是將孟子七篇篇名編成一對，道：

梁惠王命公孫丑請滕文在離婁上盡心告子讀萬章❹。

大家看了，都說道：「這是個絕對了！」山顯仁不勝大怒道：「寶掌科也太刻薄了！元說考詩考文，怎

❹ 梁惠王命公孫丑請滕文在離婁上盡心告子讀萬章：句中「梁惠王」、「公孫丑」、「滕文（公）」、「離婁」、「盡心」、「告子」、「萬章」，皆孟子中篇名。

麼出起絕對來？此對若是竇掌科自對得來，便算小女輸了！」竇國一道：「老太師不必發怒。令愛小姐既是奇才，須對人所不能對之對，方才見得真才；若是人不能對，小姐亦不能對，便不見奇了。」趙公道：「二位且不必爭。且送與小姐看一看，對得對不得，再理論。」大家齊道：「有理。」左右隨將對紙送到山小姐席上。

山黛看了，微微一笑道：「我只道是『煙鎖池塘柳』，大聖人絕無之句，卻原來是腐儒湊合小聰明，如何將來難人！」山顯仁聽了，道：「我兒，此對莫非尚有可對麼？」山黛道：「待孩兒對與列位大人看，以發一笑。」遂提起筆來，對了一句，送與父親。眾人爭看，只見是：

衛靈公遣公冶長祭泰伯於鄉黨中先進里仁舞八佾❺。

眾官看了，俱驚喜欲狂；趙公只喜的打跌；連竇國一亦驚訝吐舌，回看著宋信道：「真才女，真才女！這沒得說了！」

宋信道：「竇老先生且莫慌。山小姐既這等高才，我晚生還有一對，一發求山小姐對了何如？」竇國一道：「方才這樣絕對，他也容容易易對了，再有何對，可以相難？倒不如直直受過，不消又得罪了。」宋信遂不敢開口，轉是趙公說道：「宋先兒既有對要對，率性寫出來與山小姐看，對得對不得，須見個

❺ 衛靈公遣公冶長祭泰伯於鄉黨中先進里仁舞八佾：句中「衛靈公」、「公冶長」、「泰伯」、「鄉黨」、「先進」、「里仁」、「八佾」，皆為論語中篇名。

明白。莫要說這些人情話兒，糊糊塗塗，到皇爺面前不好回奏！」眾官齊道：「這論極是！」

宋信因回席寫了一對，送與眾人看。眾人見上寫著：

燕來雁去，途中喜遇說春秋❻。

眾人看完，俱道：「『春秋』二字有雙關意，更是難對。」山顯仁道：「這等絕對，一之已甚，豈可再乎！宋兄何相逼乃爾！」宋信道：「晚生因見令愛小姐高才，欲聞所未聞，故以此求教。若老太師加罪晚生，則晚生安敢復請。」就要收回。趙公止住道：「這個使不得！既已寫出，便關係朝廷耳目，須與山小姐一看，看是何如。豈可出乎反乎，視為兒戲！」因叫人送與山小姐道：「這個對兒雖不是皇爺出的題目，卻也是詩文事情。小姐看看，還是有得對沒得對？」

山黛接了一看，又笑說道：「這樣對，巧亦巧矣，那有個對不得之理？待賤妾再對一句，請教列位大人。」一面說，一面信筆寫了一句道：

兔走烏飛，海外欣逢評月旦❼。

---

❻ 春秋：春秋既可指時令，又可指孔子所著春秋一書。而春、秋兩季正是燕、雁來去之時。

❼ 評月旦：月為夕，旦為早晨日出。又指品評人物。後漢書許劭傳：「初，劭與靖俱有高名，好共覈論鄉黨人物，每月輒更其品題，故汝南俗有『月旦評』焉。」而兔表月，烏表日，於夕旦則交替運行。

山黛寫完，送與趙公與眾人看了，俱手舞足蹈，讚不絕口道：「好想頭！真匪夷所思！」宋信驚得啞口無言。山顯仁快活不過，只是哈哈大笑。

竇國一見山黛才真無疑，回奏自然有罪，因向山顯仁再三請罪道：「此一舉，元非我晚學生敢狂妄上疏，實係舍親晏知府求詩為令愛所譏，哭訴不平，我晚學生一時不明，故有此舉。今知罪矣。倘面聖時，聖怒不測，尚求老太師與小姐寬庇！」山顯仁笑道：「此事自在聖上。我學生但免得以假亂真、有傷國體與關通天子之罪，便是萬幸了。其餘焉能專主？」趙公道：「不必說閑話，且去回奏天子，再作區處。」大家遂一哄而出。

此時天子正在文華殿與幾個翰林賞鑒山黛的詩賦，忽趙公領了眾官來回旨，因將第五題呈上。天子看見山黛條寫一人一事不差，滿心歡喜。因問周公夢六人道：「爾六人與山黛考較詩文，還是如何？」周公夢等齊對道：「臣等奉旨與山黛考較詩文，非不竭力，但山黛雖一少年女子，然學係天成，才由天縱❽，落筆疑有鬼神輔助，非臣等庸腐之才所能及。謹甘心待罪，伏乞聖明原諒。」天子大悅道：「汝等既甘心認罪，則山黛非假才，而朕之賜書賜尺，不為過矣。」此時正交新秋，天子正食瓜果而美，因命近侍撤一盤，飛馬賜與山黛。近侍領旨而去。

天子因問竇國一道：「爾何所見而妄奏？」竇國一奏道：「臣待罪諫垣❾，因人言有疑，故敢入告。今親見其揮灑如神，始信天生以佐文明之治。臣妄言有罪，乞聖恩寬宥。」天子聞奏，倒也釋然。只見

---

❽ 天縱：天所賦予。

❾ 諫垣：負責進諫的官職。竇國一為工科給事中，故如此說。

山顯仁奏道：「竇國一謂臣女以假為真，其事小；其論臣以才色獻媚，又論臣關通天子，此事關臣一生品行，不可不究。」天子變色道：「怎麼叫做關通天子？」山顯仁道：「臣不敢言。只問糾察司禮監臣即知。」

天子目視趙公，趙公因跪奏道：「方才眾臣考較完，欲同入朝回旨，竇國一攔住道：事有可疑，從未見小小女子敏捷如此，必是聖上寵愛山黛，閣臣有力關通，先知了題目，夙構成詩文，故能信筆抒寫如此。眾臣便都疑惑起來。」天子問道：「眾臣既疑，為何又同來認罪？」趙公奏道：「因山黛說道：聖上寵愛，與閣臣關通，一時難辨，只須竇科臣自出一題考較，真假便立見了。竇國一尚不欲出題，是山人宋信攛掇出了一個絕對，與山黛對，山黛飛筆就對了。眾臣無詞，故同來回旨認罪。」

天子聞奏，大怒道：「竇國一說山顯仁關通，已是毀謗大臣，怎麼說朕寵愛，先事傳題？難道朕一個穆穆天子為此詭秘之事？蔑聖污君，當得何罪？著錦衣衛❿拿付法司究問！周公夢、夏之忠、卜其通、穆禮、顏貴五人，俱係竇國一荐考，原非有意，既認罪，俱姑免不究。宋信以么麼山人，一詩不成，輒敢廝名紳列同考，以辱朝廷，定係竇國一播弄起釁之私人，著錦衣衛拿至午門外，打四十御棍，遞解還鄉。山黛賜金花表禮，以旌其才。」聖旨一下，早有錦衣衛官，已將竇國一、宋信鷹拿雁捉的拖了出來。周公夢等五臣，齊齊伏在丹墀下，叩頭請罪。

天子又問趙公山黛所對之對。趙公口奏，天子御筆寫在龍案觀看，不勝大喜。因敕周公夢五臣平身，並召擬題幾個翰林，至龍案前觀看，道：「小小女子，有如此異才，怎教朕不愛！」眾翰林奏道：「此

❿ 錦衣衛：官署名。即錦衣親軍都指揮使司。明洪武十五年（一三八二年）設置，有巡察緝捕之權。

女實係才星下降，非尋常可比。陛下愛之，正文明之所啟也。」

還說不了，只見賜瓜果的近侍回旨，附上山黛謝表一通。天子親覽，只見上寫：

大學士禮部尚書山顯仁女臣妾山黛，奏為謝恩事：蒙恩欽賜瓜果一器，感激聖恩，謹望闕謝恩衹受外，聞科臣竇國一，蔑聖污君，拿付法司；山人宋信，播弄起釁，賜打四十御棍。二臣罪固應爾。但念事由妾起，妾雖蒙恩隆重，謬謂賢才，然不過十歲一女子耳，得失何足重輕；竇國一雖過為詆毀，實朝廷耳目之臣；山人宋信，雖不無起釁，然士也：賞罰皆關典禮。若為臣妾一小女，而繻紲⓫廷臣，榜撻下士，是為詩文小愛而傷國家之大體也，實非聖明朝之所宜有者也。故敢昧死諫言，望皇上展如天之度，寬赦之。國體幸甚！臣妾幸甚！倉卒干冒⓬，不勝惶懼待命之至！

天子見表，龍顏大悅道：「山黛不獨有才，德性度量又過人矣！」因將本付與山顯仁道：「卿以為何如？」山顯仁見拿下竇國一與宋信，滿心歡喜，還打帳囑托法司重處，卻見女兒上疏，反為解救，一時沒法，只得奏道：「恩威俱聽聖裁，微臣何敢仰參。」天子笑道：「論法原不該宥，朕但要全卿女之德，故屈法宥之耳。」因批本道：「准奏。竇國一免付法司，吏部議處；宋信饒打，限一月解回。該部知道！」旨意一下，天子駕起還宮，各官退出。與竇國一相好的內臣急急傳出旨意，宋信已打了十棍，

⓫ 繻紲：音ㄖㄨˊ ㄒㄧㄝˋ。綑綁。

⓬ 干冒：觸犯。

方才放起，竇國一已將到法司趕回。二人細問饒免情由，方知虧山黛本救之力。竇國一無限沒趣，躲了回寓，閉門聽處，不題。

卻說宋信，雖然饒了，已被打了十棍，打得皮開肉綻，痛苦不禁，又有人押著，要遞解還鄉。宋信再三央人保領，方許棒瘡好後起解。心下想道：「我宋信聰明了一世，怎麼一時就糊塗到這個田地！他一個相府女兒，又是真正奇才，天子所重，倒不去奉承他，反倚著一個科官與他為仇，豈不差了主意。今日若不是山小姐討饒，再加上三十御棍，便活活要打殺了。明日何不攛轉面皮，借感謝之意作入門之階，倘得收留，又強似與晏知府、竇給事相處了。」

宋信自家籌算不題。卻說山顯仁回到府中，埋怨女兒道：「竇國一這廝十分可惡，今日若不是你有真才將眾人壓倒，他還不知怎生作惡！後來已奉旨拿送法司，正中我意，你為何轉上本替他解救？」山黛笑道：「古人貴『寵而不驕，驕而能降』，天子聖明，豈不知此？今日之事，正不驕能降，一可結天子之心，一可免滿盈之禍。此自安也，豈救人哉！」山顯仁默默點首。山黛又說道：「況此事實係孩兒前日譏刺晏知府起的釁端，今一旦加之宋信，孩兒於心，實有未忍。」

山顯仁道：「這也罷了。但是前日晏文物的綾、扇，為何得能遺失？」山黛道：「皆緣侍女輩不識字，故混雜錯亂，忘記交付孩兒。不獨此也，前日還有張副使的冊葉、錢御史的手卷，俱安放錯了。若不是孩兒細心，又要差寫。」山顯仁道：「我想凡是著作名公，莫不皆有記室，或是代筆，或是為之查考事跡。你今獨自一個，如何應酬得來？」山黛道：「男人家好尋記室代筆，孩兒一女子，卻是沒法。」山顯仁道：「這也不難。以天下之大，豈無識字女子？我明日不惜千金，差人各處尋訪，買他十二個，分了職事伏事你，你便不消費心了。」山黛道：「如此甚好。只恐一時沒有。」山顯仁道：「若要能詩能賦，這便稀少；若只要識幾個字兒，只怕也還容易。」父女商量。遲了數日，山顯仁果然差人四處尋訪，只因肯出重價，便日日有人送女子來看。

這日，山顯仁正在廳上選看女子，忽報宋信青衣小帽來請罪。山顯仁因女兒寬洪大量，便也寬洪大量起來，因吩咐叫「請宋相公更了衣巾相見」。宋信依命趨入，拜伏在地，口稱：「罪人宋信，死罪死罪！」山顯仁叫人攙扶，宋信不肯起來，連連叩頭道：「宋信愚蠢，不識天地高厚，獲罪如此。蒙聖上譴責，自分以死謝愆尚猶不盡，乃復辱令愛小姐疏救，霽⓭天子之威，使白骨再肉，此天地父母所不能施之恩，而一旦轉加之罪人，真令人頂踵盡捐，不能少報萬一。今碎首階前已為萬幸，安敢復承禮待！」山顯仁道：「足下既能悔過，便見高情。何必如此，快請起！」

宋信又謙遜了半晌，方扒了起來。山顯仁遜坐留茶。因問道：「足下幾時行？」宋信道：「欽限一月，不敢久遲，明日就要起身。蒙老太師與令愛小姐大恩，不知可有日再得側身於山斗之下。」山顯仁道：「這也不難。此不過是聖天子一時之怒，且暫回幾日，容有便，挽回聖意，當得再見。」宋信道：「若能再趨門下，真是重生父母了！」正說話間，忽抬頭看見這許多女子，俱穿青衣，列於兩傍，因問道：「這許多女子為何在此？」山顯仁道：「因小女身邊沒有幾個識字的侍女，故致前日遺失了晏文物的綾、扇，惹出許多事來。今欲買幾個識字的女子服侍小女。不期偌大京師，選來選去，俱是這一輩人物，並無一個稍通翰墨可佐香奩之用者。」宋信道：「原來為此。京師若無，天下自有。」山顯仁道：

⓭ 霽：平息。

「此言有理。足下所到之處，當為留意；倘獲佳者，自當重報。」

又敘些閑話，宋信方辭起身。山顯仁送至廳門口，便不送了。宋信又立住說道：「宋信還有一事稟上老太師。」山顯仁道：「何事？」宋信道：「宋信蒙令愛小姐再生之恩，不敢求見，只求至玉尺樓下望樓一拜，以表犬馬感激之心。」山顯仁道：「這也不消了。」宋信執定要拜，山顯仁只得叫老家人領至樓下。宋信果然望著樓上，端端正正、恭恭敬敬拜了四拜，方才辭出。山顯仁發放了許多不用的女子，因入內與山黛說知宋信拜謝之事，父女耍笑不題。

卻說宋信辭了出來，押解催促起身。欲要來見竇國一討些盤纏，竇國一正在議處之時，不肯見人，只得來見晏文物訴說解回之苦。晏文物見事為他起，沒奈何，送他二十金盤纏，又約他道：「兄京中既不容住，我小弟只候領了憑便行。兄若不嫌棄，雲間也是名勝之地，可來一游，小弟當為地主。」宋信謝了。又捱得一兩日，押解催促，只得雇了一匹蹇驢，攜了一個老僕，蕭然回山東而去。正是：

一個貧人，冒作山人。
隨著詩人，交結貴人。
做了讒人，傷了正人。
惱了聖人，罰做罪人。
押作歸人，原是窮人。

宋信雖是山東人，卻無家無室，故一身流落京師，在縉紳門下游蕩過日。今被押解還鄉，到了故鄉，竟無家可歸，只得借一客店住下。押解見如此光景，沒有想頭，只得到府縣討了回文，竟自回去不題。

宋信雖然無親無眷，卻喜得身邊還積有幾兩銀子，一身游客的行頭還在。見押解去了，便依舊闊起來，到鄉紳人家走動。爭奈府縣有人傳說解回之事，往往為人輕薄，心下不暢。過了些時，一日在一鄉紳人家，看見新縉紳上，竇國一已降了揚州知府，滿心歡喜道：「此處正難安身，恰好有此機會。且捱過殘年，往揚州去一游。」

卻喜得一身毫無牽絆，過了年，果然就起身渡過淮來。不半月便到了揚州。入城打聽新知府，不期尚未到任，只得尋一個寺院住下。他便終日到鈔關⓮埂子上頑耍。見各處士大夫都到揚州來，或是娶妾，或是買婢，來往媒人，紛紛不已。宋信心下想道：「山老要買識字之婢，我閑在此處，何不便中替他一尋？倘尋得一個，也可為異日進身之地；就尋不出，落得看看也好。」主意定了，因與媒人說知：要尋一個識字通文之女，價之多寡勿論。媒人見肯出高價，便張家李家終日領他去看。看來看去，並無中意。

一日，一個孫媒婆來說道：「有一個絕色女子，住在柳巷里，寫得一手好字。宋相公若肯出三百兩身價，便當面寫與宋相公看。」宋信道：「三百兩身價不為多，只要當面寫得出便好。」孫媒婆道：「若是寫得不好，怎敢要三百兩身價？」宋信道：「既是這等，明日便同去一相。」

約定了，到次日，果然同到一個人家，領出一個女子來，年紀只好十五六歲，人物也還中中。見了禮，就坐在宋信對面。桌上鋪著紙墨筆硯，孫媒婆就幫襯磨起墨來，又取了一枝筆，遞與那女子道：「你

⓮ 鈔關：明清收取關稅之處。

可寫一首詩，與宋相公看。」那女子接筆在手，左不是，右不是，不敢下筆。孫媒婆又催逼道：「宋相公不是外人，不要害羞，竟寫不妨。」那女子被逼不過，只得下筆而寫。寫了半晌，才寫得「雲淡風輕」四個字，便要放下筆。孫媒婆又說道：「用心再多寫幾個宋相公看，方信你是真才。」那女子只得又勉強寫了「近午天」三個字，再也不肯寫了。宋信看了，微微而笑。孫媒婆說道：「宋相公不要看輕了。似這樣當面寫字的女子，我們揚州甚少。」宋信笑道：「果然，果然。」就送了相錢，起身出來。孫媒婆道：「若是這個不中意，便難尋了。」

一日，又有一個王媒婆來說道：「有一個會做詩的女子，真是出口成章，要五百兩身價。」哄了宋信去看，也只記得幾首唐詩，便說是會做詩了。宋信看來看去，並無一個略通文墨的，便也丟開。

不想過了數月，竇國一忽到任上。到任後，宋信即去拜謁。竇國一接見，一來原是相知，二來又念為他受了廷杖⑮之苦，十分優待，便改送在瓊花觀裡作寓。又送許多下程⑯，親自來拜，隨即請酒；又時時邀入私衙小敘；又逢人便稱荐他詩才之妙。不多時，借著竇知府聲價，竟將宋信喧傳作一個大才子了。凡是鄉紳大夫與山人詞客，莫不爭來與他尋盟結社。

宋信一時得志，便意氣揚揚，竟自認作一個司馬相如再生。又在各縣打幾個秋風⑰，說些分上⑱，

---

⑮ 廷杖：皇帝在朝廷上杖責臣下。

⑯ 下程：即盤纏。

⑰ 打幾個秋風：指利用各種關係、藉口向人取得財物。

⑱ 說些分上：替人說情以取得酬勞。

手頭漸漸有餘。每日同朋友在花柳叢中走動，便又思量相看女子了。起初相看還是欲為山顯仁買婢；此時相看卻自要受用了。媒婆見他有財有勢，與前不同，那個不來奉承，便日日將上等識字女子，領他去看。宋信只因見過山黛國色奇才，這些抹畫姿容、塗鴉伎倆都看不上眼。

一日，相看一個女子不中意，因媒人哄他來的路遠了，肚中飢餓，歇下轎，坐在一個亭子上，將兩三個媒婆百般痛罵，揮拳要打，虧著旁邊坐著一個花白鬍的老者看見，再三苦勸，方才上轎而去。那老者因問媒人道：「他是甚麼樣人，這等放肆，要將你們難為？」眾媒人道：「他的勢頭大哩！打罵值甚麼，若是送到官，還要吃苦哩！」那老者又驚訝問道：「他實是何等樣人？不妨明對我說。」眾媒人道：「待我說與老爹聽。」只因這一說，有分教：小文君⑲再流佳話，假相如重現原身！不知媒人說出甚麼話來，且聽下回分解。

---

⑲ 小文君：指卓文君。此處借指冷絳雪。

第六回　風箏詠嘲殺老詩人　尋春句笑倒小才女

人之有才無才、才真才假，實為難知，然亦易知也。但凡真正有才之人，往往自信、自喜，必不動心於人之獎譽；雖或有時而狂，然狂從才出，必有一段高傲之氣，蟻視小人，決不加於有才英俊。若夫滿口朝紳，言言權貴，借結交作聲價，假輿從為勢頭，百般做作，一味誇張者，定是虛偽庸流、盜襲匪類，縱能舉筆，必不過人。故宋信行藏❶，據冷新傳來，已為冷絳雪窺破；故招致其來，止用三指闊一報帖，報帖上且寫出「冒虛名者勿勞枉駕」。非不重才，蓋胸中早已知其無才而輕之矣。炫名才子閱此定當汗下。

冷絳雪雖看破宋信行藏，然而未明，故風箏詠猶曲致譏嘲，燕子詩、高士圖但微寓調笑；及見其「尋春」二語，盡露底裡，便續題六語，大加醜詆，而不復少存厚道矣。冷絳雪雖未免過情，宋信實亦自取，夫復誰尤❷！

風箏詠字字體切風箏，字字譏嘲宋信，妙莫能言，非小說所有。

---

❶ 行藏：出處行止。

❷ 尤：怨恨、歸咎。

論小說游戲，宋信之題，當歪捏其詞以發一笑。不知歪捏之詩雖足發笑，卻與宋信一輩庸俗詩人之醜態轉不關切。今「結伴尋春」二語，既庸且俗，實將當今天下一輩招搖詩人之醜態刻畫盡矣，不較之歪捏其詞之詩，更關切而可笑乎？

冷絳雪若不觸怒宋信，何因生端而進京師？宋信若不又出一番奇醜，何為立腳不定又往松江？行到水窮，自然雲起，絕不費五丁開鑿之力，允稱詞家妙手！

閣臣閨秀山黛玉尺樓一考，並有道三章，已大吐才女之氣，已大生才女之色矣。再欲為冷絳雪村民之女吐氣生色，直欲與山黛並駕同驅，實難下筆。此書偏能別弄精神，另出手眼，或高論，或奇情，直將冷絳雪一段勃勃才華，寫得高如山、秀如水、明如月、美如花，令人驚畏為又一山黛。始知崔顥黃鶴樓詩固不可再作❸，而李白鳳凰臺詩又未嘗不並垂千古。

詞曰：

長嘲短誚，沒趣剛捱過。豈料一團虛火，又相逢，真金貨。　詩翁難做，此來應是錯。百種忸怩跼蹐❹，千古口，都笑破！

右調霜天曉角

---

❸ 崔顥黃鶴樓詩固不可再作：相傳李白遊黃鶴樓有詠「眼前有景道不得，崔顥題詩在上頭。」

❹ 跼蹐：音ㄐㄩˊ ㄐㄧˊ。用極小的步子走路。比喻困窘之狀。

話說眾媒人，因老者勸了宋信去，見他苦問宋信是甚麼人，只得對他說道：「這人姓宋，是山東有名的才子，與竇知府是好朋友，說他做的詩與唐朝李太白、杜子美差不多。在京時，皇帝也曾見過，大有聲名。所以滿城鄉宦，舉監春元，都與他往來。因要相一頭親事，相來相去，再不中意，所以今日罵我。」那老者道：「揚州城裡美色女子甚多，怎麼都不中意？」媒婆道：「他只相人物還好打發，又要相他胸中才學。你想，人家一個小小閨女，能讀得幾本書，那有十分真才實學對得他來？」那老者笑道：「原來為此。」大家說完，媒人也就去了。

那老者你道是誰？原來姓冷名新，是個村莊大戶人家。生了三個兒子，都一字不識，只好種田。到四十外，生了一個女兒，生得如花似玉，眉畫遠山，肌凝白雪，標致異常，還不為奇；最奇的是稟性聰明，賦情敏慧，見了書史筆墨便如性命。自三四歲抱他到村學堂中頑耍，聽見讀書，便一一默記在心，到六七歲都能成誦。冷大戶雖是個村莊農戶，見女兒如此聰明，便將各種書籍都買來與他讀。又喜得他母舅姓鄭，是個秀才，見外甥女兒好學，便時常來與他講講。講到妙處，連母舅時常被他難倒，因嘆息道：「此女可惜生在冷家！」冷大戶常說生他時，曾夢見下了一庭紅雪，他就自取名叫做絳雪。到了八九歲，竟下筆成文，出口成詩。只可惜鄉村人家，無一知者，往往自家做了，自家賞鑒。這年已是十二歲，出落的人才就如一泓秋水。冷大戶要與他議親，因問冷絳雪道：「還是城裡，還是鄉間，畢竟定要甚麼人家好？」冷絳雪道：「人家總不論，城裡鄉間也不拘，只要他有才學，與孩兒或詩或文對做，若做得過我，我便嫁他。假饒做不過孩兒，便是舉人進士、國戚皇親，卻也休想！」

冷大戶因女兒有此話在心，便時時留心訪求。今日恰聽見媒人說宋信是個才子，因暗想道：「我女兒每每自誇詩文無敵，卻從無一人考較，不知是真是假。這個姓宋的，既與知府、鄉宦往來，定然有些才學。怎能夠請他來考較一考較，便見明白了。」尋思無計，只得回家與女兒商量道：「我今日訪著一個大才子，姓宋，是山東人，大有聲名，自府縣以及滿城士大夫，無一人不與他相交，做的詩文壓倒天下。我欲請他來，與你對做兩首看，或者他才高，有些緣法，也未可知。只是他聲價赫赫一時，怎肯到我農莊人家來？若去請他，恐亦徒然。」冷絳雪道：「父親若要他來，甚是容易。何必去請？」冷大戶道：「我兒又來說大話了！請他尚恐不來，不請如何轉說容易？」冷絳雪道：「只消三指闊一條紙兒，包管立遣他來。」冷大戶笑道：「他又不是神將鬼仙，怎麼三指闊一條紙兒便遣得他來？莫非你會畫符？」冷絳雪也笑道：「父親不必多疑，待孩兒寫了來與父親看。只怕這幾個字兒比遣將符籙更靈。」說罷，遂起身走到自家房中，果然寫了個大紅條子出來遞與父親道：「只消拿去貼在此人寓所左近。他若看見了，自然要來見我。」冷大戶接來一看，只見上寫著：

香錦里浣花園十二歲小才女冷絳雪，執贄❺學詩，請天下真正詩翁賜教。冒虛名者勿勞枉駕。

冷大戶看了，大笑道：「請將不如激將。有理，有理！」到了次日，果然入城，訪知宋信住在瓊花觀裡，就將大紅條子貼在觀門牆上，竟自歸家，與女兒說知，收拾下款待之事，以候宋信。不題。

卻說宋信，每日與騷人墨客詩酒往還，十分得意。這日正吃酒到半酣，同著一個陶進士、一個柳孝

❺ 執贄：準備了拜見的禮品。

廉，在城外看花回來，走到觀門，忽見這個大紅條子貼在牆上，近前細細看了，大笑道：「甚麼泠絳雪，才十二歲，便自稱才女。狂妄至此，可笑，可笑！」柳孝廉道：「僅僅貼在觀門前，這是明明要與宋兄作對了，更大膽可笑！」陶進士道：「香錦里離城南只有十餘里，一路溪徑，甚是有趣。我們何不借此前去一游，就看看這個小女兒是何等人物。若果有些姿色才情，我們就與宋兄作伐❻，也是奇遇；若是鄉下女兒不知世事，便取笑他一場，未為不可。」陶進士道：「這個有理。我們明日就去。」

宋信口中雖然說大話，心下卻因受了山小姐之辱，恐怕這個小女兒又有些古怪，轉有幾分不敢去的意思，見陶、柳二人要去，只得勉強說道：「我在揚州城裡城外，不惜重價，訪求才色女子，不知看了多少，並無一個看得上眼，從不見一人拿得筆起。那有鄉僻一個小女子會做詩之理？此不過甚麼閑人假寫騙人走遠路的。二位先生何必深信！」陶進士道：「我們總是要到郊外閑耍，借此去一游，真假俱可勿論。」柳孝廉道：「有理，有理。待我明日叫人攜酒盒隨行，只當游春，有何不可？」宋信一來見陶、柳二人執意要去，二來又想道：「此女縱然有才，鄉下人不過尋常，難道又有一個山黛不成？諒來這兩首詩還做得他過。」便放大了膽，笑說道：「我們去是去，只怕還要笑殺了，走不回來哩！」陶進士道：「古人賭詩旗亭，伶人驚拜❼。逢場作戲，有甚不可？」柳孝廉道：「有理，有理。」大家入觀，又游

---

❻ 作伐：作媒。

❼ 古人賭詩旗亭伶人驚拜：據唐薛用弱集異記載：開元間，王之渙與高適、王昌齡到酒店飲酒，遇梨園伶人唱曲宴樂。三人便私下約定以伶人演唱各人所作詩篇的情形定詩名高下。伶人得知三位詩人大名後，吃驚下拜。旗亭，即酒樓。

賞了半晌方別。

約定次日，果然備了酒盒轎馬，同出南城。一路上尋花問柳，只到傍午方到得香錦里。問人浣花園在那裡，村人答道：「浣花園乃冷大戶造與女兒住的花園，就在前邊，過了石橋便是。」宋信聽見說「女兒」，便上前問道：「聞說他女兒才十二歲，大有才學，可是真麼？」村人答道：「真不真，我們鄉下人那裡曉得？相公，你但想鄉下人的模樣，好也有數。不過冷大戶有幾個村錢，自家賣弄，好攀人家做親罷了。」宋信聽了道：「說得有理。」自有了這幾句言語入肚，一發膽大了，便同陶、柳二人步過石橋。將到門口，卻在拜匣中取出筆墨，寫一紙帖道：「山東宋山人，同陶進士、柳孝廉，訪小才女談詩。」叫一個家人先送進去。

此時冷絳雪料道宋信必來，已叫父親邀了鄭秀才，備下款待等候。見傳進條子來，便郎舅兩個同出來迎接。見了三人，鄭秀才便先說道：「鄉農村戶，不知三位老先生降臨，有失迎候！」宋信就說道：「偶爾尋春，聞知才女之名，唐突奉候。因恐不恭，不敢投刺。」一邊說，一邊就拱揖到堂。

賓主禮畢，送坐，獻茶。大家通知姓名。宋信便對冷大戶說道：「不然也不敢輕造，昨見令愛條示，方知幼年有如此高才，故特來求教。」鄭秀才代冷大戶答道：「舍甥女小小雛娃，怎敢言才！但生來好學，恐鄉村孤陋寡聞，故作狂言，方能祇請高賢降臨。」陶進士說道：「鄉翁不必謙。既係詩文一脈之雅，可請令甥女一見。」鄭秀才道：「舍甥女自當求教。但三位老先生遠來，願少申飲食之懷。但不知野人之芹❽，敢上獻否？」陶進士道：「主人盛意，本不當辭，但無因而擾，未免有愧。」鄭秀才道：

❽ 野人之芹：自謙獻物菲薄、不足當意。列子楊朱：「昔人有美戎菽、甘枲莖、芹萍子者，對鄉豪稱之。鄉豪

「既蒙不鄙，請小園少憩。」遂起身邀到浣花園來。

三人來到園中，只見：

山鋪青影，水漲綠波。密柳垂黃鸝之陰，雜花分繡戶之色。曲徑逶迤，三三不已；穿廊曲折，九九還多。高閣留雲，瞞過白雲重坐月；疏簾卷燕，放歸紫燕忽聞鶯。青松石上，棋敲而琴清；紅雨花前，茶香而酒美。小圃行游，雖不敵輞川名勝❾；一丘自足，亦何殊金谷❿風流。

三人見園中風景清幽，位置全無俗韻，便也不敢以野人相視。原來款待是打點端正的，不一時，杯盤羅列，大家痛飲了一回。

鄭秀才見舉人、進士皆讓宋信首坐，必定有些來歷，因加意奉承道：「聞宋老先生遨游京師，名動天子，這窮鄉下邑得邀寵臨，實萬分僥幸。」宋信道：「才人游戲，無所不可。古人說：上可與玉皇同居，下可與乞兒共飯。此正是吾輩所為。」鄭秀才道：「聞竇府尊與老先生莫逆⓫。」宋信道：「老竇不過是仕途上往來朋友，怎與我稱得莫逆？」鄭秀才道：「請問誰與老先生方是莫逆？」宋信道：「若

取而嘗之，蜇於口，慘於腹。眾哂而怨之，其人大慚。」

❾ 輞川名勝：輞川別業為唐朝詩人王維晚年休憩之地，風景優美淡雅。

❿ 金谷：即金谷園，在河南洛陽西北。晉太康中石崇築園在此。

⓫ 莫逆：彼此心意相通，無所違逆。

說泛交，自山相公以下，公卿士大夫，無人不識；若論詩人莫逆，不過濟上李于鱗⑫、太倉王鳳洲⑬昆仲、新安吳穿樓⑭、汪伯玉⑮數人而已。」鄭秀才滿口稱贊。

陶進士道：「主人盛意已領了，乞收過，請令甥女一教，也不枉我三人來意。」鄭秀才道：「既是這等說，且撤去。待舍甥女請教過再敘罷。」大家道：「妙！」遂起身閑步以待。

鄭秀才因自入內，見冷絳雪說道：「今日此舉，也太狂妄了些。這姓宋的大有來歷，王世貞、李攀龍都是他的詩友，你莫要輕看，出去相見時，須要小心謙厚些。不然被他考倒，要出醜，便沒趣了。」冷絳雪微微笑道：「王世貞、李攀龍便怎麼？母舅請放心，甥女決不出醜。這姓宋的若果有二三分才學，還恕得他過；若是全然假冒，敢於輕薄甥女，母舅須盡力攻擊，使假冒者不敢再來溷帳！」鄭秀才笑道：「你怎麼算到這個田地！」說罷，便同到園中來相見。

宋信三人迎著一看，只見冷絳雪髮才披肩，淡妝素服，嬝嬝婷婷，如瑤池玉女一般。果然是：

鶯嬌燕乳正雛年，斂萼含香更可憐。

⑫ 李于鱗：即明嘉靖時文學家李攀龍，字于鱗。
⑬ 王鳳洲：即明嘉靖時文學家王世貞，號鳳洲。
⑭ 新安吳穿樓：疑即吳國倫（一五二四—一五九三年），號川樓（本書誤作「穿樓」），興國人（本書誤作「新安」）。工於詩，與李攀龍等號後七子。
⑮ 汪伯玉：即汪道昆（一五二五—一五九三年），字伯玉。嘗與李攀龍、王世貞切磋古文。

莫怪文章生骨相，謫來原是掌書仙。

三人看了，俱暗相驚異：陶、柳以為「吾輩縉紳閨秀亦未有此，何等鄉人，乃生此尤物⓰」；宋信更加駭然，以為舉止行動，宛然又是一個山黛。只得上前相見。

冷絳雪深深斂衽而拜道：「村農小女，性好文墨，奈山野孤陋，苦無明師，故狂言招致。意在真正詩翁，怎敢勞動名公貴人！」陶進士與柳孝廉同口說道：「久聞冷姑大才，自愧章句腐儒，不敢輕易造次。今因宋先生詩高天下，故相陪而來。得睹仙姿，實為僥幸。」宋信見冷絳雪出言吐語，伶牙俐齒，先有三分懼怯，不敢多言，只喏喏而已。拜罷，分賓主東西列坐。

鄭秀才遂命取兩張書案，宋信與冷絳雪面前，各設一張，上列文房四寶。鄭秀才就說道：「既蒙宋老先生降臨，誠為奇遇，自然要留題了；舍甥女殷殷求教，未免也要獻醜。但不知是如何命題？」宋信道：「酒後非作詩之時，今既已來過，主人相識，便不妨重過。容改一日早來，或長篇，或古風，或近體，或絕句，或排律，或歌行，率性作他幾首，以見一日之長，何如？」冷絳雪道：「斗酒百篇，太白高風千古。怎麼說酒後非作詩之時？」宋信道：「酒後做是做得，只怕終有些潦草。不如清醒白醒，細細做來，有些滋味。」冷絳雪道：「子建七步成詩，千秋佳話。那有改期姑待之理？」鄭秀才道：「甥女，不是這等說。想是宋先生見我村莊人家，未必知音，故不肯輕作。且請宋先生先出一題，待你做一首請教過，若有可觀，或者拋磚引玉，也不可知。」陶、柳二人齊說道：「這個有理。」冷絳雪道：「既

⓰ 尤物：此指美女。

是二位大人以為可，請宋老詩翁賜題。」

宋信暗想道：「看這女子光景，又像是一個磨牙的了。若即景題情，他在家拈弄慣了，必能成篇。莫若尋個詠物難題，難他一難也好。」忽抬頭見天上有人家放的風箏，因用手指著道：「就是它罷，限七言近體一首。」

冷絳雪看見是風箏，因想道：「細看此人，必非才子。莫若借此題譏誚他幾句，看他知也不知。」因磨墨抒毫，題詩一首。就如做現成的一般，沒半盞茶時，早已寫完，叫鄭秀才送與三人看。三人見其敏捷，先已驚倒；再展開一看，只見上寫著：

風箏詠

巧將禽鳥作容儀，哄騙愚人與小兒。
箋片作胎輕且薄，游花塗面假為奇。
風吹天上空搖擺，線縛人間沒轉移。
莫笑腳跟無實際，眼前落得燥虛脾。

陶進士與柳孝廉看見字字俱從風箏打覷到宋信身上，大有游戲翰墨之趣，又寫得龍蛇飛舞，俱鼓掌稱快道：「好佳作，好佳作！風流香艷，自名才女，不為過也！」宋信看見明明譏誚於己，欲要認真，又怕裝村，欲要忍耐，又怕人笑，急得滿面通紅，只得向陶、柳二人說道：「詩貴風雅，此油腔也。甚麼佳作！」陶、柳二人笑道：「此游戲也。以游戲為風雅，而風雅特甚。宋先生還當刮目。」

冷絳雪道：「村女油腔，誠所不免，以未就正大方耳。今蒙宋老詩翁以風箏賜教，胸中必有成竹，何不亦賦一律，以定風雅之宗。」宋信見要他也作風箏詩，著了急道：「風箏小題目，只好考試小兒女，吾輩豈可作此！」鄭秀才道：「宋老先生既不屑做此小題，不拘何題，賜作一首，也不枉舍甥女求教之意。」陶、柳二人道：「此論有理。宋先生不必過辭。」宋信沒法，只得勉強道：「非是不做，詩貴適情，豈有受人束縛之理？既二位有命，安敢不遵，就以今日之游為題何如？」陶、柳答道：「甚妙。」宋信遂展開一幅箋紙，要起草稿。研了墨，拿著一枝筆，剛寫到「春日偕陶先達、柳孝廉城南行游，偶過冷園留飲」一行題目，便提筆沉吟，半晌不成一字。

陶進士見其苦澀，大家默默坐待，更覺沒趣，只得叫家人拜匣中取出一柄金扇，親自遞與鄭秀才道：「令甥女寫作俱佳，欲求一揮，以為珍玩，不識可否？」鄭秀才接了道：「這個何妨。」因接付與冷絳雪。冷絳雪道：「既承臺命，並乞賜題。」陶進士驚喜道：「若出題，又要過費佳思，於衷不安。」冷絳雪道：「無題則無詩，何以應教？」陶進士大喜道：「妙論自別！也罷，粗扇那邊畫的是一雙燕子，即以燕子為題何如？」冷絳雪聽了，也不答應，提起筆一揮而就，隨即叫鄭秀才送與陶進士。

陶進士看看，見墨跡淋漓，卻是一首七言絕句，寫在上面，道：

寒便辭人暖便歸，笑他燕子計全非；
綠陰如許不留宿，卻傍人家門戶飛。

陶進士與柳孝廉看了又看，讀了又讀，喜之不勝道：「這般敏捷奇才，莫說女子中從不聞不見，即是有名詩人，亦千百中沒有一個。真令人敬服！」

柳孝廉看了動火，也忙取一柄金扇送與鄭秀才道：「陶先生已蒙令甥女賜教，學生大膽，亦欲援例奉求，萬望慨諾。」鄭秀才道：「使得，使得。但須賜題。」柳孝廉道：「粗扇半邊亦有畫在上面，即以畫圖為題可也。」鄭秀才忙遞與冷絳雪。

冷絳雪展開一看，見那半邊卻是一幅高士圖，因捉筆題詩一絕道：

穆生高況一杯酒⑰，叔夜清風三尺桐⑱。
不論鬚眉除去骨，布衣何處不王公！

冷絳雪寫完，也教鄭秀才送還。陶、柳二人爭奪而看，見二詩詞意俱取笑宋信，稱贊不已。再回看宋信，尚抓耳撓腮，在那裡苦掙，二人也忍不住走到面前，笑說道：「宋兄佳作曾完否？」

宋信正在苦吟不就，急得沒擺布，又見冷絳雪寫了一把扇子，又寫一把，就如風捲殘雲一般，毫不

⑰穆生高況一杯酒：穆生，漢初魯人，少與楚元王交同遊，後交封為楚王，以穆生為中大夫。因其不嗜酒，王特為設醴。及王戊嗣位，則忘設醴，穆生曰：王意怠矣。遂去。

⑱叔夜清風三尺桐：叔夜，即嵇康，字叔夜。三尺桐，謂琴，古人以桐木為琴。嵇康生曹魏末世，以忤司馬氏獲罪。臨刑，援琴奏「廣陵散」一曲，從容赴死。

費力；又見陶、柳二人交口稱贊，急得他寸心如火。心下越急，越做不出。欲待推辭，卻又吃不多酒；欲待裝病，卻又倉卒中裝不出，只得低著頭苦掙。不期陶、柳看不過，又來問，沒奈何，只得應道：「起句完了，中聯、結句尚要推敲。」陶進士道：「宋兄平日尚不如此，為何今日這等艱難？莫非大巫見了小巫麼？」宋信道：「真也作怪，今日實實沒興。」冷絳雪聽了，微笑道：「『楓落吳江冷』只一句，傳美千古。佳句原不在多，宋詩翁既有起句足矣，乞借一觀。」宋信料做不完，只得借此說道：「既要看，就拿去看。待看過再做也不妨。」鄭秀才遂走到案前，取了遞與冷絳雪。

冷絳雪接著一看，只見上面才寫得兩行：一行是題目，一行是起句，道：

結伴尋春到草堂，主人愛客具壺觴。

冷絳雪看了，又笑笑道：「這等奇思異想，怪不得詩翁費心了！莫要過於勞客，待我續完了罷。」因提起筆來，續上六句道：

一枝斑管千斤重，半幅花箋百丈長。

心血吐完終苦澀，髭鬚斷盡只尋常⑲。

⑲ 髭鬚斷盡只尋常：意謂苦思作詩，僅得平常之句。唐朝詩人賈島有「吟安一個字，撚斷數根鬚」之嘆。冷絳雪此處是諷刺。

詩翁如此稱風雅，車載還須動斗量。

寫完，仍叫鄭秀才送與三人看。陶、柳看完，忍不住哈哈大笑。羞得個宋信通身汗下，徹耳通紅，不覺惱羞變怒，大聲發作道：「村莊小女，怎敢如此放肆！我宋先生遨游天下，任是名公鉅卿，皆讓我一步，豈肯受你們之辱！」冷絳雪道：「賤妾何敢辱詩翁，詩翁自取辱耳。」因起身向陶、柳二人深深拜辭道：「二位大人在此，本該侍教，奈素性不喜煩劇，避濁俗如仇，今濁俗之氣沖人欲倒，不敢不避。幸二位大人諒之。」拜罷，竟從從容容入內去了。

宋信聽見，一發大怒道：「小小丫頭，怎這等輕薄！可惡，可惡！」鄭秀才笑道：「宋先生請息怒。舍甥女固傷輕薄，宋先生也自失檢點了。」宋信道：「怎麼是我失檢點？」鄭秀才道：「前日舍甥女報條上原寫得明白：『請真正詩翁賜教。虛冒者勿勞枉駕。』宋先生既是做詩這等繁難，也就不該來了。」說罷，掩口而笑。宋信又被鄭秀才搶白了幾句，羞又羞不過，氣又氣不過，紅著臉，拍案亂罵道：「可惡，可惡！」鄭秀才又笑道：「詩酒盤桓，斯文一脈，為何發此惡聲？」陶、柳二人見宋信沒趣之極，只得起身道：「才有短長。宋兄，我們且去，有興再來，未為不可。」宋信軟癱做一堆，那裡答應得出？鄭秀才又笑道：「宋先生正在氣頭上，今天色尚早，且屈二位老先生再少坐一回，奉杯茶。候宋先生之氣平了，再行未遲。」因叫左右烹上好的茶出來。陶、柳二人遜謝道：「只是太擾了。」茶罷，冷大戶又捧出攢盒來小酌，再三殷勤奉勸。陶、柳二人歡然而飲，宋信只是不言不語。

冷大戶忙斟一杯，自送與宋信道：「宋先生不必著惱，小女年幼，有甚不到之處，乞看老漢薄面罷。」

宋信滿臉羞，一肚氣，洗又洗不去，發又發不出；又見冷大戶滿臉陪笑，殷勤勸酒，沒法奈何，只得接著說道：「令愛既然聰明，也不該輕薄於我。」冷大戶道：「我老漢止生此女，過於愛惜，任他拈弄翰墨。他自誇才學無敵，我老漢又是個村人，不知其中滋味。今聞宋先生乃天下大才，人人欽服，反被小女輕薄。這等看起來，小女的才情倒不是虛冒了。只是小孩子家沒涵養，不該輕嘴薄舌譏誚宋先生，實實得罪。還望陶爺與柳相公解勸一二。」說得個宋信臉上青一塊紅一塊，拿著杯酒，放不得吃不得。

陶進士因問冷大戶道：「令愛曾有人家否？」冷大戶道：「因擇婿太難，故尚未有人家。」柳孝廉道：「要嫁何等女婿？」冷大戶道：「小女有言：不論年紀大小，不論人之好醜，不論門戶高低，只要其人才學與小女相對得來，便可結親。今日連宋先生這等高才都被他考倒了，再叫老漢何處去尋訪？豈不是個難事！」陶進士道：「原來如此。」鄭秀才道：「閑話休題，且請快飲一杯，與宋先生撥悶。」

他郎舅二人，冷一句，熱一句，直說得宋信面皮都要括破，陶、柳方才起身，和哄著宋信辭謝而去。宋信這一去，有分教：風波起於萋菲⑳，繡口直接錦心。不知宋信如何起釁，且聽下回分解。

⑳ 萋菲：當為「萋斐」之誤。原指花紋錯雜之貌。後借指讒言。詩經小雅巷伯：「萋兮斐兮，成是貝錦；彼譖人者，亦已太甚！」

第七回 公堂上強更逢強　道路中美還遇美

冷絳雪之入於山府，若不為宋信中傷，若不為竇知府買獻，則冷絳雪之道路無媒；若果為宋信中傷，若果為竇知府買獻，則冷絳雪之身心無主，豈足稱為才女？卻妙在中傷雖出之宋信，買獻雖出之竇知府，而假借中傷、買獻以為遨游相府之資，則冷絳雪實自主之也。故於鄭秀才怒爭之際，轉發出冷絳雪一段願往與山黛較才高論、自欲借相府致身深情，方使人知桃花開落是自貪結子，五更風雨徒作惡耳。筆墨若畫沙分水，不肯等閑埋沒。

父親、母舅畏相府為陷阱，故為婢為妾無所不慮；冷絳雪視相府如躍淵，故五年十年先有成算。至於笑者笑、哭者哭，所謂「黃雀不知鴻鵠之志」也。

見竇知府立而不拜，以為發難之端，其作用固已凌厲動人矣；再以相府威福，轉折服獻媚相府之人，不患其不驚而悔也。何也？蓋深知獻媚之人必無氣骨也。俟其既驚而悔，再以門戶相托，又不患其不懼而奉我也。何也？蓋拿定獻媚之人自慣周旋也。才女作用細細寫出，自令覽者驚喜其言，誦而不忍釋手。

凡男女悅慕，必假眉目勾挑，縱不涉淫，亦難免落套；況眉目勾挑，縱有情，亦不深不奇。若平如衡與冷絳雪，風中馬牛也，海內浮萍也。欲無端撮合，作江皋之遇❶，相遇又不欲隋前人窠臼，既遇又不欲借眉目為緣，此中蹊徑，實難辟置。此則全若不知，但以覽古作才女之高情，但以覽古題詩作才女之俠致，何嘗作道路相逢之想？既題詩感慨，亦不過自負堅貞，又何嘗為悅慕相思之地？無心中忽然而見詩，又忽然而相遇，又忽然而悅慕相思；而悅慕相思甚且至終身不已；眉目雖亦霎時相對，而眉目勾挑工夫全用不著。方知空中樓閣，別有妙氣呵成，非斧鑿所能效力。知此，則知「四才子」❷雖小言，而為此小言，實具史才也！

敘平如衡挺撞宗師，何等恃才凌物；及見冷絳雪廟中題壁詩，是十二歲女子，又大愧，驚得通身汗下，又何等虛心服善。惟恃才凌物，方見真正才人氣骨；惟虛心服善，方見真正才人性情。平如衡才現身，而氣骨性情早已畢見。作者筆墨直逼龍門❸矣！尤妙在平如衡通身汗下，是愧其才，非慕其色；雖慕女子之才，不無慕色之心，然從慕才起見，縱極秣駒秣馬❹之情，亦不落於淫矣。冷絳雪見了和詩，不勝驚喜，卻驚喜是霎時遇知己，非涉桑濮之

❶ 江皋之遇：指男女邂逅。列仙傳載鄭交甫江漢之濱逢江妃二女故事。

❷ 四才子：本書又名四才子書。

❸ 龍門：地名。即陝西韓城龍門山。史記太史公自序：「遷生於龍門，耕牧河山之陽。」後因以龍門為司馬遷的別稱。

❹ 秣駒秣馬：詩經周南漢廣：「之子于歸，言秣其馬。」「之子于歸，言秣其駒。」此詩言文王之道被於南國，

多露❺；雖書生入眼，俊俏風流，亦不失「周南」❻之正矣。作者用意，何其微妙！

詞曰：

利器小盤根❼，駿足輕千里❽。猛雨狂風欲妒花，轉放花枝起。　人喜結同心，才喜逢知己。莫訝人生面目疏，默默相思矣。

右調卜算子

話說宋信受了冷絳雪一場羞辱，回來便覺陶、柳二人的情意都冷淡了，心下百般氣苦，暗想道：「我在揚州城裡，尋訪過多少女子，要他寫幾個字兒便千難萬難。怎冷家這小ㄚ頭才十二歲，便有這樣才學，把做詩只當寫帳簿一般，豈不又是一個山黛！我命中的災星、難星，誰知都是些小女兒。若說山黛的禍根，還是我挑掇晏文物起的，就是後來吃苦，也還氣得他過。冷家這小ㄚ頭，獨獨將一張報條貼在瓊花

美化行乎江漢之域，男子無思犯禮，求女不可得，但言秣駒秣馬而已。秣，音ㄇㄛˋ。

❺ 桑濮之多露：指男女私情。樂記：「桑間濮上之音，亡國之音也。」「桑間」指詩經鄘風桑中：「期我乎桑中」，詩被指為淫詩。濮上，昔師延為殷紂王作靡靡之音，後衛靈公得之於濮水之上。又詩經召南行露：「豈不夙夜，謂行多露。」此處借云男女私會，犯露而行。

❻ 周南：詩經有十五國風，其一即「周南」，被認為得詩歌之正。

❼ 利器小盤根：意謂利器在手，何懼盤根錯節。小，輕視。

❽ 輕千里：不以千里為意。

觀門牆上，豈非明明來尋我的釁端？叫我怎生氣得他過！」又想想道：「莫若將山相公要買婢之事與老竇商量，要他買了送與山相公。一來可報我之仇，二來為老竇解怨，三來可為我後日進身之階，豈不妙哉！我將這小丫頭弄得七死八活，才曉得我老宋的手段！」

算計定了，到次日來見竇知府，將冷絳雪辱他之事，細細哭訴一番，要求竇知府為他出氣。竇國一道：「他雖得罪於你，卻無人告發，我怎好平白去拿他？」宋信道：「也不消去拿他。我前日出京時，山相公要選買識字之婢伏侍女兒，再三托我。我一到揚州即四境搜求，並無一人。不期這冷絳雪，年才十二，才情學問不減山黛。前日偶然遇見，賣弄聰明，將晚生百般羞辱。老先生若肯重價買了，獻與山相公，上可解前番之結，下可泄晚生之憤，誠一舉兩利之道。不識老先生以為何如？」竇國一道：「這個使得。只是也沒個竟自去買之理，須叫媒人來吩咐；待媒人報出，然後去買，才成個官體。」宋信道：「這不難。老先生只消去喚媒人，待晚生囑托媒人，當堂報名便了。」

隔不得兩三日，竇知府果然聽信，差人喚了許多媒人來，吩咐道：「北京山閣下老爺有一位小姐，年才十一二歲，是當今皇帝欽賜有名的才女，要選與他年紀相近、能通文識字的女子一十二個，去服侍他。因聞知揚州人才好，昨行文到此，要我老爺替他選買，故喚你們來吩咐。不拘鄉村城市，大家小戶，凡有年近十一二歲、通文識字的女子都細細報來，本府不惜重價聘買。如隱匿不報，重責不饒。限三日內即報。」眾媒人出來，各自尋訪，陸續來報。

第二日，內中一個王媒婆來報：「江都縣七都八圖香錦里冷新的女兒冷絳雪，年正一十二歲，實有才學。媒人不敢不報，聽老爺選用。」竇知府見了道：「這個名字便取得有些學問，一定可觀。」准了，就叫一個差人吩咐道：「你可同這媒婆到冷新家去，說當朝山閣老聞知你女兒有才，不惜重聘，要討去陪伴他家小姐。可問明他要多少財禮，本府即如數送來。此乃美事，故不出牌。他若推脫留難，本府就要委江都縣官來拿了。」

差人應了，不敢怠慢，隨即同王媒婆到冷大戶家說知此事。嚇得冷大戶魂不附體，慌忙接鄭秀才來商議道：「這禍事從那裡說起？竟是從天掉下來的！」鄭秀才道：「不必說了，一定是前日宋信受了甥女之辱，他與竇府尊相好，故作此惡以相報也。」冷大戶道：「若是宋信作惡，如何王媒婆開報？」一面治酒款待差人，一面就扯住王媒婆亂打道：「我與你往日無仇，近日無冤，你為甚開報我女兒名字？」王媒婆先還支吾，後被打急了，只得直說道：「冷老爹不消打我，這都是別人做成圈套叫我報的。我也是出於無奈。」冷大戶道：「那個別人？」王媒婆道：「你想那個曾受你的羞辱，便是那個了。」鄭秀才聽了道：「何如？我就說是這個小人！不妨事，待我去見竇府尊，講明這個緣故，看他如何。他若黨護，我便到都察院去告。那有宰相人家無故倚勢討良善人家女兒為侍妾的道理！」冷大戶道：「須得如此方好。」

鄭秀才倚著自有前程❾，便興抖抖取了衣巾，同差人來見府尊。正值知府在堂，忙上前稟說道：「生員的甥女，雖是村莊人家，又不少穿，又不少吃，為甚麼肯賣與人家為侍妾？此皆山人宋信為做詩受了甥女之辱，故在公祖老爺面前進讒言以起釁端。乞公祖老爺明鏡，察出狡謀以安良善。」竇知府道：「此事乃山閣下有文書到本府，托本府買侍妾，與宋山人何干？你說宋信進此讒言，難道本府是聽信讒言之

❾ 前程：此處指功名。

人？這等胡講！若不看斯文面上，就該懲治才是。還不快去勸冷新將你甥女速速獻與山府！雖說是為侍妾，只怕在閣老人家為侍妾，還強似在你鄉下作村姑田婦多矣！」鄭秀才道：「『寧為雞口，勿為牛後』⑩，凡有志者皆然。況甥女雖係一小小村女，然讀書識字，通文達禮，有才有德，不減古之列女，豈有上以白璧之姿，下就青衣之列？還求公祖老爺扶持名教，開一面之網，勿趨奉權門，聽信讒言，以致燒琴煮鶴⑪。」竇知府聽了，拍案大怒道：「甚麼權門！甚麼讒言！你一個青衿⑫，在我公堂之上這等放肆。他堂堂宰相，用聘財討一女子，也不為過。」叫庫吏：「在庫上支三百兩聘金，同差人交付冷新，限三日內送冷絳雪到府。如若抗違，帶冷新來回話。再放生員來纏擾，差人重責四十。將鄭生員逐出去！」鄭秀才還要爭論，當不得皂隸甲首亂推亂攘，直趕出二門，連衣巾都扯破了。鄭秀才氣狠狠大嚷說道：「這裡任你作得威福，明日到軍門、按院、三司各上臺，少不得要講出理來。那有個為民公祖，強買民間子女之事！」遂一徑回家，與冷大戶說知府尊強買之事，就要約兩學秀才同動公呈，到南京都察院去告。

此時冷絳雪已聞知此事，因請了父親與母舅進去說道：「此事若說宋信借勢陷人，竇知府買良獻媚，與他到各上司理論，也理論得他過。但孩兒自思，蒙父親、母舅教養，有此才美，斷不肯明珠暗投，輕

---

⑩ 寧為雞口勿為牛後：古諺，此處指寧為平民，不做相府婢妾。

⑪ 燒琴煮鶴：比喻殺風景的事。西清詩話：「其一曰殺風景：謂清泉濯足，花上曬褌，背山起樓，燒琴煮鶴，對花啜茶，松下喝道。」

⑫ 青衿：指秀才。

適於人。孩兒已曾對父親說過，必才美過於孩兒者，方許結絲蘿⑬。你想，此窮鄉下邑，那有才美之人？孩兒想京師天子之都，才人輻輳之地，每思一游，苦於無因。今既有此便，正中孩兒之意。何不將錯就錯，前往一游，以為立身揚名之地？」冷大戶道：「我兒，你差了。若是自家去游，東南西北，便由得你我；此行若受了他三百兩聘金，就是賣與他了。到了京師，送入山府，就如籠中之鳥，為婢為妾，聽他所為，豈得由你作主？他潭潭相府，莫說選才擇婿萬萬不能，恐怕就要見父親一面也是難的。」一面說，一面就掉下淚來。

冷絳雪笑道：「父親不必悲傷。不是孩兒在父親面前誇口，孩兒既有如此才學，就是面見天子也不致相慢，甚麼宰相，敢以我為妾，以我為婢？」冷大戶道：「我兒，這個大話難說。俗語說得好：『鐵怕落爐，人怕落套。』從古英雄豪傑，到了落難之時，皆受人之制。況你一十二歲的小女子，到他相府之中，閨閣之內，縱有潑天本事，恐也不能跳出。」冷絳雪道：「若是跳不出便算不得英雄好漢了。父親請放心，試看孩兒的作用，斷不至玷辱家門。」

冷大戶道：「就是如你所言，萬無一失，教我怎生放心得下？」冷絳雪道：「父親若不放心，可央母舅送我到京，便知端的。」冷大戶道：「自母親亡後，你在膝下頃刻不離，今此一去，知到何日再見？」冷絳雪道：「孩兒此去，多則十年，少則五年，定當衣錦還鄉如男子，與父親爭氣，然後謝輕拋父親之罪。」

鄭秀才道：「甥女若有大志，即自具車馬，我同你一往，能費幾何？何必借山家之便？」冷絳雪道：

⑬ 結絲蘿：指結婚。

「母舅有所不知，甥女久聞山家有一小才女，詩文秀美，為天子所重。甥女不信天下女子更有勝於冷絳雪的，意欲與他一較。我若自至京師，他宰相閨閣安能易遇？今借山家之車馬以往山家，豈不甚便？」鄭秀才道：「甥女怎麼這等算得定？倘行到其間又有變頭，則將如之何？」冷絳雪道：「任他有變，吾才足以應之。父親與母舅但請放心，不必過慮。」

冷大戶見女兒堅意要去，沒奈何，只得聽從。鄭秀才因同了出來，對差人道：「這等沒理之事，本當到上司與他講明，不期我甥女轉情願自去，倒叫我沒法。」差人道：「既是冷姑娘願去，這是絕美之事了。」庫吏隨將三百兩交上道：「請冷老爹收下，我們好回復官府。」冷大戶道：「去是去，聘金尚收不得，且寄在庫上。」庫吏道：「冷姑娘既肯去，為何不收聘金？」冷大戶道：「此去不知果是山家之人否。」庫吏笑道：「既是山家要去，怎麼不是山家之人？」冷大戶道：「這也未必。你拿去稟老爺，且寄在庫上，候京中信出來，再受也不遲。」差人道：「這個使得。但冷姑娘幾時可去？」冷大戶道：「這個聽憑竇老爺擇日便了。」

差人得了口信，便同庫吏回復竇知府。竇知府聽見肯去，滿心大喜。又與宋信商量，起了獻婢的文書；又叫宋信寫一封書，內敘感恩謝罪並獻媚望升之意；又差出四個的當人役，一路護送；又討了兩個小丫頭伏侍；又做了許多衣服，拿一隻大浪船直送至張家灣。擇了吉日，叫轎迎冷絳雪到府，親送起身。

卻說冷家親親眷眷聞知冷絳雪賣與山府，俱走來攔住道：「冷老爹也就沒主意，你家又不少柴少米，為甚把如花似玉親生女兒遠迢迢賣到京中去？冷姑娘有這等才學，怕沒有大人家娶去？就嫁個門當戶對的農莊人家，也強似離鄉背井去吃苦。」又有的說道：「冷姑娘年紀小不知世事，看得來去就如兒戲。

明日到了其中，上不得，下不得，那時悔是遲了。」你一句，我一句，說得個冷大戶只是哭。冷絳雪但怡怡然說道：「只有籠中鸚鵡，那有籠中鳳凰？我到山府，若是他小姐果有幾分才情，與他相聚兩年，也不可知；倘或也是宋信一樣虛名，只消我一兩首詩，出他之醜，他急急請我出來還怕遲了，焉敢留我？」眾親聞說，也有笑的，也有勸的，亂了兩日。

到了臨行這日，竇知府差人鼓樂轎子來迎，冷絳雪妝束了，拜辭父親道：「孩兒此行，不過是暫往燕京一游，不是婚姻嫁娶，不必悲傷。」冷大戶道：「得能如你之言便是萬幸。娘舅送你到京，有甚消息，可即打發他回來，免我掛心。」冷絳雪領諾，竟自上轎去了。正是：

藕絲欲縛鵾鵬翅，黃鳥偏懷鴻鵠心。
莫道閨中兒女小，一雙俊眼海般深。

冷絳雪迎到府門，竇知府正在堂上，等送他下船。忽見他走上堂來，雖年尚髫小，卻翩翩然若仙子臨凡，看其舉止行動，宛然又是一個山黛，心下先有幾分驚異；及走到面前，只道他下拜，將要出位還禮優待，不期冷絳雪只深深一個萬福⑭便立住不動。竇知府不好意思，只得問道：「你就是冷絳雪麼？」冷絳雪朗朗答應道：「賤妾正是。」竇知府道：「我聞你自擅小才女之名，既有才，則有學，既有學，則知禮，怎麼見我一個公祖，竟不下拜？」冷絳雪答道：「大人既知講禮，則當達權。賤妾若不為山府

⑭ 萬福：唐宋婦女相見行禮，多口稱「萬福」。後亦以稱婦女所行的敬禮。

買去，以揚州子民論，安敢不拜見府尊？今既為山相府之人，豈有相府之人而拜太守之堂者乎？」竇知府聽了，竦然道：「難道相府之人便大些麼？」冷絳雪道：「相府之人原不大，奈趨奉相府之人多，不得不大耳。」竇知府道：「你雖為相府之人，尚未入相府，則為禍為福，尚我為政，怎便挺觸於我？」冷絳雪道：「未入相府，妾之禍福，大人為政。妾以良家子女，陷為婢妾，既聞大人之命矣。明日妾入山府，若無所短長，則大人獻猶不獻；妾若稍蒙青目，則大人之禍福，又妾為政矣。妾敢實告，為恩為怨，大人亦當熟思！」竇知府聞言，大驚失色道：「據汝這等說起來，是我欲結一人之恩，反招一人之怨了？結恩未必深，而招怨已切齒，這如何使得！」因低頭沉吟，有個欲要改悔之意。

冷絳雪見了，微微笑道：「大人不必沉吟。妾原知此意不出之大人，大人只是過於信讒耳。妾不報讒人而報大人，非女子也。大人請放心，從前功罪可以兩忘。今與大人約，敢以父兄門戶為托：父兄門戶安，則賤妾頂踵可捐；倘再魚肉，則仇不共天。斷不失言，惟大人圖之。」竇知府聽了，方喜動顏色道：「聽汝言談，觀汝舉止，不獨才情獨步一時，而俠氣直接千古，真可愛可敬！到京自有大遇。本府誤聽讒言，今日悔無及矣。父兄之托，謹當如教。倘可吹噓，幸勿忘今日之約。」冷絳雪道：「既蒙明諭，妾雖草木，亦有知恩。」竇知府大喜，遂邀入後堂，叫夫人盛設留餞。餞罷，方用鼓樂送上船。聞知鄭秀才送上京，又另是二十兩下程。正是：

獻媚雖云得計，逢迎實費周全。
榮辱到底由命，何不聽之自然。

竇知府送了冷絳雪下船，隨即差人飛個名帖拜冷大戶。就吩咐說道：「如有甚事情，不妨私衙相見。」冷大戶見女兒與知府直立著對答了半晌，知府轉加意奉承，曉得女兒有些作用⑮，方稍稍放心。直看女兒開了船方才回去，不題。

卻說冷絳雪，自別父親，慨然而行，全無離別之色。一路上逢山看山，遇水觀水，凡遇古人形跡所在無不憑弔留題。

一日，行到了山東汶上縣，見一簇林木蒼秀，林木中隱隱露出兩個廟宇的獸頭脊角。冷絳雪在舟中望見，便問是甚麼所在。船上人答道：「這是汶上縣地方，前面紅廟叫做閔子⑯祠，是個古跡。」冷絳雪道：「既是閔子騫大賢古跡，不可不到。」因叫船家攏船，要上去看看。船家道：「日已向西，又是順風，要趕路，不上去罷？」冷絳雪道：「那有不上去之理！」船家拗不過，只得落了篷將船彎近廟前，說道：「趕路要緊，廟中景致甚多，只好略看看就下船，千萬不可耽擱。」冷絳雪應了，隨同鄭秀才帶著兩個丫頭，攜了筆硯跟隨，兩個差役前面引路。

冷絳雪到了廟門一看，只見入去的徑路都是隨山曲折的，由徑路走到大殿足有半箭多路。殿上廟貌雖不甚齊整，卻還不甚荒涼。冷絳雪瞻拜一回，因對鄭秀才說道：「昔日閔子不仕權門，欲逃汶上以辭，遂成了千古大賢。我冷絳雪年雖幼，也是個有才女子，怎反趨入權門？其中是非，正自難言。」鄭秀才

⑮ 作用：作為。

⑯ 閔子：即閔子騫。春秋魯國人，孔子弟子，名損，字子騫。少時，後母虐之，冬，衣所生二子以棉，衣子騫及弟以蘆花。父知之，欲出後母。子騫曰：「母在一子單，母去四子寒。」遂止。後母悔，待諸子如一。

道：「他一個聖門大賢，你一個女子，怎與他比較起來？」冷絳雪道：「舜何人？予何人？有為者，亦若是。」嘆息了兩聲，因取丫頭攜來筆硯，在西楹傍邊粉壁上題詩一首道：

千古權門貴善辭，娥眉何事反趨之？
只因深信尼山⑰語，磨不磷兮涅不緇⑱。

後題「維揚⑲十二齡小才女冷絳雪題」。

冷絳雪題罷，就同鄭秀才入廟後各處去游玩。不期事有湊巧，冷絳雪才轉得身，忽廟外又走進一個小秀才來。

你道這小秀才是誰？原來姓平名如衡，表字子持，是河南洛陽人。自幼父母雙亡。他生得面如美玉，體若兼金。年才一十六歲，而聰明天縱，讀書過目不忘，作文不假思索，十三歲上就以案首進學⑳，屢考不是第一，定是第二，決不出三名。

⑰ 尼山：指孔子。相傳叔梁紇與顏氏女禱於尼山而生孔子。後因以尼山指孔子。
⑱ 磨不磷兮涅不緇：比喻經受磨礪侵染的考驗。論語陽貨：「不曰堅乎？磨而不磷；不曰白乎？涅而不緇。」磷，薄。緇，黑色。
⑲ 維揚：即揚州。
⑳ 以案首進學：清代科舉，縣、府試及院試的第一名叫案首。進學，指童生應歲試，錄取入府縣學肄業。進學的童生叫秀才。

這年到了一個宗師㉑，專好賄賂，案首就是一個大鄉宦的子弟，第二至第十皆是大富之家一竅不通之人，將平如衡直列到第十一名上。平如衡胸中不忿，當堂將宗師挺撞了幾句。宗師大怒，要責罰他，他就將衣巾脫下交還宗師道：「我平如衡要做洛陽秀才，便聽宗師責罰；這講不明論不公的窮秀才，我平如衡不願做他，宗師須管我不著！」宗師道：「我考你在一等十一名，也不為低了。」平如衡道：「若是前面十人文章果然好似我平如衡，莫說一等十一名，便考到六等，也不敢生怨；倘一個不如我，縱列第二，終不能服。」宗師道：「小小年紀，怎這等放肆！那見前面十人便不如你？」平如衡道：「『文章千古事，得失寸心知㉒。』這也難辯。只是我平如衡不願做這生員了。」宗師道：「學校乃斯文出身之地，你為一時名次，棄了衣巾而去，豈不誤了終身？」平如衡笑道：「人生只患無才，若毛羽已豐，則何天不可以高飛！」因長揖而去。

宗師十分慚愧，還叫教官留他，當不得他執意不回。他恐怕住在洛陽被宗師纏擾，因有一個親叔是個貢生㉓，在京選官，遂收拾行李，帶一老僕進京去尋他。不想到得京中，叔子已選松江教官，上任去了。因京中別無熟識，只得一路起旱出京，要往松江去尋叔子。

這日到了汶上縣，雖天色尚早，還去得幾里，因身子倦怠，便尋個潔淨歇店住下。聞知閔子廟不遠，

㉑ 宗師：明代稱提學道，清代稱提督學政。

㉒ 文章千古事得失寸心知：詩句出於杜甫詩偶題。

㉓ 貢生：生員一般隸屬於本府、州、縣學，若考選升入京師國子監讀書的，則稱為貢生。意即將人才貢獻給皇帝。

遂步入廟中來閑散。才走到廟楹之前，忽見粉壁上墨跡淋漓，龍蛇飛舞，心下驚異，忙近前一看，見詩意又感慨、又自負，又見有「娥眉」之句，心下想道：「難道是個女子？」及看到後邊，見寫著「十二齡小才女」，驚得滿身汗下道：「大奇事，大奇事！怎麼十二歲女子有此傑作？不信，不信！」再定睛細看時，見墨跡尚然未乾，後面題名「冷絳雪」，心下想道：「既有名姓，這是真了。」因嘆息道：「我平如衡自恃十六歲少年有此才學，往往驕傲，將人不看在眼中，誰知十二歲女子詩才如此高美，真令人愧死！」又朗吟了數遍，愈覺警拔，因想道：「此乃千秋僅見之事，便冒續貂㉔之醜，也說不得，須和他一首。」因到殿上香座前，尋了一枝爛頭筆，在石硯裡掂得飽飽，走到壁邊，依韻和詩一首道：

又見千秋絕妙辭，憐才真性孰無之？
倘容秣馬明吾好，願得人間衣畫緇㉕。

後寫「洛陽十六歲書生平如衡，將往雲間，道過汶上，偶瞻壁翰，欣慕執鞭㉖，草草題和。」平如衡題完，放了筆，又痴痴想道：「此鄉僻村野之地，如何得有才女？除非過往仕客家眷。」忽想起道：「方才入廟時，看見廟門前河岸口有一隻大船泊著，莫非就是船中起來游賞的？」因忙忙趕出

㉔ 續貂：即狗尾續貂。此謙言己之和詩也。
㉕ 衣畫緇：詩經鄭風緇衣：「緇衣之宜兮，敝，予又改為兮。」此句詩謂願人間皆得佳侶也。
㉖ 執鞭：為人執鞭駕車侍候。詩云「倘容秣馬」，即此意。

廟來一看，只見那隻船正攏著跳板，踏著扶手，幾個人立著，勤勤張望廟中，在那裡等候。平如衡暗道：「是了，是了，想在廟中，尚未出來。」欲要進廟迎看，又恐怕迎錯了，遂只在廟前船邊走來走去的等候。

卻說冷絳雪在廟後各處游覽完，方才出來，走到殿前，自家愛自家的題詠，捨不得丟下，心中暗想道：「我這首詩題在此處，真是明珠暗投，有誰鑒賞？」又走近壁間去看看，忽見後邊已有人和詩在上，不勝驚訝道：「怎麼剛轉得一轉，就有人和在上面？」再細細一看，見詞意深婉，俱寓稱揚不盡之意；又見筆墨縱橫，如千軍萬馬；又看到署名，愈加驚喜道：「嘗謂天下無才，誰知轉眼間便遇了知己。但當面遇之，又當面失之，殊可痛恨！」只管立住沉吟。船上人早趕進廟來催促道：「天色將晚了，快下船，還要趕宿頭哩。」

冷絳雪無奈，只得走出廟來。出得廟門，只見一個少年書生，俊俏風流，在那裡伸頭縮腦的張望。欲待停足回眸，爭奈母舅與差人圍簇而行，少留不得。剛上了船，跨得入艙，船家早將船撐離岸，曳起篷，如飛的一般去了。只因這一去，有分教：相思兩地無頭緒，緣分三生有腳跟。不知此後如何，且聽下回分解。

第八回　爭禮論才驚宰相　代題應旨動佳人

文章留餘固妙也，然亦有味在個中，不千咀萬嚼其酸甜不出，其冷暖不知，則必層層剝入，細細抽出，方見其心情有如許之微婉。故平如衡見冷絳雪後，胡思不已；冷絳雪見平如衡後，想念無休。此又不留餘之一妙也，不可不知。

文人之有才猶金玉之有聲，不扣，誰知其聲之有五音也？故冷絳雪立而不拜者，待其扣也。前用之竇知府，僅一借徑耳，故待其扣，但微微發其權門之小響而即止。何也？不過為門戶計耳。至於施之山相公，立身之地也，揚眉吐氣正在其時。故山相公既扣之，若不大發其論禮、論才、爭坐之洪聲而滔滔不已，豈不遇而不遇，失之當面乎？故惟一拜之頃，出其不意，即不遜不讓，而突然五音陡發，使山相公聽之不得不驚，不得不喜，不得不憐，而假之詞色也。此冷絳雪所以不畏受獻於相府也。何也？以已有飛鳴驚人之才耳。

冷絳雪立而不拜已兩見矣。若見山小姐而再一見，便覺傷贅；若捨立而不拜，又別無相見之端。卻妙在冷絳雪走到面前，而山小姐不待開言，早鑒貌辨色，已底裡代為道出。此不獨襯貼冷絳雪不肯自卑，而山小姐之心靈才敏高出一階又可想見矣。所謂花香不礙月色也。

若一低一昂，便不見寫二美之妙。

彼此考詩，若自出題亦未為不可，只覺妙不在人意外；乃借聖旨降出四瑞、三十六宮二題，彼此互顯其才，何等有情有景！且一以見冷絳雪敢於應制，不以小家自餒，是其本領；一以見山黛時承詔命，原係大得聖心，不是虛名；又且見山黛暗荐冷絳雪，不勞特疏之煩；且又見冷絳雪才感聖知，不假疏荐之力。機局在有無間，打成一片，令人莫窺其際。

四瑞詩首首俱精警異常，冷絳雪已突然天上矣，山黛再賦三十六宮詩，不幾難於下筆乎？而「天有道」、「地無疆」、「壽酒」、「春觴」等句，其精警不啻又過之。「既生瑜，何生亮？」❶不怕英雄不低徊感嘆！

兩人至題詩後講禮，則贊是真贊，謙非虛謙。只得以賓主禮見，正與前賓主禮相見為宜相合。可見冷絳雪自出門到此，未有一言不應其口，蓋胸中先有成竹也。

山黛一見冷絳雪行徑，便明目張膽，發出「甚賤」、「甚貴」兩種道理，命其權坐，應接何其警捷！山相公一時委決不下，未免少遜一籌。

冷絳雪自直述其欲揚眉吐氣，不作家庭小孝，心何朗烈；山黛又不待以姊妹，而直待之以閨中朋友，意皆不凡。不獨見其兩美，更足見其兩俠。

詞曰：

❶ 既生瑜何生亮：三國志演義周瑜臨終之語。瑜，為周瑜自指。亮，指諸葛亮。

青青楊柳，更有桃花紅欲剖。紫燕翩翩，黃鶯又囀弦。　鳳祥麟瑞，不信人間還有對。休嘆才難，試展雕龍繡虎看。

右調減字木蘭花

話說平如衡立在廟前探望題詩女子，立不多時，只見廟中果然許多人簇擁著一個垂髫女子走了出來。陡然四目一視，見眉宇清妍，容光飛舞，真不啻遇了西子、毛嬙，把一個平如衡驚喜得如痴如狂，心魂俱把捉不定。及再要一看，那女子已被眾人催逼上船，登時開去。

平如衡立在河口，就如石人一般，向北而望，只望得船影都不見，方才垂下眼來。及要轉身，爭奈四肢俱癱軟，半步也移不動。沒奈何強掙到廟前石墩上坐下，心中暗想道：「再不想天下有這等風流標致的小才女，要我平如衡這樣嗤嗤❷男子何用！若是傳聞，尚恐不真。今日人物是親眼見的，壁上詩，年紀與其人相對，自然是他親題，千真萬實，怎教我平如衡不想殺、愧殺！又不知方才這首和詩，美人可曾看見，若是看見我後面題名，方才出廟門，覿面相覷，定然知道是我。我的詩雖不及美人，或者憐我一段殷勤欣慕之情，稍加青盼，尚不枉了一番奇遇；若是美人眼高，未免笑我書生唐突，則為之奈何？」又想道：「他署名冷絳雪，定然是冷家女子了。但不知是何等樣人家？我看方才家人侍妾圍繞，自然是宦家小姐了。但恨匆匆不曾問得一個明白。」

一霎時，心中就有千思百慮，腸回九轉，直坐到傍黑，方才歸客店去。真個是搗枕捶床，一夜不曾

❷ 嗤嗤：庸拙。

合眼。捱到天明，渾身發熱如火，就在客店中直病了半月方好。欲待進京訪問消息，料如大海浮萍，絕無蹤跡；又且行李蕭條，艱於往返，沒奈何只得硬著心，忍著苦，往松江訪叔子而去。正是：

無定風飄絮，難留浪滾沙。
若尋來去跡，明月與蘆花。

平如衡往松江尋訪叔子，且按下不題。卻說冷絳雪剛上得船，船便撐開，掛帆而去，急向篷窗一望，早已不知何處。心下暗想道：「此生倉卒之間，能依韻和詩，又且詞意深婉，情致兼到，真可兒❸也！但恨廟前匆匆一盼，不能停舟相問。只記得他名字叫做平如衡，是洛陽人。我冷絳雪雖才十二歲，然博覽今昔，眼中、意中不見有人，不意道途中倒邂逅此可兒。怎能與他爭奇角險，盡情酬和，令我胸中才學稍稍舒展，亦人生快事也。還記得他說將往雲間。雲間是松江府，他南我北，不知可還有相見之期？」以心問心，終日躊躇，一路上看山水的情興早減了一半。

不一日，到了京師，差人先將文書、書信送入山府。山顯仁接見了，乃知是竇國一買婢送來。此時已在近地買了十數個，各分職事，編名掌管。見是揚州買來，又見書上稱能詩能文，也覺歡喜，就與女兒山黛說知，發轎去接。不多時接到，因命幾個僕婦，將他領入後廳來見。山顯仁與羅夫人並坐在上面，只見冷絳雪不慌不忙，走將進來。山顯仁仔細一看，只見：

❸ 可兒：如意的人。

風流情態許多般，漫說生成畫也難。
身截巫山雲一段，眉分銀漢月雙彎。
行來只道花移步，看去方知玉作顏。
莫訝芳年才十二，五車七步❹只如閑。

山顯仁見他一路走來，舉止端詳，就與女兒山黛一般，心下先有幾分駭異；及走到面前，又見容貌端莊秀媚，更加歡喜。領他的僕婦，見他到面前端立不拜，因說道：「老爺、夫人在上，快些磕頭！」冷絳雪聽了，只做不知，全然不動。

山顯仁見他異樣，因問道：「你既到我府中，便是府中之人了，怎麼不拜？」冷絳雪答道：「妾聞貴賤尊卑，相見以禮。冷絳雪既見太師、夫人，安敢不拜？但今日乃冷絳雪進身之始，不知該以何禮相見，故立而待命。」

山顯仁見他出語淩厲，因笑問道：「你且說相見之禮有那幾種？」冷絳雪道：「女子入門，有婦禮，有保母禮，有傅母禮，有賓禮，有記室禮，有妾禮，有婢禮，種種不同，焉敢混施。」山顯仁道：「你自揣該以何禮相見？」冷絳雪道：「關雎風化之首❺，既無百兩之迎❻，又無鐘鼓之設❼，不宜婦禮明

❹ 五車七步：指學富五車，七步成詩。即學識淵博，才思敏捷。
❺ 關雎風化之首：詩經首篇關雎，舊說為稱頌后妃之德，故稱風化之首。
❻ 百兩之迎：指隆重的迎接。詩經召南鵲巢：「之子于歸，百兩御之。」

矣。保母、傅母貴於老成，妾年十二，禮更不宜。太師壽考南山，冷絳雪齒髮未燥，妾禮之非，又不待言。太師若能略去富貴，而以翰墨見推，則賓禮為宜。然當今之世，略去富貴者能有幾人？或者富貴雖不能盡忘，猶知憐念斯文，委之記室，則記室禮亦宜。甚之貴貴輕才，尊爵賤士，以獻來為足辱，以柔弱為可欺，則污之泥中，廁之爨下，敢不惟命，則當以婢禮見。然恐非太師四遠求才之意也。此賤妾自揣者如此，幸太師明示。」

山顯仁聽了這許多議論，心下暗喜道：「此女齒牙伶俐，詞語慷慨，不獨才高，且有俠氣，真可愛也！」因又笑問道：「你說賓禮相見為宜，且問你：賓禮如何行？」冷絳雪道：「行賓禮，則太師起而西向立，夫人起而東向立，冷絳雪北面再拜，每拜太師答以半禮，夫人回以一福；四拜畢，太師、夫人命侍妾掖之起，太師、夫人北向坐，冷絳雪傍坐；賜茶，問以筆墨之事。此賓禮也。」山顯仁又問道：「記室之禮如何行？」冷絳雪道：「論記室禮，受職有屬，則太師、夫人高坐於上，冷絳雪趨拜於下；拜畢，賜坐於旁，有問則起立而對。此記室禮也。」山顯仁道：「婢禮如何？」冷絳雪道：「婢則匐伏叩頭而已，何禮之有！」

山顯仁笑道：「行賓禮亦不難。但賓者，主之朋也。必見聞深遠、議論風生，方足與主人酬酢。你小小女子，亦能之乎？」冷絳雪道：「若酬酢不能，安敢自稱才女，而輕數千里，遠獻於相府？」山顯仁道：「你既自稱才女，且問你：何以謂之才？」冷絳雪道：「才之道甚大，其論甚長。若草率奉答，又不足以副明問；欲精粗畢陳，恐非立談之可盡。」

❼ 鐘鼓之設：指隆重待賓之禮。詩經小雅彤弓：「我有嘉賓，中心喜之。鐘鼓既設，一朝右之。」

山顯仁笑對羅夫人說道：「此女小小年紀，口出大言，見我拜也不拜一拜，倒思量坐談，豈不好笑！」羅夫人道：「看他姿容舉動，不像個下人，便與他坐下也不妨。且看他說些甚麼。」山顯仁道：「既夫人這等說，」就叫侍妾移一張椅子在旁邊，說道：「你且權坐了，細講『才』字與我聽。」

冷絳雪聽了，也不告坐，竟公然坐下道：「蓋聞天、地、人謂之三才，故一言才而天、地、人在其中矣。以天而論，風雲雪月發亘古之光華；以地而論，草木山川結千秋之秀潤。此固陰陽二氣之良能，而昭著其才於乾坤者也，雖窮日夜語之而不能盡，姑置勿論。且就人才言之：聖人有聖人之才，天子有天子之才，賢人有賢人之才，宰相有宰相之才，英雄豪傑有英雄豪傑之才，學士大夫有學士大夫之才。聖人之才參贊化育，賢人之才敦立綱常，天子之才治平天下，宰相之才黼黻皇猷，英雄豪傑之才斡旋事業，學士大夫之才奮力功名。以類而推，雖萬有不同，皆莫不有一段不磨之才，以自表現於世。然非今日明問之所注也。今日明問之所注，則文人之才、詩人之才也。此種才，謂出之性，性誠有之，而非性之所能盡該；謂出之學，學誠有之，而又非學之所能必至。蓋學以引其端，而性以成其靈；苟學足性生，則有漸引漸長、愈出愈奇、倒峽瀉河而不能自止者矣。故有時而名成七步，有時而倚馬萬言，有時而醉草蠻書❽，有時而織成錦字，有時而高序滕王之閣❾，有時而靜詠池塘之草❿。至若班姬之管，千古流香；謝女之吟，一時擅美。此又閨閣之天生，而添香奩之色者也。此蓋山川之秀氣獨鍾，天上之星精下

❽ 醉草蠻書：明馮時化酒史載李白「其草答番書，辨如懸河」。警世通言有李謫仙醉草嚇蠻書。
❾ 高序滕王之閣：唐王勃有滕王閣序。
❿ 靜詠池塘之草：南朝謝靈運詩登池上樓：「池塘生春草，園柳變鳴禽。」

降。故心為錦心，口為繡口，構思有神，抒腕有鬼；故揮毫若雨，潑墨如雲，談則風生，吐則珠落。當其得意，一段英英不可磨滅之氣，直吐露於王公大人前，而不為少屈，足令卿相失其貴，王侯失其富，而老師宿儒自嘆其皓首窮經之無所成也。設非有才，安能淩駕一世哉！雖然，孔子有才難之嘆，天后有失才之悲⓫。每憑弔千秋，奇才無幾；俯仰一世，未見有人。故冷絳雪不鄙裙釵，自忘幼小，而敢以女才子自負，以上達於太師之前，而作青雲之附。不識太師能憐而使得揚眉吐氣於前否？」

山顯仁聽了，伸眉吐舌，不勝驚喜，因對夫人道：「妙論，妙論！我只道閨閣文章之名，獨為吾兒山黛所擅，不意又有此女，真奇怪！前日欽天監奏才星下降，當生異人，果不虛矣。此女當如何相待？」羅夫人道：「且待見過女兒，看女兒如何相待，再作商量。」山顯仁道：「夫人之言有理。」因命賜茶。

茶罷，就著幾個老成侍妾領他入內，去見小姐。臨行，山顯仁又吩咐冷絳雪道：「我家小姐，乃當今聖上御筆親書才女之匾，又特賜玉尺，以量天下之才，又賜金如意以擇婿，十分寵愛。前日許多翰苑名公都被他考倒。他心性驕傲，你見他須要小心，不比我老夫妻憐你幼小，百般寬恕。」冷絳雪道：「但恐小姐才不真耳；若果係真才，那有才不愛才之理？太師、夫人但請放心。」遂同了侍妾，徑入內來。到了臥房樓下，侍妾叫冷絳雪立住，先上樓去報知小姐。

此時小姐晨妝初罷，正捲起珠簾，焚了一爐好香，在那裡看奇女傳。忽侍妾報說道：「揚州寶知府所獻女子，已到在樓下，要見小姐。」山黛道：「曾見過老爺太太麼？」侍妾道：「見過了，故叫領來

⓫ 天后有失才之悲：武則天有遺失人才的嘆息。駱賓王沉淪下僚，後來依附徐敬業造反，作討武氏檄，天下流傳，武則天讀罷，嘆息宰相安得失此人才。

見小姐。」山黛道：「老爺見了曾替他另起名、編入職事麼？」侍妾道：「這個女子與眾不同。」就將見老爺不拜、爭禮、論才之事，細細說了一遍，道：「他問一答十，連老爺也沒法奈何，故叫送來見小姐。」山黛聽了，又驚又喜道：「那有此事！可快喚他上樓來，待我看是怎生樣一個人物。」侍妾領命。

不多時，只見冷絳雪走上樓來。二人覿面一看，你見我如蕊珠仙子，我見你如月殿嫦娥，兩兩暗驚。走到面前，山黛心靈，先說道：「你身充婢妾而來，則體甚賤；聞你以詩文自負，則道又甚尊。我一時降禮，則恐失體；一時傲物，又恐失才。你且權坐下，可盡吐所長，若微有可觀，自當刮目。你意下何如？」冷絳雪道：「我冷絳雪肺腑之言，已被小姐一口代為道出，更有何說，只得領命告坐。」遂攬攬衣，坐於對面。

山黛道：「看你舉止不俗，眉目間大有文情，似非徒誇於人者。我若今日單考於你，只道我強主壓客；欲與汝同做，又出題不便；莫若公議出題，分鬮以詠，何如？」冷絳雪道：「我冷絳雪遠獻而來，底裡不知，故小姐宜試其短長。若小姐，則天子為一人知己，翰林名公盡皆避席，才名已滿於長安，何必與賤妾共較優劣，得不加貴，失則損名，竊為小姐不取也。」山黛笑道：「據汝所言，將以我為虛名，恐怕做得不好出醜，最是一團好意。我怎好定要與你並較長短，且試你一篇，如果奇特，再待你考我未遲。」

因提起筆來，思量要寫題目，忽侍妾來報：「聖旨下，快到玉尺樓接旨！」山黛聞知，忙將筆放下，立起身，換了大服，要走出來。因對冷絳雪道：「你也同去看看，或有筆墨之命，待我奉詔做與你看，便當你先考我。何如？」冷絳雪微微點首，遂同了出來。

到得玉尺樓下，只見香案已排設端正，聖旨已供在上面。山黛拜畢，開旨一看，卻是四幅龍箋，要題詩四首，裱於聖朝四瑞圖上：一幅是鳳來儀，一幅是黃河清，一幅是甘露降，一幅是麒麟出。

山黛領了旨，遂將四幅龍箋，命侍妾捧上樓去。一面命中官外廳伺候，一面上樓，叫侍妾磨墨欲書。冷絳雪在旁說道：「方才小姐欲出題，面試賤妾，何不即將此四題，待賤妾呈稿，與小姐改削？」山黛道：「使倒使得，只是中官在下面立等回旨，恐怕遲了。」冷絳雪道：「奉旨怎敢遲慢！」

此時樓上紙筆滿案，冷絳雪遂取了一枝筆，展開一幅紙，全不思索，信筆而書。但見運腕如風，灑墨如雨，縱橫起落，寫得箋紙瑯瑯有聲。山黛看見他揮毫如此，先喜得眉目都有笑色；及做完了，取來一看，只見第一幅：

鳳來儀

岐山鳴後久無聲，今日來儀兆太平。
莫認靈禽能五色，蓋緣天子見文明。

第二幅：

黃河清

普天有道聖人生，大地山川盡效靈。

塵濁想應淘汰盡，黃河萬里一時清。

第三幅：

甘露降

上氣氤氳下氣和，釀成天地大恩波。
金莖不用雲中接，一夜松梢珠萬顆。

第四幅：

麒麟出

聖人在位已千秋，聖德如天何待修。
當日尼山求不出，今同鹿豕上林⓬游。

山黛看完，大驚大喜，拍案說道：「姐姐仙才也！仙筆也！我山黛有眼不識，得罪多矣！」遂走轉下來，欲要與冷絳雪敘禮。冷絳雪止住道：「小姐，先請完了聖旨，再講禮也不遲。」山黛點首道：「有

⓬ 上林：漢武帝有上林苑。

理。」遂立住不動，一面取過龍箋書寫。

冷絳雪道：「小家之句，恐不足以當御覽，還須小姐自作；即欲用，亦須小姐改削。」山黛道：「點題、頌聖，無不盡美盡善，雖懸之國門，千金不能易一字矣。小妹何敢妄著佛頭之糞⑬！」遂展開龍箋，分真、草、隸、篆各書一幅。書完，又信手寫短表一道，回復聖旨。冷絳雪在旁，看見他拈弄翰墨，直如游戲，心下已自輸服。

不料這邊旨意才打發得出門，外邊早又報有聖旨到，山黛只得重覆下樓接旨。接完開看，卻是要賦三十六宮都是春詩一首。山黛領旨上樓，與冷絳雪看。

冷絳雪道：「待妾再為捉刀何如？」山黛道：「方才是要領姐姐大教，故敢相煩；今已心傾，怎敢再勞？容小妹獻醜請教罷。」遂展開龍箋，草也不起，揮毫直書，不費半刻工夫，早已四韻俱成。上寫著：

賦得三十六宮都是春

聖恩無處不三陽，何況深宮日月光。
淑氣相通天有道，和風不隔地無疆。
階階楊柳青同色，院院梨花白共香。
壽酒一宮稱十獻，一時三百六春觴。

---

⑬ 著佛頭之糞：語出景德傳燈錄七如會禪師，後多用為褻瀆、玷污之喻。

山黛寫完，遞與冷絳雪看，道：「草草應詔，姐姐休笑。」冷絳雪接了道：「妾已在傍看明，不待讀矣。小姐運筆如此之敏，構思如此之精，語語入神，字字驚人，真天才也！聖主寵鑒，信有真矣。妾方才代作之妄，悔無及矣。恐遭聖主之譴，將如之何？」

山黛笑道：「姐姐不必謙。」一面說，一面將詩封好，著人交付中官進呈。然後與冷絳雪敘禮道：「小妹因謬為聖主所知，薄有浮名，遂不自揣，妄自尊大，以為天下不復有人。不知姐姐仙子降臨，遂一概視之。適見揮毫，方知女中之太白也。使小妹愧悔交集，通身汗下，望姐姐恕之。請轉，容小妹荊請⓮。」冷絳雪道：「賤妾村野下品，為人買獻，偶以枋榆之飛，沾沾自喜；今經滄海，尚然誇水，已見巫山，猶爾稱雲，其遺笑大方為何如！小姐不棄，即就青衣，猶為過分，何敢當賓！」山黛道：「文字相知，最為難得。我與姐姐今幸相逢，可稱奇遇，何必泛作謙語。」冷絳雪推辭不得，只得以賓主禮相見。拜畢，分坐。

侍妾獻上茶來，山黛便問道：「以姐姐高才，豈無甲第門楣，乃為輕薄至此？」冷絳雪道：「賤妾不幸，幼失先慈，無人訓誨。嚴君過於溺愛，聽妾所為。妾又自恃微才，不輕許可，嘗與家君約：不論貴賤好醜，但必才足相敵，方可結褵⓯。前日家君訪得一宋姓者，詩名大震，以為有才，招與妾較，不意一味誇張，毫無實學，被賤妾嘻笑嫚罵，羞辱極矣。彼故借竇知府之力，而陷妾於此。自分為爨下之桐⓰。豈料小姐憐才，過於刮目，真不幸中之大幸也。」

⓮ 荊請：即負荊請罪。

⓯ 結褵：古時女子出嫁，母親將佩巾結在女兒身上，謂之「結褵」。後用為成婚的代稱。褵，音ㄌㄧˊ。

山黛道：「宋姓者莫非就是宋信？」冷絳雪道：「正是宋信。」山黛道：「他在京曾挑小妹一場是非，幸小妹腕指有靈，不為所困。後來天子知其開釁情由，將他責了四十御棍，押解還鄉。已出九死一生，怎尚不知改悔，又在姐姐處如此作惡，真小人也！明日與爹爹說知，將他拿來重處才好。」冷絳雪道：「宋信情固可惡，然賤妾蓬茅荊布⑰，非宋信之惡，又安能得見小姐天上之人？以此而論，則宋信雖罪之首，而又功之魁也。」

山黛笑道：「不念其惡，而反言其功，姐姐存心仁恕矣。但是姐姐既已來矣，為今之計，還是欲歸乎？還是暫留京師，而以高才顯名乎？」冷絳雪道：「妾蒙小姐一見而即以心膂相待，妾雖草木，安敢不以肝膈相告乎？賤妾雖為宋信所陷，然見竇知府而以危言動之，彼已畏禍而欲中止。賤妾因思家居農村，能識幾人？不睹崤函之大，安知天子之尊？故轉以甜言開慰，方得覩駕至此。今至此，而又僥幸蒙小姐垂青，正賤妾揚眉吐氣之時，安敢以家庭小孝，而作兒女思歸之態耶？」山黛鼓掌大快道：「此英雄之言，不當以閨閣論也！」因吩咐侍妾治酒，與冷絳雪洗塵。

冷絳雪道：「太師與夫人處，因賤妾初來，恐為富貴所壓，故以貧賤自驕，尚未一拜。今既蒙小姐錯愛，不以富貴相加，反以垂青優禮，則賤妾貧賤驕人之罪，百口無辭矣！乞小姐先率領於太師、夫人前，匐伏荊請，然後敢領小姐之教。」山黛道：「家嚴慈因姐姐初來，知之不深，未免唐突。彼此有失，

---

⑯ 爨下之桐：桐為良材，可以做琴，今乃投之灶下為柴，喻美質而受輕賤糟蹋也。東漢時蔡邕過村人以燒桐木為炊者，聞其火裂聲，知為良材，因請取之，裁為焦尾琴，有美音。爨，音ㄘㄨㄢˋ。

⑰ 蓬茅荊布：蓬戶茅屋、荊釵布裙。謂貧賤之家也。

俱可相忘，但賓主豈可無相見之儀？」因起邀冷絳雪在左，並行而往。

此時，山顯仁與夫人正聞知冷絳雪代作四瑞圖詩之事，在房中閑話。忽報小姐同冷家女子來見，山顯仁與夫人便笑嘻嘻迎將出來道：「我兒，聞冷家女子果有才情。我就看他言詞舉動，與眾不同。」山黛道：「冷家姐姐之才，直在孩兒之上。今已屈之，與孩兒作閨中朋友，以受切磋之益。特來拜見父親、母親。」山顯仁道：「以朋友相與，何如以姊妹相與之更親也？」山黛道：「姊妹固好，但冷家姐姐其才其美自足播其芳香，若結為姊妹，必易山姓，異日顯名，只道假力於我。是以無益之榮，掩其有為之實，烏乎可也。故孩兒思之熟矣，還是朋友為宜。」山顯仁連連點頭道：「我兒所論，大為有理。」冷絳雪遂以通家子侄禮拜山顯仁與夫人。

剛拜得完，正欲留茶敘話，忽外面又報聖旨下，山黛遂忙忙趨出接旨。只因這一道旨意，有分教：紅顏生色，白屋添榮。不知聖旨又有何說，且聽下回分解。

第九回　暗摸索奇文欣有托　誤相逢醉筆傲無才

冷絳雪足未立穩，便蒙賜女中書之號，並榮其父，雖欲完其挺身而來一番作用，然聖心因女子之才而思及男子之才，敕命學臣搜求，早已不知不覺而插入燕白頷出身之地矣。真有朝北海、暮蒼梧飛渡之妙！

文宗憑文字拔一真才居第一，可謂藻鑒之精矣。不期到第二名，便因勢利取一匪人與之齊驅，未免削文明之色，真無可奈何事也。然有真必不能無假混場，無假何以見真之為貴？假真往往夾雜而出，正是世情之妙。

才人若不愛才，算不得真正才人。何也？蓋真正才人自重其才，故見人之才有如性命，安得不愛？才人若不高傲，亦算不得真正才人。何也？蓋真正才人自既有才，故視人之無才有如糞土，安得不傲？故善於形容真正才人者，定要在愛才與高傲處著筆，方盡其妙。若捨此二種，而單贊其才高才美，終屬皮毛，必不聳聽。故燕白頷一聞平子持之才，卻恨不能一時把臂，何愛才也；及托袁隱往招，又戒其無才莫來，恐討當場沒趣，又何高傲也。至於平如衡慕燕紫侯之才，欣然往訪，何愛才也；及遇張寅題詩不出，唾棄而去，又何高傲也。惟愛才處有如性命，高傲處有如糞土，故每讀一過，而燕、平二才人之精神氣魄直躍躍紙上。何也？如畫龍點其睛矣。

感懷詩一味詆世，尚不脫高傲習氣；至於「花溪」、「柳溪」一詩，筆筆在有意無意間，而情興舒徐，風雅特甚，怪不得老平傚作。只可笑張寅，自作一富貴秀才，橫襟闊視，誰奈他何？卻轉費酒肉奉承人，討輕薄，此何苦耳！因知炫名之害人不淺也。

平子一題詩便思及閔廟之冷絳雪，心頭口頭，宛然如在。

詞曰：

薰❶自生香，蕕❷能發臭，欲和為一焉能夠。喜聲原自鵲居之，惡名還自鴉消受。　非是他肥，不關我瘦，長成骨相生成肉。嬌歌終得唱歌人，不須強把眉兒皺。

右調踏莎行

話說冷絳雪正拜見山顯仁與羅夫人，留茶敘話，忽報聖旨下，山黛忙趨到玉尺樓跪接聖旨。開看，只見御筆親批道：

❶ 薰：香草。

❷ 蕕：臭草。

覽四瑞圖詩，體裁端穆，意味悠長，閨秀而有大臣之風，殊可嘉也。特賜萬瑞彩緞四端，以為潤筆。三十六宮詩寫皇恩普遍如畫，且字字警拔，而「天有道」、「地無疆」更為奇特，再賜御酒三十六瓶，以為春觴。庶見朕之無偏。故諭。

讀罷，山黛忙令冷絳雪同叩頭謝恩畢，隨寫短表一道，附奏道：

臣妾山黛謹奏，為改正真才，無虛聖恩事：三十六宮詩係臣妾山黛自撰，蒙恩賞賜御酒三十六瓶，謹謝恩祇受。聖瑞四詩實係幼女冷絳雪代作，今蒙恩鑒賞，特賜彩緞，妾黛不敢蔽才以辜聖恩，謹令冷絳雪望闕謝恩祇受外，特此辨明，伏乞聖恩改正。冷絳雪年十二歲，係揚州府江都縣農民冷新之女。其才在臣妾山黛之上，倘令奉御撰述，必有可觀。但出自寒賤，奉御不便，伏乞聖恩，賜其父一空銜榮身，則冷絳雪不貴自貴矣。事出要求，不勝惶悚待命之至！

寫完封好，附與中官進呈。天子看了大喜道：「怎麼又生此年少才女！」因批本道：

覽奏方知四瑞詩出自冷絳雪手，言論風旨，誠足與卿伯仲。既係寒賤，暫賜女中書之號，以備顧問；並加伊父冷新中書冠帶榮身。俟後詔見撰述稱旨，再加升賞。該部知道。

命下了，報到山府，山黛隨與冷絳雪賀喜，冷絳雪又再三致謝山黛荐拔之恩。二人相好，真如膠漆，每日在府中，不是看花分詠，便是賞月留題，坐臥相隨，你敬我愛。冷絳雪因見聖旨賜父親冠帶之事，便寫信打發母舅鄭秀才回去報知，不題。

卻說天子因見山黛、冷絳雪一時便有兩小才女，心下想道：「怎麼閨閣女子無師無友，尚有此異才，而男子日以讀書為事，反不見一二奇才，以副朕望？豈天下無才，大都在下者不能上達，在上者不知下求故耳。」正躊躇間，忽見吏部一本缺官事：「南直缺提學御史，循資該河南道御史王袞正推，山西道御史張德明陪推，乞聖裁。」天子親點了正推，即著面見。

王袞領旨，忙趨入朝。天子親諭道：「朕前屢旨搜求異才，並無一人應詔，殊屬怠玩。今特命爾，須加意為朕訪求，不獨重制科，必得詩賦奇才，如李太白、蘇東坡其人者，方不負朕眷眷至意。倘得其人，許不時奏聞，當有不次之賞。如仍前官怠玩之習，罪在不赦！」王袞叩頭領旨而出。

這王袞是河間府人，因御筆點出，不敢在京久留，遂辭朝回家。因歲暮，就在家過了年，新正方起身上任。到了任，因聖諭在心，臨考時便加意閱卷，指望得一兩個真才之士逢迎天子。不期考來考去都是肩上肩下之才，並無一人出類拔萃，心下十分憂懼。

一日，按臨松江府，松江府知府晏文物進見，就呈上一封書，說是吏部張尚書托他代送的，要將他公子張寅考作華亭縣案首。王袞看了，隨付與一個門子道：「臨填案時稟我。」說完就打發晏知府出去，心下想道：「別個書不聽猶可，一個吏部尚書，我的升遷榮辱都在他手裡，這些些小事焉敢不聽。」又想道：「聖諭諄諄，要求真才，若取了這些人情貨，明日如何繳旨？且待考過再處。」

不幾日，一府考完，閉門閱卷。看到一卷，真是珠璣滿紙，繡口錦心，十分奇特。王袞拍案稱賞道：「今日方遇著一個奇才！」便提起筆來，寫了一等一名。才寫完，只見門子稟道：「張尚書的書在此。老爺前日吩咐叫填案時稟的，小人不敢不稟。」王袞道：「是耶！這卻如之奈何？」再查出張寅的卷子來一看，卻又甚是不通。心下沒法，只得勉強填作第二名。一面掛出牌來，限了日期當面發放。

至期，王宗師自坐在上面，兩邊列了各學教官，諸生都立在下面。一學學的卷子都發出來，當面拆開唱名。先拆完府學，拆到華亭縣第一名，唱名「燕白頷」，只見人叢中走出一個少年秀才來。王宗師定睛仔細一看，只見那秀才生得：

垂髫初斂正青年，弱不勝冠長及肩。
望去風流非色美，行來落拓是文顛。
凝眸山水皆添秀，倚笑花枝不敢妍。
莫作尋常珠玉看，前身應是李青蓮。

那小秀才走到宗師面前，深深打一恭道：「生員有。」王袞看見他人物清秀，年紀又小，滿心歡喜，因問道：「你就是燕白頷麼？」燕白頷道：「生員正是。」王袞又問道：「你今年十幾歲了？」燕白頷應道：「生員一十六歲。」王袞又問道：「進學幾年了？」燕白頷道：「三年了。」王袞道：「本院歷考各府，科甲之才，固自不乏，求一出類拔萃之人，苦不能得。惟汝此卷，天資高曠，異想不群，筆墨縱橫，如神龍不可拘束，真奇才也！本院只認做是個老師宿儒，不意汝尚青年，更可喜也。但不知你果有抱負，還是偶然一日之長。」燕白頷道：「蒙太宗師作養，過為獎賞，但此制科小藝不足見才。若太宗師真心憐才，賜以筆札，任是詩詞歌賦、鴻篇大章，俱可倚馬立試，斷不辱命。」王宗師聽了人喜道：「今日公堂發落，無暇及此，且姑待之。」

唱到第二名，是張寅。只見走出一個人來，肥頭胖耳，滿臉短鬚，又矮又醜。走到面前，工宗師問道：「你就是張寅麼？」張寅道：「現任吏部尚書張，就是家父。」王袞見他出口不雅，便不再問。因命與燕白頷各賜酒三杯，簪花二朵，各披了一段紅，賞了一個銀封，著鼓樂吹打，並迎了出來，然後再唱第三名，發落不題。

卻說燕白頷同張寅迎了出來，一路上都贊燕白頷之美，都笑張寅之醜。原來燕白頷雖係真才，卻也是個世家。父親曾做過掌堂都御史，又曾分過兩次會試房考，今雖亡過，而門生故吏，尚有無數大臣在朝，家中極其大富。這日迎了回來，早賀客滿堂。燕白頷一一備酒款待。

燕白頷年雖少，最喜的是縱酒論文，每游覽形勝必留題於壁。人都道他有才，然見他年少，還恐怕不真。今見宗師考了一個案首，十分優獎，便人人信服，願與他結交，做酒盟詩社的終日紛紛不絕。燕白頷雖然酬應，卻恨沒一個真正才子，可以旗鼓相對，以發胸中之蘊。

忽一日，一個相知朋友叫做袁隱，同看花飲酒，飲到半酣之際，燕白頷忽嘆說道：「不是小弟醉後誇口狂言，這松江城裡城外，文人墨士數百數千，要尋一個略略可與談文者，實是沒有。」袁隱笑道：「紫侯兄不要小覷了天下。我前日曾在一處會見一個少年朋友，生得美如冠玉，眉宇間冷冷有彩色飛躍，拈筆題詩，只如揮塵。小弟看他才情不在吾兄之下，只是為人驕傲，往往白眼看人。」燕白頷聽了，大驚道：「有此奇才，吾兄何不早言？只恐還是吾兄戲我。」袁隱道：「實有其人，安敢相戲！」燕白頷道：「既有其人，乞道姓名。」

袁隱道：「此兄姓平，乃是平教官的侄兒。聞說他與宗師相抗，棄了秀才來依傍叔子。見叔子是個苜蓿腐儒❸，雖借叔子的資斧，卻離城十餘里，另尋一個寓所居住。他笑松江無一人可對，每日只是獨自尋山問水，題詩作賦而已。雖處貧賤，而王公大人、金紫富貴，直塵土視之。」燕白頷道：「小弟與吾兄莫逆，吾兄知小弟愛才如命，既有此奇才，何不招來與小弟一會？」袁隱道：「此君常道：富貴人家，決無才子。他知兄宦族，那肯輕易便來。」燕白頷笑道：「周公為武王之弟，而才美見稱於聖人；子建為曹瞞❹之兒，而詩才高於七步：豈盡貧賤之人哉？何乃見之偏也！吾兄明日去見他，就將小弟之言相告，他必欣然命駕。」袁隱道：「紫侯兄既如此注意，小弟只得一往。」說畢，二人又痛飲了一回方別。到了次日，袁隱果然步出城外來尋平如衡。

卻說平如衡，自從汶上遇見冷絳雪匆匆開船而去，無處尋消問息，在旅邸病了一場，無可奈何，只得捱到松江來見叔子平章。平章是個腐儒，雖愛他才情，卻因他出言狂放，每每勸戒。他怕叔子絮聒，便移寓城外，便於吟誦。這日正題了一首感懷詩道：

---

❸ 苜蓿腐儒：清苦冷落的迂腐儒生。
❹ 曹瞞：即曹操。小字阿瞞。

非無至友與周親，面目從來誰認真。
死學古人多笑拙，生逢今世不宜貧。
已拼白眼同終始，聊許青山遞主賓。
此外更須焚筆硯，漫將文字向人論。

平如衡做完，自吟自賞道：「我平如衡有才如此，卻從不曾遇著一個知己。茫茫宇宙，何知己之難也！」又想道：「惟才識才。必須他也是一個才子，方知道我是個才子。今天下並沒一個才子，叫他如何知我是個才子？這也難怪世人。只有前日汶上縣閔子廟遇的那個題詩的冷絳雪，倒是個真正才女，只可惜匆匆一面，蹤跡不知。若使稍留，與他酬和，定然要成知己。我看前日舟中封條遍貼，衙役跟隨，若不是個顯宦的家小，那有這般光景。但我在縉紳上細查，京中並無一個姓冷的當道，不知此是何故？」

正胡思亂想，忽報袁隱來訪，就邀了相見。寒溫畢，平如衡便指壁上新作的感懷詩與他看。袁隱看了笑道：「子持兄也太看得天下無人了。莫怪我小弟唐突，天下何嘗無才，還是子持兄孤陋寡聞，不曾遇得耳。」平如衡道：「小弟固是孤陋寡聞，且請問石交兄曾遇得幾個？」袁隱道：「小弟足跡不遠，天下士不敢妄言，即就松江而言，燕都憲之子燕白頷，豈非一個少年才子乎？」平如衡道：「石交兄那些上見他是個才子？」袁隱道：「他生得亭亭如階前玉樹，矯矯如雲際孤鴻，此一望而知者，外才也，且不須說起。但是他為文若不經思，做詩絕不起草，議論風生，問一答十；也不知他胸中有多少才學，只那一枝筆，拈在手中，便如龍飛鳳舞，落在紙上，便如倒峽瀉河，真有掃千軍萬馬之勢！非真正才子烏能有此？子持兄既以才子自負，何不與之一較？」

平如衡聽袁隱講得津津有味，不覺喜動顏色，道：「松江城中有此奇才，怎麼我平如衡全不知道？」袁隱道：「兄自不知耳，知者甚多。前日王宗師考他一個案首，大加嘆賞，那日鼓樂迎回，誰不羨慕！」平如衡笑道：「若說案首，倒只尋常了。你看那一處富貴人家，那一個不考第一第二？」袁隱道：「雖然如此，然真才與人情自是不同。我與兄說，兄也不信，幾時與兄同去一會，便自知了。」平如衡道：「此兄若果有才，豈不願見？但小弟素性不欲輕涉富貴之庭。」袁隱道：「燕白頷乃天下士也，子持兄若以紈袴一例視之，便小覷矣。」平如衡大笑道：「吾過矣，吾過矣！石交兄不妨訂期偕往。」袁隱道：「文人詩酒無期，有興便往可也。」兩人說得投機，未免草酌三杯，方才別去。正是：

家擅文章霸，人爭詩酒豪。
真才慕知己，絕不為名高。

袁隱約定平如衡，復來見燕白頷道：「平子持被我激了他幾句，方欣然願交。吾兄幾時有暇，小弟當偕之以來。」燕白頷道：「小弟愛才如性命，平兄果有真才，恨不能一時把臂，怎延捱得時日？石交兄明晨即望勸駕，小園雖荒寂，尚可為平原十日之飲❺。」袁隱道：「既主人有興，就是明日可也。」

❺ 平原十日之飲：史記范雎蔡澤列傳：「秦昭王為書遺平原君曰：寡人聞君之高義，願與君為布衣之友，君幸過寡人，寡人願與君為十日之飲。」

因辭了出來。臨行，燕白頷又說道：「還有一言，要與兄講過。平兄若果有才，小弟願為之執鞭秣馬，所不辭也。倘若無才，倒不如不來，尚可藏拙；若冒虛名而來，小弟筆不饒人，當場討一番沒趣，卻莫怪小弟輕薄朋友。」袁隱笑道：「平子持人中鸞鳳，文中龍虎，豈有為人輕薄之理？」兩人又一笑而別。

到了次日，袁隱果然起個早，步出城外來見平如衡道：「今日天氣淡爽，我與兄正好去訪燕紫侯。」平如衡欣然道：「就去，就去。」遂叫老僕守門，自與袁隱手攜手一路看花，復步入城來。

原來平如衡寓在城外西邊，燕白頷卻住在城裡東邊，袁隱步來步去，將有二十餘里。一路上看花談笑，耽耽擱擱，到得城邊，日已向午，足力已倦，腹中也覺有飢意，要一徑到燕白頷家，尚有　二里，便立住腳躊躇。不期考第二名的張寅，卻住在城內西邊，恰恰走出來，撞見袁隱與平如衡立在門首，平素也認得袁隱，因笑道：「石交兄將欲何往，卻在寒舍門前這等躊躇？」

袁隱見是張寅，忙笑答道：「小弟與平兄欲訪燕紫侯，因遠步而來，足倦少停，不期適值府門。」張寅道：「平兄莫不就是平老師令侄子持兄麼？」平如衡忙答道：「小弟正是。長兄為何得知？」張寅笑道：「斯文一脈，氣自相通，那有不知之理。二兄去訪燕紫侯，莫非見他考了第一，便認作才子，難道小弟考第二名，便欺侮我不是才子麼，怎就過門不入？二兄既不枉顧，小弟怎好強邀；但二兄若說足倦，何不進去少息，拜奉一茶，何如？」袁隱道：「平兄久慕高才，亟欲奉拜，但未及先容，不敢造次。今幸有緣相遇，若不嫌殘步，便當登堂晉謁。」張寅見袁隱應承，便拱揖遜行。平如衡尚立住不肯，道：「素昧平生，怎好唐突？」袁隱道：「總是斯文一脈，有甚唐突？」便攜了入去。到了廳上，施禮畢，張寅不遜坐，便又邀了進去，道：「此處不便，小園尚可略坐。」袁隱道：「極妙。」遂同到園中。

你道張寅為何這等殷勤？原來他倚著父親的腳力要打點考一個案首，不期被燕白頷占了，心下已十分不忿；及迎了出來，又見人只贊燕白頷，都又笑他，他不怪自家無才，轉怪燕白頷以才欺壓他，思量要尋一個出格的奇才來作幫手。他松江遍搜，那裡再有一個？因素與平教官往來，偶然露出此意，平教官道：「若求奇才，我舍侄如衡倒也算得一人。只是他性氣高傲，等閑招致不來。」今日無心中恰恰相遇，正中張寅之意，故加意奉承。

這日邀到園中，一面留茶，一面就備出酒來。平如衡雖看張寅的相貌不像個文人，卻見他舉動豪爽，便也酒至不辭，歡然而飲。袁隱又時時稱贊他的才名與燕白頷數一數二，平如衡信以為真，飲到半酣，詩興發作，因對張寅說道：「小弟與兄既以才子自負，安可有酒而無詩？」張寅只認做他自家高興做詩，便慨然道：「知己對飲，若無詩以紀之，便算不得才子了。」因叫家童取文房四寶來，又說道：「寸箋尺幅不足盡興，便是壁上好。」平如衡道：「壁上最妙。但你我分題，未免任情潦草，不如與兄聯句，彼此互相照應，更覺有情。如遲慢不工，罰依金谷酒數❻，不知以為何如？」

張寅聽見叫他聯詩，心下著忙，卻又不好推辭，只得勉強答應道：「好是好，只是詩隨興發，子持兄先請起句，小弟臨時看興，若是興發時，便不打緊。」平如衡道：「如此僭了。」遂提起筆來，蘸蘸墨，先將詩題寫在壁上道：

❻ 罰依金谷酒數：石崇金谷詩序：「遂各賦詩，以敘中懷，或不能者，罰酒三斗。」又李白春夜宴桃李園序：「如詩不成，罰依金谷酒數。」

春日城東訪友，忽值伯恭兄留飲，偶爾聯句

寫完題目，便題一句道：

不記花溪與柳溪，

題了，便將筆遞與張寅道：「該兄了。」張寅推辭道：「起語須一貫而下，若兩手，便詞意參差。到中聯，待小弟續罷。」平如衡道：「這也使得。」又寫二句道：

城東訪友忽城西。酒逢大量何容小，

寫罷，仍遞筆與張寅道：「這卻該兄對了。」張寅接了筆，只管思想，平如衡催促道：「太遲了，該罰！」張寅聽見個「罰」字，便說道：「若是花鳥山水之句，便容易對。這『大』、『小』二字，要對實難。小弟情願罰一杯罷。」平如衡道：「該罰三杯。」張寅道：「便是三杯，看兄怎生樣對。」平如衡取回筆，又寫兩句道：

才遇高人不敢低。客筆似花爭起舞，

張寅看完，不待平如衡開口，便先贊說道：「對得妙，對得妙！小弟想了半晌想不出，真奇才也！」平如衡笑道：「偶爾適情之句，有甚麼奇處。兄方才說花鳥之句便容易對，這一聯卻是花了，且請對來。」張寅道：「花便是花，卻有『客筆』二字在上面，乃是個假借之花，越發難了。倒不如照舊還是三杯，平兄一發完了罷。」平如衡道：「既要小弟完，老袁也該罰三杯。」袁隱笑道：「怎麼罰起小弟來？」平如衡道：「罰三杯還便宜了你。怏怏吃，若詩完不乾，還要罰！」袁隱笑一笑，只得舉杯而飲。平如衡仍提起筆，卒完三句道：

主情如鳥倦於啼。三章有約聯成詠，依舊詩人獨自題。

平如衡題罷大笑，投筆而起，道：「多擾了！」遂往外走。張寅苦留道：「天色尚早，主人詩雖不足，酒尚有餘，何不再為少留？」平如衡道：「張兄既不以杜陵詩人自居，小弟又安敢以高陽酒徒❼自待！」袁隱道：「主人情重，將奈之何？」平如衡道：「歸興甚濃，實不得已。」將手一拱，往外徑走。張寅見留不住，趕到門前，平如衡已去遠了。只因這一去，有分教：高山流水，彈出知音；牝牡驪黃❽，

❼ 高陽酒徒：語出史記酈生陸賈列傳補。沛公引兵過陳留，高陽儒生酈食其求見。沛公不見儒生。使者出以告。酈生瞋目按劍叱使者曰：「走！復入言沛公，吾高陽酒徒也，非儒人也。」遂延入。終受重用。此處與杜陵詩人對言。意謂張寅既不能作詩，己亦不願在此飲酒。

❽ 牝牡驪黃：指非本質的表面現象。語出淮南子道應：「（秦穆公）使之求馬，三月而反，報曰：『已得馬矣，

相成識者。不知平如衡此去，還肯來見燕白頷否，且聽下回分解。

在於沙丘。」穆公曰：「何馬也？」對曰：「牝而黃。」使人往取之，牡而驪。」本指相駿馬不必拘泥於性別毛色。

第十回　薄糞土甘心高臥　聆金玉掗面聯吟

借貶駁平如衡，便無意中先於篇首令宋信與晏知府飛一影，至篇末二人忽現其形，則其來不為唐突矣。筆墨蘊藉一至於此。

燕白頷與平如衡，兩真才也，相會一堂，自然傾倒。若使一聞名而即見面，則想慕不深，相逢太促，何以盡求友之情？惟來矣，忽為張寅一阻，又山回水轉，壁立千仞，不復再往，直至紫燕千呼，黃鸝萬喚，誤為東風誘入春深處，始知桃花即是人面❶，而後恨相見之晚，方覺文章有神交有道，非泛然傾蓋❷，即可稱針芥投也。故求友之情必摹寫至遷柳莊聯吟，始曰曲盡。

平子一思才子，便想及閔廟之冷絳雪，心頭口頭，宛然如在，故不妨屢見。平如衡心中不足袁隱，聞其來，便高臥不起，猶是拒人常態，奈何即起而相見，亦別有

❶ 桃花即是人面：唐朝崔護詩題都城南莊：「去年今日此門中，人面桃花相映紅。人面不知何處去，桃花依舊笑春風。」

❷ 傾蓋：調停車交蓋，兩蓋稍稍傾斜。形容朋友相遇、親切談話的情形。蓋，車蓋，形如傘。

一番議論：不以唾棄張寅為辱張寅，轉以張寅杯酒為糞土而辱己。奇論快論，可發一笑。始知才子胸中別有涇渭。

燕白頷愈招致之，而平如衡愈拒絕之，亦可以已矣。乃燕白頷因平如衡之拒絕愈嚴，而燕白頷之招致愈急，何也？蓋拒絕正平如衡高傲之品，而招致又燕白頷愛才之品也。惟各有其品，故各成其妙。

燕白頷曲曲以才動平如衡者，蓋知平如衡疑燕白頷為不才也；平如衡不惜體貌，而竟當前自荐者，蓋自信其有才而為平如衡也。兩人一明、一暗，一擯一白，錯綜成文，宛若鬚眉俱動。此等筆法，直從太史公鴻門宴❸上得來，莫等閒看過。

題壁詩「春風識路」句，風雅異常；美人詩「秋色兩黛」、「月痕一簪」句，幽妍欲絕；歌童詩「脆來」、「松去」句，別自生香；聽鶯聯句「青雲路」、「紅雪歌」，真匪夷所思！閱遍名公佳稿，未有隻字，乃狼藉❹於此，甚不可解。因思貧家小女，未必無西子、太真，特不遇耳。

許多游戲調笑，已曲盡求友之歡情矣；至於說破稱快，再痛飲一回，無以加矣。不知朋友五倫之一，不可不慎始慎終而流為狂放。故復以正席表其真誠，再以敬重感激結過許多游

❸ 太史公鴻門宴：謂司馬遷作史記述鴻門宴事，以項羽與劉邦作對襯之筆法也。
❹ 狼藉：縱橫交錯。謂以「紅雪歌」對「青雲路」也。

戲，真可謂曲終奏雅❺！雖大手筆，多於此忽略，而此獨補出不漏。若目此書為小說，吾不禁浩嘆而為之稱屈矣！

詞曰：

風流情態驕心性，自負文章賢聖。涼涼踽踽❻成蹊徑，害出千秋病。　不知有物焉知佞，漫道文人無行。胡為柔弱胡為硬，蓋以才為命。

右調桃源憶故人

話說平如衡在張寅園中飲酒，見張寅做詩不來，知是假才，心下艴然❼，遂拱拱手一徑去了。袁隱與張寅忙趕出來送他，不料他頭也不回竟去遠了。

袁隱恐怕張寅沒趣，因說道：「平子持才是有些，只是酒後狂妄可厭。」張寅百分奉承，指望收羅平如衡，不期被平如衡看破行藏，便一味驕譏，全不為禮，弄得張寅一場掃興，只得發話道：「我原不認得小畜生，只因推石交兄之面，好意款他，怎做出這個模樣。真是不識抬舉！」袁隱道：「他自恃有才，往往如此，得罪朋友。倒是小弟同行的不是了。」張寅道：「論才當以舉業❽為主，首把歪詩算甚

❺ 曲終奏雅：語出史記司馬相如列傳。意謂演奏許多靡麗音樂，到曲終時再奏雅樂。

❻ 涼涼踽踽：寂寞獨行之貌。孟子盡心：「行何為踽踽涼涼。」

❼ 艴然：惱怒貌。艴，音ㄈㄨˊ。

麼才！若以詩當才，前日在晏府尊席上，會見個姓宋的朋友，斗酒百篇，十分有趣。小弟也只在數日內要請他，吾兄有興，可來一會，方知大方家❾不像這小家子裝腔作勢！」袁隱道：「有此高人，願得一見。」說完就作別了。

按下張寅一場掃興不題。卻說袁隱見平如衡回去了，只得來回復燕白頷。此時燕白頷已等得不耐煩，忽見袁隱獨來，因問道：「平兄為何不來？」袁隱道：「已同來進城了，不期撞見張伯恭，抵死要留進去小酌。平子持因聞他考在第二，只道他也有些才情，便歡然而飲。及到要做詩，見他一句做不出，便譏誚了幾句，竟飄然走了回去，弄得老張十分掃興沒趣。」燕白頷大笑道：「掃得他好！掃得他好！他一字不通，倚著父親的聲勢考個第二，也算僥幸了，為何又要到詩人中來討苦吃？且問你：平子持怎生樣譏誚他？」袁隱就將題壁詩念與燕白頷聽。燕白頷聽了，又大笑道：「妙得極！這等看起來，平子持實是有才。吾兄可速致之來，以慰飢渴。」袁隱應道：「明日准邀他來。」二人別了。

到了次日，袁隱果又步出城外，來尋平如衡。往時袁隱一來，平如衡便歡然而迎，今日袁隱在客座中坐了半日，平如衡竟高臥不出。袁隱知道其意，便高聲說道：「子持兄，有何不悅，不妨面言，為甚訑訑❿拒人？」平如衡聽見，方披衣出來道：「小弟雖貧，決不圖貴家餔啜，兄再三說是才子，小弟方才入去。誰知竟是糞土，使小弟錦心繡口因貪杯酒而置於糞土之中，可辱孰甚！」袁隱道：「昨日之飲

---

❽ 舉業：即八股文之科舉學業。

❾ 大方家：大專家。

❿ 訑訑：音一ˊ 一ˊ。自滿而不聽受好言好語。

原非小弟本意，不過偶遇耳。」平如衡道：「雖是偶遇，兄就不該稱贊了。」袁隱笑道：「朋友家，難道好當面說他不通？今日同往訪燕白頷，若是不通，便是小弟之罪了。」平如衡道：「小弟從來不輕身登富貴之堂，一之已甚，豈可再乎！」袁隱道：「燕白頷方今才子，為何目以富貴？」

平如衡道：「你昨日說張寅與燕白頷數一數二，第二的如此，則第一的可想而知也。兄之見不能超出富貴之外，故往往為富貴人所惑。富貴人行徑，小弟知之最詳：大約富貴中人沒個真才，不是倚父兄權勢，便借孔方⓫之力向前。你見燕白頷考個案首，便詫以為奇，焉知其不從夤緣⓬中來哉？」袁隱道：「吾兄所論之富貴容或有之，但非所論於燕白頷之富貴也。燕白頷雖生於富貴之家，而了無富貴之習，小弟知之最深。說也無用，吾兄一見便知。」平如衡道：「兄若知燕白頷甚深，便看得我平如衡太淺了。我平如衡自洛入燕，又從燕歷齊魯而渡淮涉揚，以至於此，莫說目睹，便是耳中也絕不聞有一才子。吾兄足跡不出境外，相知一張寅，便道張寅是才子，相處一燕白頷，便道燕白頷是才子，何兄相遇才子之多乎？」袁隱道：「據兄所言，則是天下斷斷乎無一才人矣。」平如衡道：「怎說天下無才？只是這些紈袴中那能得有！」袁隱道：「紈袴中既無，卻是何處有？」

平如衡見問何處有，忽不覺長嘆一聲道：「這種道理實是奇怪，難與兄言。就與兄言，兄也不信。」袁隱道：「有甚奇怪，說來小弟為何不信？」平如衡道：「鬚眉如戟的男子，小弟也不知見了多少，從不見一個出類奇才。前日在閔子祠，遇見一個十二歲的女子，且莫說他的標致異常，只看見題壁的那首

⓫ 孔方：即金錢。錢幣有方孔，故名。

⓬ 夤緣：攀附權貴，以求仕進。夤，音ㄧㄣˊ。

詩，何等蘊藉風流，真令人想殺！天下有這等男子，我便日日跪拜他也是情願。那些富貴不通之人，吾兄萬萬不必來辱我。」一頭說，一頭口裡唧唧噥噥的吟誦道：「『只因深信尼山語，磨不磷兮涅不緇』。」

袁隱見他這般光景，忍不住笑道：「子持兄著魔了。兄既不肯去，小弟如何強得。只是兄這等愛才，咫尺間遇著才子，卻又抵死不肯相晤，異日有時會著，方知小弟之言不謬。小弟別了。」平如衡似聽不聽，見他說別，也只答應一聲「請了」。

袁隱出來回去，一路上再四尋思，忽然有悟道：「我有主意。」遂一徑來見燕白頷，將他不肯來見這段光景細細說了一遍。燕白頷道：「似此如之奈何？」袁隱道：「我一路上已想有主意在此了。」燕白頷問是何主意，袁隱道：「他為人雖若痴痴，然愛才如命，只有『才』之一字可以動他。」因附燕白頷之耳說道：「除非如此如此，這般這般。」燕白頷聽了，微笑道：「便是這等行行看。」遂一面吩咐心腹人去打點不題。

卻說平如衡見袁隱去了，心下快活道：「我不是這等淡薄他，他還要在此纏擾哩。昨日被他誤了，今後切記不可輕登富貴之堂。寧可孤生獨死，若貪圖富貴，與這些紈袴交結，豈不令文人之品掃地！」自算得意，又獨酌一壺，又將冷絳雪題壁詩吟誦一回方才歇息。

到了次日傍午，只見一個相好朋友叫做計成，來訪他，留坐閑敘。那計成忽問道：「連日袁石交曾來看兄麼？」平如衡笑道：「來是來的，只是來得可笑。」計成道：「有甚可笑？」平如衡遂將引他張寅家去、題詩不出、昨日又要哄他去拜燕白頷之事，說了一遍，道：「這等沒品，豈不可笑！」計成道：「原來如此。這樣沒品之人專在富貴人家著腳。我聞知他今日又同一個假才子在遷柳莊聽鶯，說要題詩飲酒，繼金谷之游。不知又做些甚麼哄騙愚人。」平如衡聞說遷柳莊鶯聲好聽，因問道：「不知去此有許多路？」計成道：「離此向南不過三四里。兄若有興，我們也去走走。一來聽鶯，二來看老袁哄甚麼人在那裡裝腔。倘有虛假之處，就取笑他一場，倒也有趣。」平如衡笑道：「妙，妙！我們就去。」二人就攜著手兒向南緩步而來。一路上說說笑笑，不多時，早見一帶柳林青青在望。

原來這帶柳林約有里餘，也有疏處，也有密處，也有幾株近水，也有幾株依山，也有幾株拂石，也有幾株垂橋，最深茂處蓋了一座大亭子供人游賞。到春深時，鶯聲如織，時時有游人來頑耍：也有鋪氈席地的，也有設桌柳下的，貴介官長方在亭子上擺酒。

這日平如衡同計成走到樹下，早見有許多人，各適其適⓭，在那裡取樂。再走近亭子邊一看，只見袁隱同著一個少年，在亭子上盛設對飲，上面又虛設著兩桌，若有待尊客未至的一般。席邊行酒都是美妓，又有六七個歌童細吹細唱，十分快樂。平如衡遠遠定睛將那少年一看，只見體如岳立，眉若山橫，神清氣爽，澄澄如一泓秋水，骨媚聲和，飄飄如十里春風，心下暗驚道：「這少年與張寅那蠢貨大不相同，倒像有幾分意思的。」因藏身柳下，細細看他行動。

只見袁隱與那少年飲到半酣之際，那少年忽然詩興發作，叫家人取過筆硯，立起身，走到亭中粉壁上題詩。那字寫得有碗口大小，平如衡遠遠望得分明，道：

千條細雨萬條煙，幕綠垂青不辨天。

⓭ 各適其適：各人隨自己的心意。

喜得春風還識路，吹將鶯語到尊前。

平如衡看完，心下驚喜道：「筆墨風流，文人之作也！」正想不了，只見一個美妓，呈上一幅白綾要那少年題詩。那少年略不推辭，拈起筆來，將那美妓看了兩眼便寫。寫完一笑，投筆又與袁隱去吃酒。那個美妓拿了那幅綾子，因墨跡未乾，走到亭傍，鋪在一張空桌上要晾乾，便有幾個閑人來看。平如衡也就挨到面前一看，只見綾子上寫的是一首五言律詩，道：

可憐不獨貌，嬌弄可憐心。
秋色畫兩黛，月痕垂一簪。
白墮梨花影，青拖楊柳陰。
情深不肯淺，欲語又沉吟。

平如衡看完，不覺大失聲贊道：「好詩，好詩，真是奇才！」袁隱與那少年微微聽見，只做不知，轉呼盧⓮豪飲。

計成慌忙將平如衡扯了下來道：「兄不要高聲，倘被老袁聽見，豈不笑話！」平如衡道：「那少年

⓮ 呼盧：古時一種賭博。削木為子，有五個，五子均黑，叫盧，得頭彩。擲子時，希望得到全黑，高聲大喊，所以叫呼盧。

不知是誰，做的詩委實清新俊逸，怎教人按納得定。」計成道：「子持兄，你一向眼睛高，怎見了這兩首詩便大驚小怪？」平如衡道：「我小弟從不會裝假，好則便好，醜則便醜。這兩首詩果然可愛，卻怪我不得。」計成道：「這兩首詩，知他是假是真，是舊作是新題？」平如衡道：「俱是即景題情，怎麼是假是舊？」計成道：「這也未必。待我試他一試，與兄看。」平如衡道：「兄如何試他？」計成道：「我有道理。」因有一個歌童是計成認得的，等他唱完，便點點頭，招他到面前說道：「我看那少年相公寫作甚好，我有一把扇子，你可拿去，替我求他寫一首詩兒。」那歌童道：「計相公要寫，可拿扇子來。」計成遂在袖中摸出一把白紙扇兒，遞與那歌童。因對平如衡說道：「須出一題目，要他去求方好。」平如衡道：「就是『贈歌者』罷。」

計成還要吩咐，那歌童早會意，說道：「小的知道了。」遂拿了扇子，走到那少年身邊說道：「小的有一把粗扇，要求相公賞賜一首詩兒。」那少年笑嘻嘻說道：「你也要寫詩，卻要寫甚麼詩？」歌童道：「小的以歌為名，求相公賞一首歌詩罷。」那少年又笑笑道：「這倒也好。」因將扇子展開，提筆來就寫。就像做現成的一般，想也不略想一想，不上半盞茶時，早已寫完付與歌童。

歌童謝了，持將下來，悄悄掩到計成面前，將扇子送還道：「計相公，你看寫得好麼？」平如衡先接了去看，只見上面寫著一首七言律詩，道：

破聲節促曼聲長，移得宮音悄換商。
幾字脆來牙欲冷，一聲松去舌生香。

細如嫩柳悠揚送，滑似新鶯宛轉將。
山水清音新入譜，遏雲舊調只尋常。

平如衡看完，忍不住大聲對計成說道：「我就說是個真才子，何如？不可當面錯過，須要會他一會。」計成道：「素不相識，怎好過去相會？」平如衡道：「這不難，待我叫老袁來說明，叫他去先容。」計成道：「除非如此。」

平如衡因走近亭子邊，高聲叫道：「老袁，老袁。」那老袁就像聾子一般，全不答應，只與那少年高談闊論的吃酒。平如衡只道他真不聽見，只得又走近一步叫道：「袁石交，我平如衡在此！」袁隱因篩了一大犀杯放在桌上，低了頭只是吃，幾乎連頭都浸入杯裡，那裡還聽見有人叫。平如衡再叫得急了，他越吃得眼都閉了，竟伏著酒杯酣酣睡去。

平如衡還只管叫，計成見叫得不像樣，連扯他下來道：「太覺沒品了！」平如衡道：「才子遇見才子，怎忍當面錯過？」叫袁隱不應，便急了，竟自走到席前對著那少年舉舉手道：「長兄請了。小弟洛陽才子平如衡。」那少年坐著，身也不動，手也不舉，白著眼問道：「你是甚麼人？」平如衡道：「小弟洛陽才子平如衡。」那少年笑道：「我松江府不聞有甚麼平不平。」平如衡道：「小弟是洛陽人，兄或者不知。只問老袁就知道了。」

此時袁隱已伏在席上睡著了。那少年道：「我看你的意思，想是要吃酒了。」平如衡道：「我平如衡以才子自負，平生未遇奇才。今見兄縱橫翰墨，大有可觀，故欲一會，以展胸中所負，豈為杯酒？」

那少年笑道：「據你這等說起來，你想是也曉得做兩句歪詩了。但我這裡做詩，與那些山人詞客慕虛名、應故事的不同，須要有真才實學，如七步成詩的曹子建、醉草清平的李青蓮⑮，方許登壇捉筆。我看你年雖少，只怕出身寒儉，縱能揮寫，也不免郊寒島瘦。」平如衡笑道：「長兄若以寒儉視小弟，則小弟將無以紈袴慮仁兄乎？今說也無用，請教一篇，妍媸立辨矣。」燕白頷道：「你既有膽氣要做詩，難道我倒沒膽氣考你？但是你我初遇，不知深淺，做詩須要有罰例，今袁石交又醉了，誰為證見？」平如衡道：「小弟有個朋友同來，就是兄松江人，何不邀他作證？」燕白頷道：「使得，使得。」

計成聽見，便自走到席邊說道：「二兄既有興分韻角勝，小弟願司旗鼓。」燕白頷道：「既要做詩，便沒個不飲酒的道理。兄雖不為杯酒而來，也須少潤枯腸。」便將手一拱，邀二人坐下，左右送上酒來。

平如衡吃不得三五杯，便說道：「小弟詩興勃勃，乞兄速速命題，再遲一刻，小弟的十指俱欲化龍飛去矣。」燕白頷道：「我欲單單考你，只道我驕賢慢客；欲與你分韻各作，又恐怕難於較量美惡。莫若與你聯句：如一句成，著美人奉酒一觴，命歌者歌一小曲；歌完酒乾，接詠要成。如接詠不成，罰立飲三大杯；如成，奉酒歌曲如前。如遇精工警拔之句，大家共慶一觴；如詩成，全篇不佳，當用黑墨塗面，叫人叉出，那時莫怪小弟輕薄。兄須要細細商量，有膽氣便做，沒膽氣便請回，莫要到臨時拗悔。」平如衡聽了大笑道：「妙得緊，妙得緊！小弟從不曾搽過花臉，今日搽一個頑頑倒也有趣。只怕天下不容易有此魁星之筆！快請出題！」燕白頷道：「何必另尋，今日還柳莊聽鶯便是題目了。」因命取過一幅長綾橫鋪在一張長桌上，令美人磨墨捧硯伺候。

⑮ 醉草清平的李青蓮：李青蓮即李白。曾醉中為玄宗、貴妃作清平調詞。

燕白頷立起身，提起筆說道：「小弟得罪，起韻了。」遂寫下題目，先起一句道：

春日遷柳莊聽鶯

春承天眷雨煙和，

燕白頷寫完，放筆坐下。美人隨捧酒一觴，歌童便笙簫唱曲。曲完，平如衡也起身提筆寫兩句道：

無數長條著地拖。幾日綠陰添嫩色，

平如衡寫完，也放筆入座。燕白頷看了，點點頭道：「也通，也通。」就叫美人奉酒，歌童唱曲；曲完，隨又起身題二句道：

一時黃鳥占喬柯。飛來如得青雲路，

平如衡在傍看見，也不等燕白頷放筆入座，便贊道：「好一個『飛來如得青雲路』！」燕白頷欣然道：「平兄平兄，只要你對得這一句來，便算你一個才子了。」說完，正要吃酒唱曲，平如衡攔住道：「且慢，且慢，待我對了一同吃罷。」遂拿起筆，如飛的寫了兩句道：

聽去疑聞紅雪歌。裊裊風前張翠幕，

燕白頷看了，拍掌大喜道：「以『紅雪』對『青雲』，真匪夷所思。奇才也，奇才也！」美人同捧上三杯酒來共慶。計成因問道：「『青雲路』從『柳間黃鳥路』句中化出，小弟還想得來。但不知『紅雪歌』出於何典？」燕白頷笑道：「『紅兒』、『雪兒』，古之善歌女子。平兄借假對真，詩人之妙，非兄所知也。」說完，隨又提筆寫二句道：

交交枝上度金梭。從朝啼暮聲誰巧，

平如衡道：「誰耐煩起起落落，索性題完了吃酒罷！」燕白頷笑笑道：「也使得。」平如衡便又寫二句道：

自北垂南影孰多。幾縷依稀迷漢苑，

燕白頷又題二句道：

一聲彷彿憶秦娥。但容韻逸持柑聽，

平如衡又題二句道：

不許粗豪走馬過。嬌滑如珠生舌底，

燕白頷又題二句道：

柔腸似線結眉窩。濃光映目真生受，

平如衡又題二句道：

雛語消魂若死何。顧影卻疑聲斷續，

燕白頷又題二句道：

聞聲還認影婆娑。相將何以酬今日，

平如衡收一句道：

倒盡尊前金叵羅⑯。

二人題罷，俱歡然大笑。燕白頷方整衣重新與平如衡講禮道：「久聞吾兄大名，果然名下無虛。」平如衡道：「今日既成文字相知，高姓大名，只得要請教了。」那少年微笑道：「小弟不通名姓罷。」平如衡道：「知己既逢，豈有不通姓名之理？」那少年又笑道：「通了姓名，又恐怕為兄所輕。」平如衡道：「長兄高才如此，無論富貴，便是寒賤，也不敢相輕。」那少年笑道：「吾兄說過不相輕，小弟只得直告了：小弟不是別人，便是袁石交所說的燕白頷。」平如衡聽了大笑道：「原來就是燕兄，久仰，久仰！」又打恭致敬。

平如衡正打恭，忽見袁隱睜開眼立起來，扯著他亂嚷道：「老平好沒志氣！你前日笑燕紫侯紈袴無才，又說他考第一是夤緣，又說止認得燕紫侯作才子，千邀你一會，也不肯來，萬叫你一拜，也不肯往。今日又無人來請你，你為何自家捱將來，與我袁石交一般樣奉承？」平如衡大笑道：「我被張寅誤了，只道燕兄也是一流人，故爾狂言。不知紫侯兄乃天下才也。小弟狂妄之罪固所不免，但小弟之罪，實又石交兄之罪也。」袁隱一發亂嚷道：「怎麼倒說是我之罪？」平如衡道：「若不是兄引我見張寅一阻，此時會燕兄久矣。」袁隱反大笑起來道：「兄畢竟是個才子，前日是那等說來，今日又是這等說去，文機可謂圓熟矣。」說罷，大家一齊笑將起來。燕白頷道：「不消閑講，請坐了罷。」遂叫左右將殘席撤去，把留下的正席擺開。

⑯ 叵羅：酒巵。

平如衡看見，忙起身辭謝道：「今日既幸識荊⑰，少不得還要登堂奉謁，且請別過。」燕白頷一手攜住道：「不容易請兄到此，為何薄敬未申就要別去？」平如衡道：「不是小弟定要別去，兄有盛設，必有尊客，小弟不速之客，恐不穩便，故先告辭。」燕白頷笑道：「兄道小弟今日有尊客麼，請試猜一猜尊客是誰？」平如衡道：「吾兄交游遍於天下，小弟如何猜得著。」袁隱笑說道：「小弟代猜了罷。我猜尊客就是平子持。」平如衡笑道：「石交休得相戲，果然是誰？」燕白頷道：「實實就是台兄。」平如衡著驚道：「長兄盛席先設於此，小弟後來，怎麼說是小弟？」燕白頷笑道：「待小弟直說了罷。小弟自聞石交道及長兄高才，小弟寤寐不忘，急欲一晤，不期兄疑小弟不才，執意不肯枉顧。小弟與石交再四商量，石交道兄避富如仇，愛才如命，故不得已薄治一尊於此，托計兄作漁父之引⑱，聊題鄙句，傾動長兄。不意果蒙青眼，遂不惜下交。方才石交佯作醉容，小弟故為唐突，皆與兄游戲耳。一段真誠已托杯酒。尊客非子持兄，再有何人？」

平如衡聽了，如夢初醒道：「這一段愛才高誼，求之古昔，亦難其人。不意紫侯兄直加於小弟，高誼又在古人之上矣。」因顧袁隱說道：「不獨紫侯兄高情不可及，即仁兄為朋友周旋，一段高情也不可及。」袁隱笑道：「甚麼高情不可及，這叫做請將不如激將。」平如衡又對計成說道：「燕兄既有此高義，吾兄何不直言？又費許多宛轉。」計成道：「我若直說破，兄又不道相戲？」大家鼓掌稱快。

---

⑰ 識荊：李白與韓荊州書：『白聞天下談士相聚而言曰：『生不用封萬戶侯，但願一識韓荊州。』何令人之景慕一至於此耶！』韓荊州，即韓朝宗，當時為荊州長史。後因以「識荊」為初次識面的敬語。

⑱ 漁父之引：詞牌有「漁父引」，此處借用其詞，謂使計成故意引之來此也。

道罷，方才重新送酒遜席，笙歌吹唱而飲。二人才情既相敬重，義氣又甚感激，彼此歡然；又有袁隱詼諧，計成韻趣，四人直飲到興盡，方才起身。正欲作別，忽見張寅同著一個朋友，興興頭頭的走上亭來。只因這一來，有分教：君子流不盡芳香，小人獻不了遺醜。不知大家相會又是何如，且聽下回分解。

第十一回　竊他詩占盡假風光　恨傍口露出真消息

前回百忙中說不完與後回未及發而將欲發的來蹤去跡，必於回前回後補出透出，方見分明，方有頭緒。但補透亦自不易，若必用「原來」代為詳解，添出贅形，終屬夯手❶。惟此，只就他人閑話中旁為襯點，而個中情事亦已了然，如晏知府與宋信議論特荐緣由之類是也。偷借如斯，等閑爐錘俱可不設，至萬不得已方用一「原來」敘述，便不礙耳障目。讀者不可不知。

晏知府若面對宋信、張寅兩假才子全不料理，但單贊燕白頷，又欲別求一才子同存，便是對景掛畫，令人不堪矣。此妙在拈出宋信，卻又略過宋信，使宋信好作大言；論到張寅，卻又除去張寅，使張寅好裝體面；然後推求平如衡，作同荐影子。此雖筆墨善於周全，而仕途中老奸巨猾聲口摹寫酷肖！

張寅，假名士也，自應裝腔作調，炫人耳目，乃一見宋信便傾心吐膽，盡露真情，何也？蓋假名士與假山人自意氣相投，不謀而合也。作者偏窺其隱、察其微，而一筆托出，不為少

❶ 夯手：笨拙只知用力之人。夯，音ㄏㄤ。

諱，眼可謂明，筆可謂毒矣！

此回書乃敘燕白頷與平如衡之行事也，自無暇無由談及山黛與冷絳雪兩才女。冷絳雪猶時掛平如衡之齒牙，若山黛不幾冷落乎？山黛既冷，何況白燕詩，乃借宋信偷寫作郵筒，忽又為山黛白燕詩在三千里外突播一番聲價，真思入風雲，想際直在天上矣！及等閑讀去，卻又是人情所有，非苛求妄揣也，所以尤妙。

白燕詩，若燕白頷在家，二人同讀，彼此交贊，便賞識不能各各出色；既欲讓平如衡先賞識一番，自應放開燕白頷；既欲放開燕白頷，若云偶爾出門，則是空空放開矣，又何如借此空便去完王宗師考詩文之虛案，以為荐舉之地之為親切乎？因知文人作文，雖最忙之時亦有最閑之筆，如讀白燕詩先放開燕白頷是也；雖最閑之筆亦有最忙之事，如燕白頷虛完王宗師考詩文之案是也。所謂或疏或密，不即不離，斷不容人淺窺其有無，豈易言哉！

宋信，醜人也，假才也，想其顏面，定有可憎之色；況燕、平二人眼空四海，若相見，定為所厭賤。乃一見扇頭白燕詩，再見即席之「梧桐一葉落」詩，便驚驚喜喜，而再三交譽如美人，此何意也？蓋取其才而忘其醜也。觀於此，雖若表燕、平愛才特甚；察其隱，實欲明山黛之才自造其極，非借美人門第作聲價也。個中冷暖惟作者自知。

泰山，一丘土耳，若堆積而成，有何奇特？惟陰陽靈變，故能秀結峰巒。滄海，一派水耳，使吞浴不神，有何活潑？惟陰陽靈變，始能極其浩渺。猶之文章，數行殘墨耳，若平鋪直敘，盈幅止矣，有何文藻？惟性情靈變，始能經天緯地，愈出愈奇也。譬如宋信盜竊山詩，若晏知府一口說盡，燕、平悉知底裡，與之一笑絕交，則宋信不過暗暗搽一花臉而已。豈能再假杯酒，親見其自塗自抹之妙？乃僅僅及半，而即借按君入境，為之打住，以留餘地，再生風作浪。文章吞吐之妙至此極矣！豈猶然殘墨哉？直性情舒卷矣。

晏知府急急要見平如衡者，說破宋信之醜是正意，要荐平如衡轉是傍意。然正意此時說不出，傍意此時恰好說，故不得不轉借傍意為正意。文章家反賓作主之妙正在此。

詞曰：

世事唯唯還否否，若問先生，姓字稱烏有。偷天換日出予手，誰敢笑予誇大口？　豈獨尊前香美酒，滿面春風，都是花和柳。而今空爍一時皮，終須要出千秋醜。

右調蝶戀花

話說燕白頷與平如衡、袁隱、計成飲酒完，正起身回去，忽撞見張寅，同著一個朋友，高方巾，闊領大袖華服走入亭來。彼此俱是相認的，因拱一拱手。張寅就開口說道：「天色尚早，小弟們才來，諸兄為何倒要回去？」燕白頷答道：「春游小飲，不能久於留客，故欲歸耳。」袁隱因指著那戴高方巾的朋友問張寅道：「此位尊兄高姓？」張寅答道：「此乃山左宋子成兄，乃當今詩人第一，為晏府尊貴客。今日招飲於此，故命小弟奉陪而來。」宋信就問四人姓名，也是張寅答道：「此位袁石交，此位計子謀，此位平子持，此位燕紫侯。紫侯兄就是所說華亭冠軍，王宗師極其稱贊之人。」宋信聽了，便足恭道：「原來就是燕兄，久仰，久仰！」遂上前作揖。燕白頷忙還禮道：「宋兄天下詩人，小弟失敬。」作完揖，宋信正要攀談敘話，忽聽得林下喝道聲響，知是晏知府來了，大家遂匆匆要別。宋信對著燕白頷剛說得一聲「改日還要竭誠奉拜」，燕白頷便拱拱手，同平如衡、袁隱、計成同下亭子去了，不題。

原來宋信在揚州被冷絳雪在陶進士、柳孝廉面前出了他的醜，後面傳出來，人人嘲笑，故立身不牢。因想晏文物在松江做知府，舊有一脈，故走來尋他。晏知府果念為他受廷杖之苦，十分優待。故宋信依然又闊起來，自稱詩翁，到處結交。這日，晏知府請在遷柳莊聽鶯，故同張寅先來，恰與燕白頷相遇。燕白頷與眾人才下得亭子，晏知府的轎早到了。晏知府一眼看見，便問張寅道：「那少年像是燕生員。」張寅答道：「正是。」晏知府便對宋信說道：「這個燕生員，乃是本郡燕都堂之子，叫做燕白頷。年雖少，大有才望。前日宗師考他個案首，聞得說還要特荐他哩。」宋信道：「生員從無特荐之例，宗師為何忽有此意？」晏知府道：「聞得是聖上見山黛有才，因思女子中尚然有才人，豈男人中反無佳士。故面諭各省宗師，加意搜求，如不得其人，便要重處。所以王宗師急於尋訪。前日得了燕白頷，十分大喜，又對本府說：一人不好獨荐，須再得一人，同荐方妙。再三托本府搜求。兄若不為前番之事，本府報名荐去，倒也是一樁美事。」

宋信恐怕張寅聽見前番之事，慌忙罩說道：「晚生乃山中之人，如孤雲野鶴，何天不可以高飛，乃欲又入樊籠耶？老先生既受宗師之托，何不就荐了張兄？況張兄又宗師之高等，去燕兄止一間耳。」晏知府聽了，連忙笑說道：「本府豈不知張兄高才當荐，但科甲自有正途，若以此相浼，恐非令尊公老先生期望之意也。」宋信連連點首道：「老先生愛惜張兄可謂至矣。」張寅道：「門生蒙公祖大人培植，感激不盡！」說罷，方才上席飲酒。

飲了半晌，晏知府又問道：「方才我看見與燕生員同走，還有一少年，可知是誰？」張寅答道：「那少年不是松江人，乃是平教官的侄兒，叫做平如衡。雖也薄薄有些才情，只是性情驕傲，不堪作養。」晏知府道：「原來如此。」就不再問了。大家直飲到傍晚方散。晏知府先上轎去了，張寅與宋信攜手緩步而歸。

一路上，張寅說道：「小弟因遵家嚴之教，篤志時藝❷，故一切詩文不曾留意。近日燕白頷與平如衡略做得兩句歪詩，便往往欺侮小弟。今聞宋兄詩文高於天下，幾時設一酌，兄怎生做兩首好詩壓倒他二人，便可吐小弟不平之氣。」宋信道：「若論時藝，小弟荒疏久了，不敢狂言；若說做詩，或可為仁兄效一臂之力。」張寅大喜道：「得兄相助，足感高誼。」二人走入城，方別了。

過了數日，宋信聞知燕白頷是個富貴之家，又是當今少年名士，思量結交於他。遂買了一柄金扇，要寫一首詩做贄見禮送他。再三在自家詩稿上尋，並無一首拿掇得出。欲待不寫，卻又不像個詩人行徑；欲要信手寫一篇，又恐被他笑話。想了半日，忽然想起道：「有了，何不將山黛的白燕詩偷寫了，只說是自家做的，燥一燥皮，有何不可！」

---

❷ 時藝：即八股文。

主意定了，遂展開扇子寫在上面。又寫了個名帖，叫人拿著，一徑來拜燕白頷。到了門上，將名帖投入。一個家人回道：「相公出門了。」宋信問道：「那裡去了？」家人回道：「王宗師老爺請去了。」宋信又問道：「今日不是考期，請去做甚麼？」家人道：「聽得說是要做詩，不知是也不是。」宋信道：「既是不在家，拜上罷。」就將名帖同扇子交付家人收下，去了。

原來燕白頷自與平如衡會過，便彼此談論，依依不捨，遂移了平如衡在燕白頷書房中住下，以便朝夕盤桓。這日燕白頷雖被宗師請去，平如衡卻在書房中看書。家人接了名帖並扇子，遂送到書房中來。平如衡看見，就問道：「是誰人的？」家人道：「是一位宋相公來拜送的。」平如衡遂接過去一看，看見名帖是宋信，心下暗道：「想必就是前日遷柳莊遇見的那人了。」再將扇子上詩一看，見題是詠白燕，因想道：「白燕詩自有了時大本與袁凱二作，後來從無人敢繼，怎麼他也想續貂，不知胡說些甚麼？」因細細讀去，才讀得頭兩句便肅然改容；再讀到首聯「鴉借色」、「雪添肥」，不覺大驚道：「此警句也！」再細細讀完，因拍案嘆息道：「怎便說天下無才？似此一詩，風流刻畫，又在時、袁之上。我不料宋信那等一個人品有此美才！」因拿在手中吟詠不絕。只吟到午後，燕白頷方回到書房來，對平如衡說道：「今日宗師請我去，要我做燕台八景詩，又要做祝山相公的壽文。見我一揮而就，不勝之喜，破格優待，又要特疏薦我為天下才子第一。又不知誰將吾兄才名吹到宗師耳朵裡，今日再三問小弟可曾會兄，其才果是何如。小弟對道：最是相知，其才十倍於己。宗師聽了，大喜之極，還要請兄一會，要將兄與小弟同薦。薦與不薦，雖無甚榮辱，然亦一知己也。」

平如衡道：「宗師特薦天下才子，雖亦一時榮遇，然有其實而當其名則榮，若無其實而徒處其名，其辱莫大焉。此舉，吾兄高才，當之固宜，小弟實是不敢。」燕白頷道：「吾兄忝在相知，故底裡言之。兄乃作此套言，豈相知之意哉？」平如衡道：「小弟實實不是套言。天下才子甚多，特吾輩不及見耳。今若虛冒其名，而被召進京，京師都會，人才聚集，那時彼一才子，此一才子，豈不羞死！」燕白頷笑道：「吾兄平素眼空四海，今日為何這等謙讓？」平如衡道：「小弟不是謙讓，爭奈一時便有許多才子，故不敢復作舊時狂態。」燕白頷道：「一時便有許多，且請問兄見了幾個？」平如衡道：「小弟從離洛陽，自負天下才子無兩。不意到了山東汶上縣，便遇了一個小才女，便令小弟瞠然自失；到了松江，又遇見吾兄，又令小弟拜於下風；不意今日又遇見一個才子，讀其詩百遍，真令人口舌俱香。小弟若再緬顏❸號稱才子，豈非無恥。」燕白頷道：「汶上者，道遠無徵，且姑無論；小弟不足比數，亦當置之；且請問今日又遇何人？」平如衡遂將扇子遞與燕白頷看，道：「此不又是一才子乎？」

燕白頷展開讀了一遍，不覺驚訝道：「大奇大奇，前日遇見那個宋信，難道會做這樣好詩？我不信，我不信。」平如衡道：「他明明寫著『詠白燕小作，書似紫侯詞兄郢政』，怎說不是他做的？」燕白頷道：「若果係他的筆，清新俊逸，真又一才子也。但細觀其詩，再細想其人，實是大相懸絕。」平如衡道：「他既來拜兄，兄須答拜。相見時細加盤駁，便可知其真偽矣。」燕白頷道：「這也有理。明日就同兄一往何如？」平如衡道：「小弟就同去也無妨。」二人算計定了，燕白頷便叫取酒，二人對飲，細細將白燕詩賞玩，俱吃得大醉方歇。

到了次日，燕白頷果然寫了名帖，拉平如衡同去回拜。尋到寓處，適值宋信不在，只得投了一個名

❸ 緬顏：當為腼顏之誤。腼顏，厚顏。

帖便回。二人甚是躊躇，以為不巧。不期回到門前，忽見一個家人手中捧了一個拜盒在那裡等候。看見燕白頷與平如衡回來，便迎著說道：「家相公拜上二位相公：明日薄酌，奉屈一敘。」就揭開拜匣將兩個請帖送上。

燕白頷接了一看，見是張寅的名字，心中暗想道：「他為甚請我？」因問道：「明日還有何客？」家人答道：「並無雜客，止有山東宋相公與二位相公。」燕白頷又問道：「山東宋相公，可就是與府裡晏老爺相好的麼？」家人道：「正是他。」燕白頷道：「既是他，可拜上相公，說我明日同平相公來領盛情。」家人應諾去了。

燕白頷因與平如衡商量道：「兄可知老張請你我之意麼？」平如衡道：「無非是廣結交以博名高耳。」燕白頷道：「非也。老張一向見你我名重，十分妒忌。今因宋信有些才情，欲借他之力以強壓你我二人耳。」平如衡道：「這也無謂。如宋信果有才，你我北面事之亦所甘心。怎遮得張寅一字不通之醜？」燕白頷道：「正是這等說。況宋信白燕詩，小弟尚有幾分疑心，明日且同兄去，一會便知。」平如衡道：「若論前日小弟驕傲了他，本不該去。既要會宋信，只得同去走走。」

二人算計定了，到了次日過午，張家人來邀酒，燕白頷同平如衡欣然而往。到門，張寅迎入。此時宋信已先在廳上。四人相見，禮畢分坐。宋信是山東人，又年長，坐了首位；平如衡年雖幼，是河南人，坐了二位；燕白頷第三；張寅主人下陪。

坐定，先是宋信與燕白頷各道相拜不遇之情，燕白頷又謝金扇之惠，又盛稱白燕詩之妙，平如衡亦贊白燕詩。宋信見二人交口稱贊，便忘記是竊他人之物，竟認做自己的一般，眉宇揚揚說道：「拙作頗為眾賞，不意二兄亦有同心。」燕白頷道：「不知子都❹之姣者，是無目者也。天下共賞，方足稱天下之才。」大家閑敘了一回，張寅就請入席飲酒。

飲到半酣，又談起做詩，燕白頷有意要盤駁他，忽問道：「宋兄遨游天下，當今才子，還數何人？」宋信道：「當今詩人，莫不共推王、李❺；然以小弟論之，亦以一時顯貴得名耳。若求清新俊逸之真才，往往散見於天下。如今日三兄高雅，豈非天下才子？」平如衡道：「小弟輩原不敢多讓，今遇宋兄，不覺瞠乎後❻矣。」說罷，彼此大笑。

張寅道：「三兄俱當今才子，不必互相謙讓。且再請數杯，必須求領大教，方不虛今日。」燕、平二人道：「少不得要拋磚引玉。」宋信正說得高興，又吃得高興，忽聽得要做詩，心下著忙，便說道：「既蒙三兄見愛，領教正自有日，何必在此一時？」

事有湊巧，正說不完，忽見一個家人，抱著一個四五歲的小學生，從外入來。眾問何人，張寅答道：「是小舍弟。」宋信道：「好個清秀學生。」忙叫抱到面前頑耍。忽見他手中拿著一把扇子，上面畫著一株桐樹，飄下一葉，落款是「新秋梧桐一葉落圖」。宋信看見，觸想起山黛做的「梧桐一葉落」的詩，便弄乖說道：「三兄要小弟即席做詩，雖亦文人美事，但小弟才遲，又不喜為人縛束，今見小令弟扇上圖畫甚佳，不覺情動。待小弟妄題一首請教，何如？」張寅聽了，連聲道：「妙，妙，妙！」遂叫左右

---

❹ 子都：古之美男子。

❺ 王李：指當時詩壇盟主王世貞、李攀龍。

❻ 瞠乎後：瞪眼落在後面。瞠，音ㄔㄥ。

取出筆硯送上。宋信拈筆，欣然一揮而就。

燕、平二人見他落筆敏捷，已先驚訝；及接到手一看，見詞意蘊藉，更加嘆賞；再讀到結句：「正如衰盛際，先有一人愁。」不覺彼此相視，向宋信稱贊道：「宋兄高才如此，小弟輩甘拜下風矣。」宋信聽了，喜得抓耳撓腮，滿心奇癢，只是哈哈大笑。

張寅見宋信一詩壓倒燕、平，不勝歡喜。因將扇子付與小兄弟去了，就篩了一大犀杯酒送與宋信道：「宋兄有此佳作，可滿飲此杯，聊為慶賀。」宋信道：「信筆請教，有何佳處。」張寅笑道：「小弟不是詩人，也不知詩中趣味。但平兄自負詩人，眼空一世，今日這等稱贊，定有妙處了。」

平如衡是個直人，先見了白燕詩，已有八九分憐愛，今又見當面題詠，便信以為真，真心輸服，一味贊羨，那裡還顧張寅譏誚？燕白頷又再三交譽，弄得個宋信身子都沒處安放。大家歡歡喜喜，直吃到傍晚方散。張寅就留宋信在書房中宿了。張寅以為出了他的氣，滿心快暢，不題。

卻說燕白頷同平如衡回到家裡，因相與嘆息道：「『以貌取人，失之子羽。』我看老宋那個人物，萬萬不道他有此美才。」平如衡道：「昨日白燕詩，兄尚有疑。今日梧桐一葉落詩，當面揮毫，更有何疑？豈非天下才子原多，特吾輩不及盡見耳？」燕白頷道：「人才難忽如此，今後遇賣菜傭，亦當物色之。」二人又談了半晌，方各歇息。

到了次早，平如衡睡尚未起，忽見叔子平教官差齋夫來，立等請去說話。平如衡不知為何，只得與燕白頷說知，別了來見叔子。

平教官接著，就說道：「昨日晏府尊將兩個名帖來，要請我與你去一會，不知為何。我故著人來接你商量，還是去好不去好？」平如衡道：「若論侄兒是河南人，他管我不著，可以不去；但尊叔在此為官，不去恐他見怪。」平教官道：「我也是這等想。還是同去走走，看他有甚話說。」就留侄兒吃了飯。只見昨日送帖兒的差人又來催促，平教官只得同了侄兒坐轎到府前。差人稟知晏府尊，便叫先請在迎賓館中坐下，隨即自家落館，以賓主禮相見，遜坐待茶。

茶罷，晏知府便先開口說道：「今日請二位到此，別無話說。只因王宗師大人，奉聖旨要格外搜求奇才，前日於考試中自取了燕生員，不便獨荐，意欲再求一人以為正副。在三學中細細搜羅，並無當意之人，屢屢托本府格外搜求。本府不敢不遵，因再三訪問，方知令侄子持兒是個奇才。又因隔省不屬本府所轄，不便唐突，故轉煩賢契招致。今蒙降重，得睹丰姿，果係青年英俊，其為奇才，不問而可知矣。」平教官道：「舍侄末學小子，過蒙公祖大人作養，感激不盡。但以草茅寒賤達之天子之庭，實非小事，還求公祖大人慎重。」晏知府道：「本府亦非妄舉。就是平兄與燕生員遷柳莊聽鶯所聯佳句，本府俱已覽過，故作此想，不必過謙。」平如衡因說道：「生員雖異鄉葑菲❼，今隨家叔隸於帡幪❽之下，即係門牆桃李❾。蒙公祖大人培植，安敢自外。但生員薄有才名，不過稍勝駑駘，實非絕塵而奔之駿足也。」

---

❼ 葑菲：詩經邶風谷風：「采葑采菲，無以下體。」葑、菲，即蔓菁和蕾。下體指根莖。兩者葉和根莖都可食，但根莖有時味苦。詩意謂采者不可以因此而連它的葉都不要。此處是指自己身為異鄉之人卻被人推荐，是謙詞。葑，音ㄈㄥ。

❽ 帡幪：音ㄆㄧㄥˊ ㄇㄥˊ。帳幕。在旁的稱「帡」，在上的稱「幪」。引申為覆蓋。此處為庇蔭之意。

❾ 門牆桃李：門牆，指師長之門。桃李，指學生門徒。

晏知府笑道：「平兄不必過遜。當今才人，豈尚有過於二兄者哉？」平如衡道：「不必遠求，即公祖太宗師之貴相知宋子成，便勝於生員輩多矣。」

晏知府聽了，大笑道：「宋子成與本府至交，本府豈不知之？平兄不要為虛名所惑。」平如衡道：「生員倒未必惑於虛名，只恐公祖太宗師轉捨近而求遠。公祖太宗師既見生員輩的聽鶯詩，則宋子成的白燕詩，未有不見之理。」晏知府笑道：「宋子成有甚白燕詩！」平如衡道：「怎說沒有？待生員誦與公祖太宗師聽。」因高吟兩句道：『淡額羞從鴉借色，瘦襟止許雪添肥。』此豈非宋子成白燕詩麼？難道公祖太宗師竟不曾見？」晏知府聽了笑道：「此乃山小姐所作，與宋子成甚相干！」平如衡大驚道：「莫非偶然相同？待生員再誦後聯與公祖太宗師聽。」因又高吟二句道：『飛來夜黑還留影，銜盡春紅不浣衣。』」晏知府聽了，一發大笑道：「正是山小姐所作。結尾二句，待本府唸了罷：『多少艷魂迷畫棟，捲簾惟我潔身歸。』是也不是？」

平如衡聽了，呆了半晌，心下暗想道：「原來是抄別人的。只是梧桐一葉落詩當面做的，難道也是抄襲不成？」因又說道：「宋子成昨日新作梧桐一葉落詩，十分警拔，待生員再誦與公祖太宗師聽。」晏知府想一想道：「梧桐一葉落詩，莫非末句是『正如衰盛際，先有一人愁』麼？」平如衡見晏府尊唸出，連連點首道：「正是，正是。」晏知府道：「這一發是山小姐所作了。」平如衡忙打恭道：「且請問公祖太宗師：這山小姐卻是何人？」

晏知府正打帳說出山小姐是何人，忽許多衙役慌慌張張跑來報道：「按院老爺私行入境，兩縣並刑廳四爺俱飛馬去迎接了。老爺亦須速去候見。」晏知府聽了，便立起身辭說道：「按君入境，不得奉陪。

二位且請回，改日再請相會。」說罷，竟匆匆去了。平教官與平如衡只等晏府尊去後，方才上轎回來。平教官竟回學裡，不題。

平如衡依舊望燕白頷家來。尋見燕白頷，將前事細細說了一遍，道：「你道此事奇也不奇？」燕白頷聽了道：「白燕詩小弟原說他有抄襲之弊，但不料梧桐一葉落詩也是抄襲。怎偏生這等湊巧，真是奇事！」平如衡道：「這也罷了。但不知山小姐是何人？怎生樣做白燕詩與梧桐一葉落詩都被他竊了？只可惜方才匆匆，未曾問個明白。」燕白頷道：「既有了山小姐之名，就容易訪問了。」平如衡道：「縱有其人而知其名，也不知其中委曲，還須要問晏公，方才得其詳細。」燕白頷道：「問晏公，不若原問老宋。」平如衡道：「怎生樣問他？」燕白頷道：「這不難。老張既請了你我，也須復他一席。待明日請他來，你我在席上慢慢敲打他，再以山小姐之名勾挑他，他自己心虛，自然要露出馬腳來。」平如衡大笑道：「這也有理。」

二人算計定了，到次日，便發帖來請。張寅與宋信接了帖子，以為被他壓倒，此來定要燥一場脾胃，便欣然答應。只因這一來，有分教：雪消山見，洗不盡西江之羞⑩；水落石出，流不盡當場之醜。不知後事如何，且聽下回分解。

⑩ 西江之羞：絕大的恥辱。意謂用西江之水也洗不盡的恥辱。

第十二回　虛心病陡發苦莫能醫　盜賊贓被拿妙於直認

凡有一人，自有一人之情性；既有一人之情性，則自發一人之議論。若作者高據史席，橫拈史筆，欲發其人之議論而不能曲體其人之情性，則鬚眉非我，啼笑不知為誰，出口則慚，在人則笑，奚其可也？譬如宋信，小人也，一時放肆，忽作大言，則竊君子衣冠，盜賢人口角，亦未為不可。卻妙在雖竊君子衣冠，卻終露小人行徑，縱盜賢人口角，卻難掩下士肺腸；尤妙在所詆者皆是自家之醜，所笑者無非下士之辜。即此一番談論，不待露出馬腳，而宋信之惡俗情性已活現紙上矣。真心愛才人未有不服其妙者。若讀而不痛不癢，定是門外漢。

宋信正高談闊論，忽究及白燕詩始末，可謂當心一拳，不得不驚；再提出山小姐，任是廉恥喪盡也要著急，臉之一紅，良心所必至也；及至紅著臉，左不是，右不是，則羞之久而羞定矣，良心盡而頑心出，故再以梧桐詩羞之，轉勉強嘻嘻而笑矣；笑之不已，終非了期，故借平如衡出脫之言即老著臉直認矣。摹寫無廉恥、不怕羞人，厚顏次第，一一如畫。

盜襲之機關既為人識破，無可奈何，雖不得不矯情快飲，然亦未免見忸怩之色。而宋信不然：竟看得盜襲不足為羞，到識破細說時，尚有膽氣要人吃酒，尚談得山小姐津津有味。

直無恥中無恥之霸也！

大家同聽山小姐之美，偏是燕白頷急急問人家之聘，偏是張寅想到必是大臣子弟方能聘他，燕白頷又爭山小姐才女必選配才人。各人心事各各無心吐露，著筆何等幽悄！予向閱諸小言，味都嚼蠟，今始見「四才子」，異而評之。第恨妾生較晚，不及細為點綴耳。

此時盡注想山黛，不幾忘冷絳雪耶？乃借平如衡不爽之言，又映帶而出，真左顧右盼，不失一眼。

山黛雖聞名，尚未及一面；冷絳雪雖略識面，卻猶明月蘆花，了無蹤影。燕白頷早目視平如衡，而有平分天下之想。有大才人，定有大志，若無此志，二人入京必不急切。由此觀之，文章線索不出情理。

有是事，必有是心。燕、平二人商量入京，一時便有許多心：要平分山、冷，是雄心；慮被召至京，恐才不及山黛，是小心；欲暗試山小姐，是虛心；又自負有才，是驕心；又講過選才擇婿必不相讓，是爭心；欲變易姓名作寒士，止憑文字考上下，是平心。二人於此心都打點過，方可謂之燕、平。打點，固是燕、平之心，及張、宋打點，又是張、宋之心。作者以一心而體貼眾心，無不心心相照，可謂心有七竅矣，且妙在竅竅皆通。

張寅抄詩，並抄閔子廟詩，便已自明留破綻，而不知巧耶，拙耶？煞有妙思！

詞曰：

死屍雪裡誰遮護，到頭馬腳終須露。漫說沒人知，行人口似碑。　求君莫說破，說破如何過？可笑復可憐，方知不值錢。

右調菩薩蠻

卻說燕白頷與平如衡欲要問山小姐白燕詩消息，遂發帖請宋信與張寅吃酒。宋信與張寅不知其意，只道敬他才美，十分快活，滿口應允。到了正日，欣然而來。燕白頷迎入，與平如衡相見，禮畢敘坐。談了許多閑話，然後坐席飲酒。

飲到半酣之際，燕白頷忽然贊道：「宋兄之才，真可稱天下第一人矣！」宋信笑道：「燕兄不要把才子二字看輕了。這才子之名，有好幾種論不得。」燕白頷道：「請問有那幾種？」宋信道：「第一是鄉紳中才子論不得：他從科甲出身，又居顯宦，人人景仰，若有得一分才，便要算他十分才，所以論不得。第二是大富家才子論不得：他貨財廣有，易於交結，故人人作曹丘之譽❶，無才往往邀有才之名，所以也論不得。」燕、平二人聽了，微微冷笑道：「宋兄所論，最為有理。」張寅遂大聲說道：「宋兄高論曲盡人情，痛快之極！」

宋信道：「不獨富貴，第三便是閨閣之才也論不得：他娥眉皓齒，杏臉桃腮，人望之先已消魂，若

❶ 曹丘之譽：漢季布任俠，得楚之辯士曹丘生為之揄揚而名益著。後因以曹丘為代人揄揚的代稱。

再能成詠，便是千古之慧心香口矣，所以也論不得。惟小弟山人之才，既無烏紗象簡以壓人，又無黃金白璧以結客，以蓬蓽❷之卑，而遨游於王公大人之上，若非薄有微長，誰肯垂青刮目？」張寅人笑道：「果然，果然！」燕、平二人只是笑。

宋信道：「不說山人個個便是才子，內中原有不肖。」燕白頷道：「為何又有不肖？」宋信道：「求顯者之書而干謁❸富室，假他人之作而冒為己才，見人一味足恭，逢財不論非義，如此之輩，豈非不肖？若我小弟，在長安時，交游間無不識之公卿，從不曾假其片紙隻字以為先容；至於分題刻燭，縱使撚斷髭鬚、嘔出心血，絕不盜襲他人殘唾。所以遍游天下，皆蒙同人過譽。此雖惡談，不宜自述，因三兄見愛出於尋常，故不禁狂言瑣瑣。」

燕白頷道：「宋兄不獨知人甚切，而自知尤明。且請問宋兄：這白燕詩清新俊逸，壓倒前人，不知還是自作，還是與人酬和？」宋信不曾打點，突然被問，心下恍惚，欲要說是與人酬和，恐怕追究其人，因答道：「此不過一時有感自作耳。」燕白頷又問道：「不知還是在貴省所作，不知還是游燕京所作？」宋信一時摸不著所問情由，只得漫應道：「是游燕時所作。」燕白頷道：「聞得京中山小姐亦有白燕詩，獨步一時，不知宋兄曾見過麼？」

宋信聽見問出「山小姐」三字，打著自家的虛心病，不覺一急，滿臉通紅，一時答不來，只得轉問道：「這山小姐燕兄為何也知道？」燕白頷見宋信面色有異，知有情弊，一發大言驚嚇他道：「昨有一

❷ 蓬蓽：蓬門蓽戶的略語。比喻窮人住的房子。

❸ 干謁：求請。謁，音ㄧㄝˋ。

敝友從京中來，小弟因將宋兄的白燕詩與他看，他說在京中曾見山小姐的白燕詩正與此相同。不知還是山小姐同了宋兄的，又不知宋兄同了山小姐的？」宋信著了急，紅著臉，左不是，右不是，只得勉強說道：「各人的詩，那有個相同之理？」燕白頷道：「敝友不但說白燕詩相同，連梧桐一葉落詩也說是相同的。卻是為何？」宋信沒奈何，轉笑嘻嘻說道：「這也奇了……」張寅見宋信光景不好，只得幫說道：「同與不同且勿論，但說山小姐是個女子，那有個女子能做如此妙詩之理？只怕貴友之言有些荒唐。」燕白頷道：「荒唐與不荒唐，小弟也不知，只有宋兄心下明白，必求講明。」宋信說不出，只是嘻嘻而笑。

平如衡見宋信欲說難於改口，因正色說道：「吾輩初不相知，往來應酬，抄錄他人之作，偶然題扇，亦是常事。宋兄昨日初遇紫侯，尚未相知，便錄山小姐之作以為己作，不過一時應酬，這也無礙。今日爾我既成至交，肝膽相向，若再如前隱晦，便不是相知了。」燕白頷聽了，因拍掌道：「子持此論，大為有理。」宋信見事已洩漏，料瞞不得，只得借平如衡之言，便老著臉哈哈大笑道：「子持兄深知我心。昨日與諸兄初會，未免有三分客套，今已成莫逆，定當實告。只是這山小姐之事，說來甚奇，三兄須痛飲而聽。」平如衡與燕白頷俱大喜道：「宋兄快士也！小弟輩願飲。」隨叫左右篩起大犀杯各各送上。大家吃了兩杯，燕白頷便開口道：「山小姐果為何人，望宋兄見教。」宋信無法，只得直說道：「這山小姐乃當朝山顯仁相公之女，名喚山黛，如今想也有十四五歲了，做白燕詩時年方十歲。生得嬌倩如花，輕盈似燕，且不必論，只說他做的詩，不獨時人中少有，真足令漢唐減色，所以當今天子十分寵愛。」燕白頷道：「小小年紀，天子如何得知？」宋信道：「因天子大宴群臣，偶見白燕，詔翰林賦詩，翰林一時應詔不來，天子不悅，山相公因獻上此詩，聖心覽之甚喜，故特特詔見。又面試天子有道三章，援筆立就，龍顏大悅。因賜玉尺一柄，著他量度天下之才；又御書『弘文才女』四字，其餘金帛不論。山相公因蓋了一座玉尺樓，將御書橫作匾額供在上面，叫他女兒坐臥其中拈弄筆墨。長安求詩求文者日填於門。」

燕白頷道：「宋兄曾面見其人，果是真才麼？」宋信道：「怎麼不見？怎麼不真？也曾有人疑他是假，動疏參論。天子敕尚寶少卿周公夢、翰林庶吉士夏之忠、禮部主事卜其通、行人穆禮、中書顏貴五臣與他考較。此一舉，人人替他耽憂，道一個小小女子，怎當得五個名臣考較？誰知真正才子實係天生，不論男女，不論年紀。這山小姐接了題目，信筆一揮，無不立就，將五個科甲名公驚得啞口無言，筆不敢下。」

燕白頷與平如衡聽見說得津津有味，不覺神情起舞，眉宇開張，道：「我不信天下有此等才女。且請問：考較的是幾首甚麼詩？」宋信道：「詩值甚麼？只虧他一首五色雲賦，約有六七百言，草也不起，下筆立成，內中含規頌聖，大有意味，真令人愛殺。」平如衡道：「五色雲賦宋兄記得麼？」宋信道：「文長那記得許多，只記得內中警句道：『綺南麗北，彩鳳垂蔽天之翼；艷高治下，龍女散漫空之花。』又一聯道：『不線不針，陰陽刺乾坤之繡；非毫非楮，煙霞繪天地之圖。』你道好麼？」

燕白頷嘆息道：「若非遇兄，幾不知天地間有此閨閣之秀。」平如衡道：「我輩男子，稍有寸長，便誇於人曰才子，視此豈不顏厚！」宋信道：「天子也是此意，說道：女子中且有如此美才，豈可以天下之大，無一出類才人？故嚴督學臣格外搜求。昨聞得王督學要特荐二兄，也正為山小姐而起也。」

燕白頷道：「這山小姐如今有人家聘了麼？」宋信道：「小弟出京時，一來他年紀尚小，二來山相公也難於說話，三來山小姐為天子所知，等閑無才之人也不敢輕求，所以不曾受聘。」張寅道：「這等看起來，若非公侯大臣家子弟萬萬不能了。」燕白頷道：「山小姐既是才女，定然選才。大臣子弟若是無才，豈能動其心？」大家說說笑笑，直飲到酣然，宋信與張寅方才別去。正是：

小人顏厚不知羞，一個哈哈便罷休。
若是面紅兼汗下，尚能算做聖賢儔。

張寅與宋信本欲燥皮，倒討了一場沒趣而去，不題。且說燕白頷與平如衡，自聞了山小姐之名，便終日痴痴呆呆只是思想。燕白頷忽說道：「這山小姐之事，我終有幾分疑心。」平如衡道：「兄疑何事？」燕白頷道：「小弟終疑宋信之言不確。那有小小女兒有如此才美之理？」

平如衡道：「據小弟看來，此事一痕不爽。」燕白頷道：「子持兄何所據而知其不爽？」平如衡道：「前日對兄不曾說完。小弟曾在汶上縣閔子祠遇一女子，也只一十二歲，題壁之詩美如金玉。此係小弟目擊，難道也有甚麼疑心？由此看來，則山小姐之事不虛矣。」燕白頷道：「此女曾知其姓名麼？」平如衡道：「他自署名『維揚十二齡才女冷絳雪』。看他行徑，像個顯宦人家宅眷。但在縉紳上細查，揚州並無一個姓冷的官宦。不知為何？」燕白頷道：「據兄之言，參之宋信所說，則是當今一時而有兩才女矣。以弟與兄而論，也算做一時兩才子。但男子生而願為之有室，女子生而願為之有家。任是公卿，任是有才，未有不願得才美兼全而結婚姻者。若蒼天有意，得以山、冷二小姐配兄與弟，豈非一時快事，千秋佳話！但恨天各一方，浮萍大海，縱使三生有幸，亦會合無由，殊令人悵惘。」

平如衡道：「兄生於富貴之家，從未出戶，看得道路艱難，便作此想。若以小弟而論，隻身四海，何處不可追尋？但患無其人耳。今既有山黛、冷絳雪之名，則上天下地皆蹤影之鄉。小弟在汶上時即欲追隨，徒以資斧不繼，故至此耳。」燕白頷聽了，大喜道：「吾兄高論，開弟茅塞。富貴功名，吾與兄自有，何必拘拘於此？冷絳雪雖不知消息，難於物色，而山黛為當朝宰相之女，豈有訪求不得之理？若論道路行李，小弟自足供之。行當與兄尋訪，若有所遇，也不枉你我一生名實。」平如衡道：「莫說他是兩個美人，尚有婚姻之想，即使是兩個朋友有如此才美，亦不可當吾身而失之。」燕白頷連聲道「是」。

二人算計定了。又過得數日，忽報房來報說：「王學院老爺已特疏荐松江府燕白頷、河南府平如衡為天下奇才，若使黼黻皇猷，必有可觀。伏乞敕下有司，優禮徵詔，以彰崇文之化。」燕白頷看了，與平如衡商量道：「你我既為宗師荐了，明日旨意下時，少不得要徵詔入京，便可乘機去訪山小姐了。」平如衡道：「若待徵詔入京去訪，便有許多不妙。」燕白頷道：「有何不妙？」平如衡道：「山小姐之才，既上為天子所知，下為公卿所服，必非等閑可及。你我被荐為天下才子，倘聖上詔與考較，莫說全不及他，即稍有短長，便是遼東白豕❹，豈不惹人笑死？」燕白頷道：「似此如之奈何？」

平如衡道：「據小弟愚意，莫若乘荐本才入，聖旨未下，兄與小弟改易姓名，潛走入京。山小姐既

❹ 遼東白豕：後漢書朱浮傳：「往時遼東有豕，生子白頭，異而獻之。行至河東，見群豕皆白，懷慚而還。」此言少見而自矜大也。

有玉尺樓量度天下之才，求詩求文者日填於門，料不避人，你我且私去與他一較，看是如何。若是其才與我輩仿佛，不至大相徑庭，明日旨意下了，便可赴闕應詔；若是萬分不及，便好埋名隱姓作世外之游，也免得當場出醜。」燕白頷笑道：「兄的算計倒也萬全，只是看得山小姐太高，將你我自視太低了。你我一個男子，胸中有萬卷書，口中有三寸舌，一枝筆從來縱橫無敵，難道見了一個小小女子便死了不成？」平如衡笑道：「兄不要過於自誇。李太白唐時一人，曾見崔顥黃鶴樓詩而不敢再題。小弟豈讓人之人？天下事最難料，前日在閔子祠看了冷絳雪之詩，小弟幾乎擱筆。何況山黛名重一時，豈可輕覷？」燕白頷笑道：「也罷，這都依你。只是還有一件，也要講過。」平如衡道：「有何事要講？」燕白頷笑道：「山小姐只一人，你我卻是兩個。倘到彼時，他要選才擇婿，卻莫要怪小弟不讓。」平如衡也笑道：「好，好，一發與兄講明：你我俱擅才子之名，一時也難分伯仲。若要與兄同考，以兄門第，自然要拔頭籌；就是今日同應徵詔而去，當事者必定要首取於兄。何也？兄為都堂之後，門生故吏滿於長安，豈有不為兄先容者？小弟雖遜一籌，而私心竊有不服。今日山小姐既有玉尺量才之稱，兄若肯與小弟變易姓名，大家無有依傍，止憑文字，若有長短，弟所甘心。」燕白頷道：「以小弟為人，豈靠門第作聲價？」平如衡道：「兄雖不靠門第，而世情未免以聲價取門第，惟有無名寒士之取與最公。吾兄若肯一往，則你我二人之文品定矣。」燕白頷道：「既然如此，當變姓名，與兄同往。」平如衡道：「要行須索早行。若遲了，聖旨一下，便有府縣拘束，出門不得了。」燕白頷道：「作速打點就是。」二人算計停當，一面收拾起身。不題。

卻說張寅只指望借宋信之才壓倒燕、平二人，不期被燕白頷搜出底腳，又出了一場醜，十分沒趣；

又聞得山小姐才美，心下想道：「怎能夠娶了山小姐為妻，則二人不壓而自倒矣。」又想道：「若論起門楣，他是宰相之女，我是天官之兒，也正相當。只怕他倚著有才，不肯輕易便許與我。」心下展轉躊躇。過了幾時，忽又聞得王宗師果荐了燕白頷、平如衡為天下才子，要徵詔進京，心下一發著忙道：「這兩個小畜生若進了京，他年紀又輕，人物又聰俊，才又高，又是宗師特荐，山家這一頭親事定要被他占了。卻是氣他不過！」心下想道：「還是尋老宋來商量。」

原來宋信自從那日在燕家吃酒弄了沒趣，便不好在張家住，只得復回舊寓。這日被張寅尋了來，就將心上之事一一說與他知，就要他設個法兒以為求親之地。宋信聽了，只是搖頭道：「這個難，這個難。」張寅道：「為甚有許多難？」宋信道：「兄雖說是受了燕、平二人之氣，尚不過是朋友間小口舌，微微譏誚而已，何曾敢十分唐突？你不知那小丫頭十分憊懶，拿著一枝筆，在紙上就似蠶吃桑葉的一般，沙沙沙只是寫，全不顧別人死活。你若有一毫破綻，他便做詩打覷你。兄要去求這頭親事，卻從那裡講得起？」張寅道：「依兄這等說，難道他一世不嫁人了？」宋信道：「豈有不嫁之理？但不知他屬意何人。」張寅道：「肯不肯且由他，求不求卻在我。莫若寫一信與家父叫他央媒去求求看。」宋信道：「這個萬萬無用。」張寅道：「卻是為何？」宋信道：「一來尊公老先生官高年尊，若去說親，見他裝腔作勢，必不肯十分下氣去求；二來山老為人執拗，不見女婿，斷然不肯輕易許可；三來山黛這小丫頭愛才如命，若沒有兩首好詩文動他，如何得他動念？還是兄乘燕、平二人旨意未下，先自進京替尊公老先生說明，央一當權大貴人去作伐，一個說不允，再央一個去說，三番五次，殷勤懇求，他卻不過情面，或者肯也不可知。山老若要相看女婿，兄人物魁偉，料必中意。再抄人幾篇好文字、好詩詞刻作兄的窗稿，送與山小姐去看。他在閨中，那裡便知是假的？若看得中意，這事便有幾分穩了。」

張寅聽了，滿心歡喜道：「蒙兄指引，甚是有理。但就是小弟進京也是初次；又且家父嚴肅，出入謀為，恐亦不便。聞兄曾在京久居，請託最熟，得能借重同往，不獨深感，自當重報。」宋信聽了，連連搖首道：「這個難，這個難。」張寅道：「吾兄游於松與游於京，總是一般，為何有許多難處？」宋信道：「有些難處，卻是對兄說不得。」張寅道：「有甚難處？想只是兄慮小弟行李淡薄，不足充兄之費，故設詞推脫耳。兄若肯同往，凡有所用，小弟決不敢慳吝。」

宋信見張寅苦苦要他進京，心下暗想道：「我離京已有四五年，前事想也冷了，便有人認得，誰與我做冤家？我在松江，光景也只有限，莫若同他進京，乘機取他些用用也好。但須改換姓名方妙。」沉吟了半晌，因說道：「小弟懶於進京，也不為別事，只因小弟在京時名太重了，交太廣了，日日被人纏擾，不得自由自在，所以怕了。若是吾兄定要同往，小弟除非改了姓名，不甚見客，方才可也。」張寅大喜道：「這個尤妙！兄若改名，不甚見客，方於小弟之事有濟。」宋信道：「若要進京，便不宜遲，恐燕、平二人到了，又要多一番避忌。莫若早進去，做一個高材捷足，他二人來時，任他才貌，也無及了。」

張寅道：「有理，有理。別的事都不難，只是要抄好文章、好詩詞，卻那裡得有？」宋信道：「這不難。要好文章，只消叫齋夫將各縣宗師考的一二名，抄幾篇就是了。至於詩詞，聞得前日燕白頷與平如衡在遷柳莊聽鶯的聯句甚好，燕白頷還有一首題壁，一首贈妓，一首贈歌童；平如衡還有一首感懷詩，一首閔子祠題壁詩，何不託朋友盡數抄來；就是兄園裡壁上的這首也好。只消改了題目，刻作兄的。到了京中，相隔三千餘里，誰人得知真假？」

張寅聽了，不勝之喜，果然叫人各處去抄。又託袁隱將燕白頷與平如衡平日所作的好詩文，又偷了好幾首。共著人刻作一冊，起個名叫做張子新編。宋信又改了一個姓名，叫做宗言。二人悄悄進京去了。不題。

卻說燕白頷，父親燕都堂雖已亡過，母親趙夫人尚然在堂，他將前事稟過母親，將家事都交付母親掌管。自收拾了許多路費行李，又帶了三四個得力家人；又與平如衡商量，燕白頷依母姓改名趙縱，平如衡就依趙縱二字，取縱橫之義，改名錢橫，扮做兩個寒士，也悄悄進京而去。只因這一去，有分教：

錦為心，繡為口，才無雙而有雙；花解語，玉生香，美無賽而有賽。畢竟不知後事如何，且聽下回分解。

第十三回　竇知府結貴交趨勢利　冷絳雪觀舊句害相思

燕、平二人平山堂作調，不過借游覽點醒題面耳，實無甚關係。然憑弔永叔，忽爾悲涼，忽爾羨慕，一段低徊感嘆之情，早又留一片文人影子在寒山荒草中，動人想像。文筆之妙如此。

張寅忙忙入京者，是要撇燕、平二人而爭山小姐之捷足也。誰知趕到揚州，破許多情面，費許多禮物，求得冷新之書，轉是替平如衡傳消息。作者穿插巧妙，真令人驚喜。

平如衡與冷絳雪，才美之配也。若止憑媒言，泛泛作合，則才無情、美無意，不幾辜負乎？造物不忍，故往往奇其緣，巧其遇，使才成異錦，美壓名花，然後才與美而不相負也。是以閒廟草草，一絲先係才美之足；至此疏冷矣，故又牽一絲，以束其情；然後兩地相思，方足生才美之香，添才美之色。

欲以張子新編傳平子舊作於絳雪，無由也，因想出冷新一路；欲張寅求冷新之書，又無由也，因想出娶山黛之力，絳雪能助一臂；欲將絳雪持權之力，吹入張寅之耳，又無由也，因想出竇知府一請；欲竇知府突然談冷絳雪之事，又無由也，因想出宋信一問。故宋信相見時，不答進京為何，而先問冷絳雪為婢為妾。雖若舊忿未忘，實則傳書之新事要緊。作者個中曲折，豈能一一告人？

山相公若仍在朝，則後來看梅花、扮青衣，便有許多不便；山相公若不歸隱，則燕、平到京，一訪即知，又豈容再三躲閃？故先請告而去，別造一天，聽閑雲舒卷。

山小姐覽新編之詩，心已動矣。山閣老迫權勢之請，首已肯矣。若非閔廟詩一阻，佳人或屬沙吒❶，未可知也。此閔廟詩不獨暗暗作平如衡之黃犬❷，又明明係燕白頷之紅絲矣。妙處豈能名言耶！

冷絳雪與山黛，才美女子中之知己也。朝夕多時，而閔廟題詩之事絕不提起，豈忘之耶？私心愛慕，不敢使人知也。直至此時見詩方才說破，可謂守口如瓶矣。不獨慎言，若早說破，此時再見，便味如嚼蠟矣。

新編誤載閔廟詩，不過要明張寅之謊。謊既破矣，又何取焉？又取以感傷冷絳雪之情。至於冷絳雪之情既傷，則此一詩為用多矣。乃作者猶以為少，又添有懷題壁詩人一首，使有

---

❶ 佳人或屬沙吒：指意中人歸了他人。典出唐許堯佐小說柳氏傳。韓翊與柳氏相愛，戰亂中失散，柳氏為蕃將沙吒利所得。後來經虞候許俊相助，又有左僕射希逸為之作主，韓翊與柳氏終於破鏡重圓。

❷ 黃犬：晉陸機有犬名「黃耳」，常為機帶信返鄉，又得報還京。後以「黃犬」為帶信者之稱。蘇軾青玉案詞：「三年枕上吳中路，遣黃犬，隨君去。」

情人讀之，不得不為情死。說者曰作西廂人舌都嚼爛，吾則謂作「四才子」人定想都費盡，心都使碎矣。張寅來求婚，山黛只是要見面，蓋一疑閔廟之詩，二疑到門之怯也。張寅要往見，宋信只說去不得，蓋深知山黛之利害，又深知張寅之無才也。此不過閑冷筆墨，亦寫得聲口與思慮相通。妙文之妙，真不可思議！

一個張子，一個平如衡，二小姐正擺脫不開，聖天子忽因荐舉，又添出一個燕白頷來，又重出一個平如衡來。是一是兩，誰假誰真，一時堆積於二美人眉稍心上，轉使一片深情無處著落。所謂惱亂春心，正此時也。

詞曰：

人在念，事關心，消瘦到而今。開緘忽接舊時吟，鐵石也難禁。　情惻惻，淚淫淫，魂夢費追尋。魚書杳杳雁沉沉，最苦是無音。

右調喜遷鶯

話說燕白頷與平如衡扮做貧士，改名趙縱、錢橫，瞞了宗師悄悄雇船，從蘇州、常州、鎮江一路而來。在路上遇著名勝所在，二人定要流覽題詩，發洩其風流才學，甚是快樂。

一日到了揚州，見地方繁華佳麗，轉勝江南，因慕名，就在瓊花觀作了寓所，到各處去游覽。聞知府城西北有一個平山堂，乃宋朝名公歐陽修所建，為一代風流文人勝跡，遂同了去游賞。尋到其地，只見其基址雖存，而屋宇俱已頹敗，惟有一帶寒山高低遮映，幾株殘柳前後依依。二人臨風憑弔，不勝盛衰今昔之感。因叫家人沽了一壺村酒，尋了一塊石上，二人坐著對飲。

燕白頷因說道：「我想歐陽公為宋朝文人之巨擘，想其建堂於此，歌姬佐酒，當時何等風流，而今安在哉？惟此遺蹤尚留一片荒涼之色。可見功名富貴，轉眼浮雲，曾何益於吾身！」平如衡道：「富貴雖不耐久，而芳名自在天地。今日歐陽公雖往，而平山堂一段詩酒風流儼然未散。吾兄試看此寒山衰柳，景色雖甚荒涼，然斷續低徊，何處不是永叔之文章，動人留連感嘆！」

二人論到妙處，忽見兩個燕子，呢呢喃喃，飛來飛去，若有所言，若有所聽。二人見了，不禁詩興勃勃，遂叫家人取過筆硯，拂拭開一堵殘壁，先是燕白頷題一首詞兒在上面，道：

聞說當年初建，詩酒風流堪羨。曾去幾多時，惟剩晚山一片。誰見，誰見，試問平山冷燕。

右調如夢令　雲間趙縱題

燕白頷題完，平如衡接過筆來，也題一首，道：

芍藥過春無艷，楊柳臨秋非線。時事盡更移，惟有芳名不變。休怨，休怨，尚有平山冷燕。

右調如夢令　洛陽錢橫題和

二人題罷，相顧而笑。又談今論古，歡飲了半晌，方攜手緩步而回。

回到觀前，天色昏黑，只見許多衙役轎馬，擁擠觀前甚是熱鬧。問人，方知是太守在大殿上做戲請客。二人見天晚人雜，因混於眾人中，悄悄走到殿前一張，只見上面兩席酒，坐著二客，不是別人，恰正是張寅與宋信，心下暗驚道：「他二人為何到此？」再看下席，卻是府尊奉陪。恐怕被人看見，不敢久立，遂走回寓所，私相商量。

燕白頷道：「我們在家時，不曾聽得他出門，為何反先在此處？」平如衡道：「莫非來打秋風？」燕白頷道：「若說打秋風，在老宋或者有之，張伯恭家頗富足，豈肯為此離家遠涉至此？依小弟想來，只怕聽見山小姐之事，亦作痴想，故暗拉老宋同北上，以為先下手計耳。」平如衡道：「兄此想甚是有理。他倚著父親吏部之勢，故有此想耳。我們卻是怎樣個算計方妙？」燕白頷道：「我們也沒甚算計。此事乃各人心事，說又說不出，爭執又爭執不得，只好早早去了，且到京中再看機緣何如。」平如衡道：「既要去，明早就行，莫與他看見。知我二人進京，他一發要爭先了。」燕白頷道：「有理，有理。明日須索早行。」二人睡過夜，到了次早，果然收拾行李，謝了主人，竟自雇船北去。不題。

你說宋信與張寅為何在此吃酒？原來宋信到了揚州，因與竇知府有舊，要在張寅面前賣弄他相識多，遂去拜見。又在竇知府面前誇說張寅是吏部尚書之子，與他相厚，同了進京。竇知府聽見「吏部」二字，未免勢利，故做戲請他二人。

戲到半本之時，攢盒小飲，竇知府因問道：「張兄進京，還是定省尊公老大人，還是別有他事？」張寅道：「止為看看老父，並無別事。」竇知府又問道：「子成兄為何又有興進京？」宋信道：「這且慢說。且請問竇老先生：可曾聞得冷絳雪進京之後，光景怎麼了？還是為妾，還是為婢？」竇知府笑道：「冷絳雪的事情可謂奇聞。兄難道還不知道？」宋信道：「冷絳雪進京之後，晚生就往游雲間，其實不知。」竇知府道：「山小姐自恃才高，又倚天子寵眷，一味驕矜，旁若無人，此乃兄所知者。不期冷絳雪這小小女子倒有些作用。到他府中，一見面就爭禮不拜；山小姐出題考他，他援筆立就。竟將一個眼空四海的山小姐壓服定了，不但不敢以婢妾相待，聞說山相公欲要將他拜為義女，山小姐猶恐辱了他，竟以賓客禮相待，又替他題疏加官號。天子聽從，加他個女學士之銜，又將他父親冷新賜與中書冠帶榮身。你道奇也不奇？兄前日原為要處他出兄之氣，不知他的造化，倒因禍而得福。」

宋信聽得呆了半晌，又問道：「果是真麼？」竇知府道：「命下，冷新的冠帶是本府親送去的，怎說不真？」宋信道：「這等看來，山府之事，冷絳雪倒也主持得幾分了？」竇知府道：「聞得山小姐於冷絳雪之言無有不聽，他怎麼主持不得？」宋信聽了，又沉吟半晌，因以目視張寅道：「這倒是吾兄一個好機會。」張寅驚問道：「怎麼是小弟的好機會？」宋信道：「這個機會全要在竇老先生身上，須瞞不得。」張寅道：「既蒙竇宗師錯愛，門生心事不妨直告。」竇知府因問道：「張兄有甚心事？」宋信道：「張兄此行雖為趨事尊公大人，然實實為聞得山小姐之名，意欲求以為配。到了京中央求幾個大老作伐，他兩家門當戶對，自有可成的道理。但以山小姐之才，必定愛才。張兄美才，一時未必得知。方才聽得冷絳雪這等得時，連父親冷大戶俱加了冠帶，何不借重竇老先生鼎力，央冷大戶寫一封書與冷絳雪，說知張兄求婚之意，託他於中周旋；再將張兄所刻佳篇寄一冊進去，使他知張兄美才。內中之心一動，外面之事便好做了。豈非一個好機會？」

張寅聽了滿臉堆笑，因連連打恭向竇知府道：「若蒙太宗師高誼玉成，門生斷斷不敢忘報。」竇知府道：「要冷中翰寫書進京，這也容易。本府自當為尊兄效一臂之力。」張寅稱謝道：「既蒙慨允，明日再當造府拜求。」說完又上席，完了下半本戲方散。

到了次日，張寅與宋信商量，備了一副厚禮來拜送竇知府，求他轉央冷大戶寫書進京，託冷絳雪宛轉作伐；又將張子新編一冊，求他並附寄進京，以見張寅有如此之才。竇知府接了禮物說道：「本府若不受厚禮，尊兄只說推辭了。」遂全全受了。因發一名帖，請冷中書來，面與他說知此事。冷中書怎敢違府尊之命，遂央鄭秀才婉婉轉轉寫了一封書，將張子新編並封在內，叫女兒周全其事。寫完封好，送與竇知府。竇知府遂當一個大分上送與張寅。張寅得了，如獲至寶。因辭謝竇知府，與宋信二人，連夜趕了進京。及到了京中，見過父親，訪問方知山相公已不在朝。

原來山顯仁為因女兒才高得寵，壓倒朝臣，未免招許多妒忌，遂連疏告病，要辭歸故鄉。天子不准。當不得山顯仁苦苦疏求，天子因面諭道：「卿既苦辭，朕也不好強留。但卿女山黛，朕深愛其著作，時有所命。卿若辭歸，必盡室而行，便有許多不便，為之奈何？」山顯仁奏道：「聖恩如此隆重，微臣安敢過辭。但臣積勞成病，閣務繁殷，實難支持，故敢屢瀆。」天子道：「卿既不耐煩劇，城南二十里有皇莊一所甚是幽僻，賜卿移居於內調理。卿既得以靜養，朕有所顧問，又可不時召見；即卿女山黛，時有詩文，亦可進呈，豈不兩便。」山顯仁叩頭感謝道：「聖恩念臣如此，真天高地厚矣！」遂領旨移居於皇莊之內。

這皇莊離城雖只一二十里，卻山水隔絕，另是一天。內中山水秀美，樹木扶疏，溪徑幽折，花鳥奇異，風景不減王維之輞川，何殊石崇之金谷。山顯仁領了家眷移居於內，十分快意。仍舊蓋了一座玉尺樓，與女兒山黛同冷絳雪，以為拈弄筆墨之所。皇莊是個總名，卻有十餘處園亭，可以隨意游賞。山顯仁雖然快樂，卻因女兒已是十五六歲，未免要為他擇婿。在閣內時，因山黛之名滿於長安，人人思量要求，卻都知道他為天子所寵，豈肯輕易嫁人，故人人又不敢來求。所以至今一十六歲，尚然待字。山顯仁留心在公卿子弟中訪看，並無一個略略可觀，因暗想道：「只看明年春榜下，看有青年進士，招一個為妙。」不料張寅一到京，聞知山相公住在皇莊，一面與父親說知，央大老來求，一面就差人將冷中翰的家書送至皇莊。

且說冷絳雪接了父親的家信，拆開來看，知是張寅要求山小姐為婚，托他周全之意。又見內有張子新編一冊，因展開一看，見遷柳莊聽鶯、題壁諸作風流秀美，不禁喜動顏色道：「好詩，好詩！何處有此美才！」

正看不了，忽山黛走來道：「冷姐姐看甚麼？」冷絳雪看見是山黛，因回身笑說道：「小姐，恭喜賀喜！」山黛也笑道：「何忽出此奇語？小妹有何喜可賀？」冷絳雪道：「賤妾為小姐覓得一佳偶在此，豈不可賀？」山黛道：「姐姐談何容易！漫道無婿，縱使有婿，又安得佳？」冷絳雪道：「若無婿，又何足言喜？若有婿不佳，又何足言賀？小姐請看此編便見。」遂將張子新編遞與山黛。

山黛接了，先看名字是「雲間張寅著」，因說道：「雲間是松江了。」因再看詩，一連看了三兩首，遂大驚道：「此等詩，方是才子之筆！不知姐姐從何處得來？」冷絳雪道：「是家父寄來，托賤妾與小姐作伐。賤妾常嘆小姐才美如此，恐怕天地間沒有個配得小姐來的丈夫，不期今日忽得此人，方信至奇至美之事，未嘗無對。」山黛道：「才雖美，未卜其人何如。」冷絳雪道：「人第患無才耳。若果有才，任是醜陋，定有一種風流，斷斷不賦一村愚面目。此可想而知也。」山黛笑道：「姐姐高論，不獨知才，兼通於知相矣。」二人大笑。再將張子新編細細而看，看一首，愛一首，二人十分歡喜，不勝擊節。忽看到後面，見一首詩，題目是題閔子祠壁，和維揚十二齡才女冷小姐原韻：

又見千秋絕妙辭，憐才真性孰無之？
倘容秣馬明吾好，願得人間衣盡緇。

冷絳雪看見這首詩，忽然大驚道：「這又作怪了！」山黛問道：「姐姐為何驚訝？」冷絳雪道：「此事一向要對小姐說，無因說起，故不曾說得。賤妾到尊府來時，路過閔子祠，因上去游覽，一時有感，遂題了一首絕句在壁上。剛轉得一轉身，不知誰人就和了一首在上面，就是此詩，一字不差。賤妾還記得後面落款是『洛陽十六歲小書生平如衡奉和』。賤妾出廟門時，恰遇見一個小書生，止好十五六歲，衣履雖是個寒士，卻生得昂藏俊秀，皎皎出塵。見賤妾出廟，十分徘徊顧盼，欲訴和詩之意。賤妾因匆匆上船，不及返視。至今常依依夢魂間，以為此生定然是個才子。不知今日何故，這個張子又刻作他詩。莫非那日所遇，即是此人？為何又改了姓名？豈不作怪！」山黛道：「原來有此一段緣故。或者為寄籍改名，也未可知。要見明白，卻也不難：這張生既要求親，定然要來拜謁。姐姐既識其面，待他來時，悄悄窺視，若原是其人，則改移姓名不消說了。」冷絳雪道：「除非如此，方見明白。」

二人說罷，又將餘詩看去，只見下一首即寫著：

有懷閔子祠題壁詩人，仍用前韻

相逢無語別無辭，流水行雲何所之？

若有藍橋❸消息訪，任教塵染馬蹄緇。

冷絳雪看了，默然良久，暗想道：「看他這一首詩意，分明是因壁間之詩，有懷於我。」又暗自沉吟半晌道：「你既有懷於我，為何又央我求婚於小姐？」心下是這等想，便不覺神情慘淡，顏色變異。山黛看見，早已會意，因寬慰說道：「細觀此詩，前一首尚是憐才，而表其緇衣之好，後一首則藍橋消息，明明有婚姤❹之求了。詩意既有所屬，豈有復求小妹之理？其中尚有差誤。」冷絳雪道：「家君書中寫得明明白白，安得差誤？」山黛道：「尊翁之書固然明白，而此生之詩卻也不甚糊塗。若無差誤，定有訛傳。此時懸解不出，久當自知。」冷絳雪道：「有差誤，無差誤，且聽之。只就詩論詩，詩才如此之美，有令人忘情不得。」山黛道：「才人以才為命，有才如此，情豈能忘？然亦不可太多，太多則自苦矣。此生既有美才，必有深情。觀題壁與有懷二作，其情之所鍾已見大概。姐姐何必過於躊躇，令情不自安。」冷絳雪道：「小姐之言固雖甚透，但情之生滅，亦不由人。閔祠一面，見懷二詩，此情

❸ 藍橋：橋名。在陝西藍田東南藍溪之上。相傳其地有仙窟，為唐裴航遇仙女雲英處。

❹ 婚姤：即婚遘。姤，周易卦名。言男女之遇合。

之所不能忘；而消息難尋，此又情之所以多也。安禁而能不躊躇？」山黛道：「消息難尋，此特沒情蠢漢之言，若深情人，決不作此語。藍橋豈易尋消息者耶？而至今何以傳焉？此生引以明志，情有在也，姐姐又何慮焉？」冷絳雪無語，俯首而笑。二人再將餘詩看完，十分愛慕。山黛與冷絳雪商議道：「尊公寄詩之事且莫要說起，且看他怎生樣來求。」二小姐在閨中商議。不題。

卻說張寅見冷大戶的家信送了入去，定然有效，遲了數日，遂與父親講明，央了一個禮部孫尚書來與山顯仁說親。山顯仁見女兒已是一十六歲，年已及笄，遂不拒絕，只回道：「小女薄有微才，為聖主所知，必須才足相當，方敢領教。張老先生令郎果有大才，乞過舍一會，再商許可。」

孫尚書即以此言回復張寅，張寅遂欣然欲往。宋信聞知，連忙攔住道：「去不得，去不得，一去便要決撒❺。」張寅問道：「這是為何？」宋信道：「你還不知山小姐之為人。他才又高，眼又毒。你若不去，他道你是個吏部尚書之子，又兼媒人稱揚，或者一時姻緣有分，糊塗許了；兄若自去，倘或一時問答間有甚差錯，被他看破，莫說尚書，便是皇帝為媒，那丫頭也未必肯。兄肯聽依小弟之意，只是推托不去為妙。」張寅道：「不去固妙，但將何辭推托？」宋信道：「只說途中勞頓有恙，若要看才，但將張子新編送去。如此便有幾分指望。」張寅歡喜道：「有理，有理。」隨央孫尚書寫書，回說：「途中辛苦，抱恙不能晉謁，先呈詩稿一冊請政。伏乞憐才，許諧秦晉❻，庶不失門楣之慶。」

山顯仁接了張子新編一看，見詩甚清新，十分歡喜，因面付與山黛道：「我連年留心選才，公侯子

❺ 決撒：決裂。

❻ 秦晉：春秋時，秦晉兩國世為婚姻，後因稱兩姓聯姻為秦晉之好。

弟遍滿長安，並無一個略略中意。今看張寅的新編倒甚是風流香艷。我兒你可細細一看，你若中意，我便有處。」山黛道：「詩雖甚好，但人不肯來，其中未必無抄謄盜襲之弊。」山顯仁道：「我兒所慮亦是。但看此詩俱是新題，自非前人之作；若說時人，我想時人中那裡又有這等一個才子與他抄襲？」山黛道：「天地生才，那裡限得？孩兒之才，自誇無對，誰知又遇了冷家姐姐。張寅之外，安知更沒張寅？只是索來一見為真。」山顯仁拗不過山黛，只得又寫信回孫尚書，定要張寅一見。

孫尚書報知張寅，張寅著忙，又與宋信商議。宋信道：「前日還在可去不可去之間，今日則萬萬不可去矣。」張寅道：「這是為何？」宋信道：「前日若去，泛然一見，彼此出於無心，還在可考不考之間；今日屢逼而後去，彼此俱各留意，雖原無意要考，也要考一考矣。」張寅道：「若果要考，這是萬萬去不得了。且再捱幾日看機會。」宋信道：「有甚機會看得？只是再另央一位當權大老去作伐，便是好機會。」張寅聽信，只得與父親說知，又央一個首相去求親。不題。

卻說冷絳雪自從見了平如衡懷他之詩，便不覺朝思暮想，茶飯都不喜吃。每常與山小姐花前聯句，月下唱酬，百般韻趣。今日遇著良辰美景，情景都覺索然，雖勉強為言，終不歡暢。山小姐再三開慰，口雖聽從，而心只痴迷，每日只是懨懨思睡。山小姐欲致張寅一見，以決前疑，而張寅又苦辭不來。冷絳雪漸漸形容消瘦，山小姐十分著急。欲與父親說知，卻又不便啟齒；欲再含忍，又怕冷絳雪成病。正沒法處，忽聞聖旨遣一中貴召父親入朝見駕。此時山顯仁病已痊了，便不敢推辭，遂同中貴肩輿入朝，朝見於文華殿。

朝見畢，天子賜坐，因問道：「朕許久不見卿，不知卿女山黛曾擇有佳婿否？」山顯仁忙頓首謝道：

「蒙聖恩垂念，實尚未曾擇得。」天子道：「以卿門第，豈無求者？」山顯仁道：「求者雖多，但臣女山黛蒙聖恩加以才女之名，不肯苟且託之匪人，有辜聖眷，故猶然待字也。」天子道：「卿既未曾選得，朕倒為卿選得二人在此。」山顯仁奏道：「微臣兒女之私，怎敢上費聖心。但不知選者是何人？」天子道：「南直學臣王袞，昨有疏特荐兩個才子，頭一個是松江燕白頷，第二個是洛陽平如衡，年俱不滿二十。疏稱他才高雕繡，學貫天人，懸筆萬言可以立就。又獻燕白頷的燕台八景詩。朕覽之，果是奇才。昨已有旨徵召去了。待徵詔到時，朕當於二人中擇一佳者，為卿女山黛主婚。」山顯仁連連叩頭謝恩。天子又賜酒飯，留連了半日方放還家。

山顯仁一到家，就與女兒一一說知此事。山黛聽見說兩個才子，一個是洛陽平如衡，心下暗驚道：「原來果另有一個平如衡，則張寅此詩的係竊取無疑矣！」一時尚未敢與父親說明，只含糊答應道：「聖恩隆重如此，何以報答！」一面說罷，一面就走到冷絳雪臥房中來說道：「姐姐不必過慮，小妹有一樁喜事來報你知道。」冷絳雪忙驚問道：「小姐有何喜事報我？」山小姐不慌不忙，細細而說。只因這一說，有分教：柳中鸜鵒語，雪裡鷺鷥飛。不知說出甚麼來，且聽下回分解。

第十四回　乍見芳香投臭味　互爭才美費商量

二小姐辯論假真，推測成敗，忽悲忽喜，或感或傷，有時而兩相慰藉，有時而各自愁煩，不是有所思而作嬌痴，便是默無言而弄幽悄。讀一過，只覺閨閣芳香至今如在。

人之愛慕，聞名神往固已不淺，然終不如自見面而針芥相投之更為親切也。燕白頷之愛慕山黛，聞名也，倘止憑聞名而見面，見面而相親，縱百般愛慕，而愛慕之真精神定不能發為奇情奇態使人欣賞。故燕白頷與山黛於未考詩之前，又別出一天台桃源，為才美投氣味，方今愛慕之情登峰造極。

作者既欲燕白頷獨自尋歡，則將置平如衡於何地？卻妙在查縉紳，捏造出一冷鴻臚來，又虛認真冷鴻臚即冷絳雪之家，高高興興將平如衡遣開。若論局中，雖放鬆一步，讓燕白頷誤入桃源，驚窺半面；孰知即論局外，亦不假分毫，且將平如衡夢寐深情現於一往。文章濃固生姸，淡亦未嘗無味。如此豈等閑所及！

燕白頷與山黛突然相見，彼此美麗，一時如何形容得盡？卻妙在只用「彼此一見，各各吃了一驚」一語，而兩人之美麗出於尋常已見於言下矣。

只覿面一看，風流情景已含蓄無窮，若再逗遛，便傷河洲之雅❶。故急急令僕婦趕去，便筆墨不至水窮山盡。

只門外牆上題詩，愛慕深情已低徊不盡，若再落款招搖，便非君子之求。故又急急令小童趕去，方覺情景留餘，不墮惡道。

天際一詩，雖極其贊頌，卻蘊藉於「梅花」、「春色」中，而不露挑撻❷之聲色，終讓才人一和，亦不為無情。然情之蹤跡，含蓄於長短內，尚無風影可拿；即兩人一見貌而情動，再見詩而情深，大都皆口不言而心自省，何嘗傷關雎之雅化！

塗去首倡，單留和詩，雖小小靈心，亦是一番幽悄。

以燕白頷之快心，形容平如衡之氣苦，雖是空中樓閣，卻添出許多景色。

燕白頷與平如衡各述所聞所見，平平之事，何能構作奇文？乃誇美者高譽蛾眉，矜才者大懸彩筆，力爭雄辯，不啻劉項之逐鹿❸。乃知文人不落筆則已，一落筆必縱縱橫橫，振大風之雄，吐拔山之氣❹。

❶ 河洲之雅：詩經周南關雎：「關關雎鳩，在河之洲。窈窕淑女，君子好逑。」此處指關雎所詠的那種高雅。

❷ 挑撻：即佻撻，輕薄。

❸ 劉項之逐鹿：謂如劉邦、項羽之爭霸天下。史記淮陰侯列傳：「秦失其鹿，天下共逐之。」

❹ 振大風之雄吐拔山之氣：劉邦有句「大風起兮雲飛揚」；項羽有句「力拔山兮氣蓋世」。

閣上美人，山黛也，乃朝野聞名之才女也。書生若細心一訪，姓名自易知也。不知此時此際，若訪出姓名，知為山黛，則水窮山盡，縱有煙雲亦不奇矣。故假老和尚之危言驚辭，使消息沉沉，方有無窮趣味，作者之意微矣！

詞曰：

只怕不春光，若是春光自媚。試看鶯鶯燕燕，來去渾如醉。　饒他金屋好花枝，莫不懨懨睡。但願芳香艷冶，填滿河洲內。

右調好事近

話說山小姐聞知平如衡消息，連忙報知冷絳雪說道：「今日聖上特召爹爹進朝，說南直隸學臣疏荐兩個才子。你道是誰？」冷絳雪道：「賤妾如何得知，乞小姐明言。」山小姐道：「一個是松江人，叫做燕白頷；那一個，你道奇也不奇，恰正是姐姐所說的洛陽平如衡。」冷絳雪道：「平如衡既另有一人，這張寅卻又是誰？莫非一人而有兩名？」山小姐道：「這個未必。聖上說燕白頷與平如衡才批旨去徵召，這張寅已在京師，豈有是一人之理。」冷絳雪道：「若非一人，為何張子之詩竟是平子之作？」山小姐道：「以小妹看來，這個張寅定非端士❺。」冷絳雪道：「小姐何以得知？」山小姐道：「他既要求親，

❺ 端士：品格端正之士。

若果有真才，自宜挺然面謁。為何只要權貴稱揚，而絕不敢登門？若非醜陋，定是無才。這張子新編大約是他人舊作，而竊取以作嫁衣裳也。」冷絳雪道：「小姐此論甚是有理。」山小姐道：「平如衡既為姐姐刮目，又為學臣特荐，閔祠二詩又見一斑，其為才子無疑矣。天子欲為小妹擇婿，小妹當為姐姐成全閔子祠之一段奇緣，以作千秋佳話。」冷絳雪道：「閔廟奇緣雖尚未可知，而小姐美意亦已不朽矣。但妾想學臣所荐二人，平生既實係才子，則那燕子定是可兒。小姐原以白燕得名，那生又名燕白頷，互為顛倒，此中似有天意。今又蒙聖主垂憐，倘能如願，豈非人生快事！」山小姐道：「姻緣分定，且自由他。今得姐姐開懷，大是樂事。」就扯了冷絳雪，同到玉尺樓去閑耍。正是：

鳥長便能語，花開自有香。
舊時小兒女，漸漸轉柔腸。

按下山小姐與冷絳雪閨中閑論不題。且說燕白頷與平如衡自離揚州，雖說要趕到京師，然二人都是少年心性，逢山要看山，逢水要看水，故一路耽耽擱擱，直度過了歲方才到京。到京之日轉在張寅之後。二人到了京師尋了一個寓所，在玉河橋住下，就叫一個家人去問山閣老的相府在那裡。家人去問了來回道：「山閣老已告病回去多時了。」燕白頷與平如衡聽了大驚道：「怎你我二人這等無緣！千山萬水來到此處，指望一見山小姐量量爾我之才，不期不遇。他又是個秦人，這一告病去了，便遠隔山河，怎能得見？」燕白頷還不肯信，又叫家人買了一本新縉紳來看。揭開第一頁，見宰相內並無山顯仁之名，知道是真，便情興索然。平如衡雖也不快，卻拿著縉紳顛來倒去只管翻看。

燕白頷道：「人已去矣，看之何益？」平如衡道：「有意栽花，既已無成；無心插柳，或庶幾一遇。向日與兄曾說的冷絳雪，想在京中，故查一查看。」燕白頷笑道：「偌大京師如大海浮萍，吾兄向何處尋起？」平如衡道：「兄不要管我，待小弟自查。」因再四撿來撿去，忽撿著一個鴻臚少卿姓冷，因大喜道：「這不是！」燕白頷又笑道：「兄痴了？天下有名姓盡同，尚然不是，那有僅一冷姓相同，便確確乎以為絳雪之家。天下事那有如此湊巧！」平如衡道：「天下事，要難則難，要容易便容易。兄不要管我，待小弟自去一訪。是不是，也可盡小弟愛才之心。」大家又笑笑，各自安歇。

到次日清晨，燕白頷尚未起身，平如衡早已自去尋訪了。燕白頷起來聞知，因大笑道：「『情之所鍾，正在我輩。』❻千古名語！」吃了早飯尚不見來家，又聽得城南梅花盛開，自家坐不住，遂帶了一個小家人獨自出城南閑耍去。

出了城，因天氣清明，暖而不寒，一路上斷斷續續有梅花可看，遂不覺信步行有十數餘里。忽到一處，就像水盡山窮一般，因問土人道：「前面想是無路了？」土人笑道：「轉入山去，好處盡多，怎說無路？」燕白頷依他轉過山腳，往裡一望，只見樹木扶疏幽秀，又是一天，心甚愛之，只得又走了入去。一步一步，皆有風景可觀，不覺又行了二三餘里。心雖要看，爭奈足力不繼，行到一座花園門首，遂坐下歇息。歇息稍定，再將那花園一看，只見：

❻ 情之所鍾正在我輩：語出世說新語傷逝：「王（戎）曰：『聖人忘情，最下不及情。情之所鍾，正在我輩。』」

上下盡甃碧瓦，周遭都是紅牆。雕甍畫棟吐龍光，鳳閣斜張朱網。嬌鳥枝頭百囀，名花欄內群芳。風流富貴不尋常，大有侯王氣象。

燕白頷看見那花園規模宏麗，制度深沉，像個大貴人莊院，不敢輕易進去。又坐了一歇，不見一個人出入，心下想道：「縱是公侯園囿，在此郊外，料無人管。便進去看看也無妨礙。」遂叫家人立在門外，自家信步走了入去。園內氣象雖然闊大，然溪徑布置卻甚逶迤有致。燕白頷走一步愛一步，便不覺由著曲徑迴廊，直走到一間閣下。階下幾樹梅花開得甚盛，遂繞著梅花步來步去，引領香韻。

正徘徊間，忽聽得閣上窗子開響，忙抬頭一看，只見一個少年美女子，生得眉目秀美，如仙子一般，無心中推窗看梅，忽見燕白頷在閣下，彼此覿面一看，各各吃了一驚。那美女連忙避入半面，把窗子斜掩。燕白頷看得呆了，還仰臉痴痴而望。只見閣上走下兩個僕婦來問道：「你是甚麼人？擅自走到這個所在來。」燕白頷道：「我是遠方秀士，偶因看梅到此。」那婦人道：「這是甚麼所在，你也不問聲，竟撞了進來。若不看你年紀小，又是遠方人，叫人來捉住才好。還不快走出去！」

燕白頷見勢頭不好，不敢回言，只得急急走出園外來，心下想道：「天下怎有這樣標致女子！我燕白頷空長了二十歲，實未曾見。」因坐在園門前，只管呆想。跟來的家人見他痴痴坐著不動身，因說道：「日已沉西了。還有許多路，再耽擱不得了。」燕白頷因問道：「帶得有筆硯麼？」家人道：「有。在拜匣裡。」燕白頷遂叫取了出來，就在園門外旁邊粉壁上，題詩一首道：

閑尋春色辨媸妍，盡道梅花獨占先。
天際忽垂傾國影，梅花春色總堪憐。

燕白頷才寫完，正要寫詩柄落款，忽園外走了一個童子來看見，大聲罵道：「該死的賊囚根子！這是甚麼所在，又不是庵觀寺院，許你寫詩在牆上。待我叫人來拿你！」遂一徑飛跑了進去。家人見說慌了，忙說道：「相公快去了罷！這一定是公侯大人家，我們孤身怎敵得他過。」燕白頷著了急，也不敢停留，遂叫家人收了筆硯，忙忙照舊路一直走了回去，不題。

你道這園是甚麼所在？原來就是天子賜與山顯仁住的皇莊數內的花園。皇莊正屋雖只一所，園亭倒有五六處，有桃園、李園、柳園、竹園，這卻叫做梅園。那一座閣叫做先春閣。山顯仁因春初正是梅花開放時節，故暫住於內賞玩。這日因偶然感了些微寒，心下不爽，故山小姐來看父親。見父親沒甚大病，放了心，遂走到先春閣上來看梅。忽推窗看見了燕白頷，人物俊秀，年紀又輕，此時山黛已是一十六歲，有美如此，有才如此，豈有無情之理？未免生憐，佇目而視。不料忽被僕婦看見，趕了出去，心下甚是依依。正倚著窗子沉吟想像，忽見童子跑了進來，口裡亂嚷道：「甚麼人在園門牆上寫得花花綠綠，還不叫人去捉住他！」山小姐聽了，情知就是那生，因喝住道：「不要亂嚷，待我去看。」童子見小姐吩咐，不敢再言，竟走了進去。

小姐因見此園是山中僻地，無人來往，遂帶了兩個侍妾，親步到園門邊。遠遠望去，便見園門外粉壁上寫得龍蛇飛舞，體骨非常，心下先已驚訝道：「字倒寫得遒勁，不知寫些甚麼？」及走到面前一看，卻是一首詩，忙讀一遍，知就是方才遇我感興之作，心下十分喜愛，道：「好詩，好詩！借『梅花春色』贊我，寓意微婉，大有風人之旨。我只道此生貌有可觀，不期才更過之。我閱人多矣，從未見才貌兼全如此生者。但可恨不曾留得名姓，叫我知他是誰……」因沉吟了半晌，忽想道：「我看此詩之意，大有眷戀，此生定然還要來尋訪。莫若和他一首，通個消息與他，也可作一線機緣。」一面就吩咐侍兒去取筆硯，一面又想道：「我若和在上面，二詩相並，情景宛然，明日父親見了，豈不嗔怪？」又想想道：「我有主意了。」因叫侍兒去喚一個大家人，用石灰將壁上詩字塗去，卻自於旁邊照他一般樣的大字，也縱縱橫橫和了一首在上面，也不寫出詩柄，也不落款。自家題完，又自家讀了兩遍，自家又嘆了幾口氣，依舊進園中去了。

到晚間，山顯仁病已好了。羅夫人放心不下，叫家人立逼著將山相公與小姐都接了回大莊上去了。不題。

且說燕白頷被童子一驚，急急奔回，直走出山口，見後面無人追趕，方才放心。心下想道：「古稱美人沉魚落雁，眉似遠山，眼橫秋水，我只道是個名色，那能實實如此。今看閣上美人，比花解語，似玉生香，只覺前言尚摹寫不盡。我燕白頷平生愛才如命，今睹茲絕色，雖百才子吾不與易矣！」心上想念美人，情興勃勃，竟忘卻勞倦，一徑歡歡喜喜走回寓所。進門便問：「平相公回來了麼？」家人道：「回來久了。」燕白頷一路叫了進來道：「子持兄，訪得玉人消息何如？」

平如衡睡在床上，竟不答應。燕白頷走到床前，笑問道：「吾兄高臥不應，大約是尋訪不著胸中氣苦了。」平如衡方坐起來道：「白白走了許多路，又受了一肚皮氣，那人畢竟尋訪不著。你道苦也不苦！」

燕白頷道：「尋不著便罷了，有甚麼氣？」平如衡道：「那冷鴻臚山西人，粗惡異常，說我問了他家小姐，壞他的閨門，叫出許多衙役與惡僕，只是要打。幸虧旁人見我年少，再三勸解，放我走了。不然，雞肋已飽尊拳矣。如何不氣？」燕白頷笑道：「吾兄不得而空訪，小弟不訪而自得。豈非快事！」平如衡聽了，大驚道：「難道兄在那裡遇見了絳雪麼？」燕白頷道：「弟雖未遇絳雪，而所遇之美者，恐絳雪不及也。」平如衡笑道：「美或有之，若謂過於絳雪，則未必然。且請問在何處相遇？」

燕白頷道：「小弟候兄不回，獨步城南，因風景可愛，不覺信步行遠。偶因力倦少憩，忽見一所花園富麗，遂入去一觀。到了一座閣下，梅花甚盛。小弟正爾貪看，忽閣上窗子開響，露出一位少年女子，其眉目之秀媚，容色之鮮妍，真是描不成畫不就，雖西子、毛嬙諒不過此！那女子見了小弟，卻也不甚退避。小弟正要飽看，忽被兩個家人媳婦惡狠狠的趕了出來。小弟被他趕出，情無所寄，因題了一首絕句，大書在他園門牆上。本要落個款，通個姓名使他知道，不期詩才寫完，款尚未落，又被一個小惡僕看見，說我塗壞了他家牆壁，惡聲罵詈，跑進去叫人來拿我。我想那等樣一個園子，定是勢要公卿人家。我一個遠方寒士，怎敵得他過？只得急急走了回來。小弟雖也吃了些虛驚，卻遇平生所未遇，勝於吾兄多矣。」

平如衡笑道：「吾兄只知論美，不知千古之美，又千古之才美之也。女子眉目秀媚，固云美矣；若無才情發其精神，便不過是花耳、柳耳、鶯耳、燕耳、珠耳、玉耳，縱為人寵愛，不過一時。至於花謝柳枯、鶯衰燕老、珠黃玉碎，當斯時也，則其美安在哉？必也美而又有文人之才，則雖猶花柳，而花則名花，柳則異柳，而眉目顧盼之間，別有一種幽悄思致，默默動人。雖至鶯燕過時，珠玉毀敗，而詩書之氣、風雅之姿固自在也。小弟不能忘情絳雪者，才與美兼耳。若兄純以色言，則錦繡脂粉中尚或有人以供吾兄之餓眼。」

燕白頷一團高興被平如衡掃滅一半，因說道：「吾兄之論未嘗不是。小弟亦非不知以才為美。但覺閣上女子，容光色澤，泠泠欲飛，非具百分才美不能賦此面目。使弟一見，心折魂消，宛若天地間山水煙雲俱不足道。以小弟推測想之，如是美女，定有異才。即使其父兄明明告我道無才，我看其舉止幽閑靜淑，若無才，必不能及此也。」平如衡笑道：「弟所論者，乃天下共見之公才；兄所言者，則一人溺愛之私才也。未登泰山，自見天下之大，這也難與兄爭執。只可惜兄未及見吾絳雪耳。如見絳雪，當不作如是觀。」燕白頷道：「冷絳雪已作明月蘆花，任兄高抬聲價，誰辨兄之是非？至於閣上美人，相去不過咫尺，雖侯門似海，有心伺之，尚可一見。兄若有福睹其丰姿，方知小弟為閨中之碧眼胡❼也。」二人爭說談笑不已。家人備了夜宵，二人對酌，直到夜深，方才歇息。

到了次日，燕白頷吃了早飯，就要邀平如衡到城南同去訪問。昨日跟去的家人說道：「相公不要去罷。那個園子定是大鄉紳人家。昨日相公題詩在他牆上，他家人不知好歹，就亂罵，還要叫家人拿我們。幸虧走得快，不曾被他凌辱。今日若再去，倘若看見，豈不又惹是非？況這個地方比不得在松江，人都是知道的。倘為人所算，叫誰解救？不如同平相公到別處去頑耍罷。」平如衡聽了，連連點首道：「說得有理。我昨日受了冷鴻臚之氣便是榜樣。」燕白頷口雖不言，心下只是要去訪問。大家又混了一會，燕白頷竟悄悄換了一件青衣私自去了。

---

❼ 碧眼胡：碧眼胡人，據說他們是識別珍寶的行家。此處代指識人行家。

又過了一會，平如衡尋燕白頷講話，各處都不見，家人想道：「定然又到城南去了。」平如衡著慌道：「大家同去猶恐不妙，他獨自一人走去，倘若出事來，一發無解。我們快趕了去方妙。」遂帶了三四個家人一徑出城趕來，不題。

卻說燕白頷心心念念想著閣上美人要去訪問，見平如衡與家人攔阻，遂獨自奔出城來，心下暗想道：「我再入他園內去，便恐怕有是非；我只在園外訪問，他怎好管我？就是昨日題詩，也只一個童子看見。我今日換了衣服，他也未必認得；就是認得，我也可與他胡賴。」主意定了，遂欣然出了城向南而走。昨日是一路看花看柳，緩步而行，遂不覺路遠。今日是無心觀景，低著頭只是走，心上巴不得一步就到，只覺越走越遠。心上急了一會，見走不到，只能轉放下心道：「想昨日之事，妙在他見了我不慌忙避去，此中大有情景。只可惜我那首詩未落得姓名，他就想我也沒處下手。」又想道：「我的詩寫在園門外，他居閣中，連詩也未必能見；就是見了，也不知他可識幾個字兒。這且由他。如今且去訪問他姓名，若是鄉宦人家，未曾適人，我先父的門生故吏朝中尚有許多，說不得去央及幾個與我作媒。若能成就，也不枉我進京一場。」心下是這等胡思亂想，便不知不覺早已望見花園。

燕白頷雖一時色膽如天，高興來了，想起昨日受童子罵詈，心下又有幾分怯懼，不敢竟走，只一步一步的漫漫的捱將上來，看見園前無人出入，方放膽走到昨日題詩之處。抬頭一看，只見字跡照舊在上，心下想道：「我便說空費了一番心思。題詩在上，今日美人何處？誰來揪采？豈非明珠暗投，甚為可惜。還是我自家來賞鑒。」因再抬頭一看，忽驚訝道：「我昨日題的詩不是此詩，怎麼變了？」又看看道：「這字也不是我寫的了。我昨日寫的潦潦草草，這字龍蛇有體，大是怪事。莫非做夢？」呆了半晌，復定定神，看那首詩道：

花枝鏡裡百般姸，終讓才人一著先。
天只生人情便了，情長情短有誰憐？

燕白頷讀完，大驚大喜道：「這是那裡說起！我昨日明明題的詩，今日為何換了？莫非美人看見，和韻之作？為何我的原唱卻又不見？」又讀了一遍，因思道：「看此詩意，明明是和韻答我昨日之意。我的原唱不見，畢竟是他塗去，恐人看見不雅。」因孜孜嘆息道：「我那美人呀，我只道你有美如此，誰知你又有才如此，又慧心如此。我想天地生人的精氣，生到美人，亦可謂發洩盡矣。」想完，又將詩讀了兩遍，愈覺有味，道：「我昨日以傾國之色贊他，他就以花姸不如才美贊我，末句『情長情短』，大有蘊藉。我燕白頷從來未遇一個知心知意的知己。」因朝著壁詩恭恭敬敬作了兩個揖道：「今日蒙美人和詩，這等錯愛，深謝知己矣！」正立著痴痴呆想，聽見園內有人說話出來，恐怕認得，慌忙遠遠走開。心下又想道：「我昨日不落款者，是被那惡奴趕逐。我那美人為何今日也不寫個姓名？叫我那裡去訪問？」又想道：「園內不好進去，恐惹是非。園外附近人家去訪問一聲，卻也無礙。」只得從舊路走回來，尋個人家訪問。怎奈此山僻之處，雖有幾家人家，都四散住開，卻不近大路。大路上但有樹木，並無人家。

燕白頷正爾躊躇，忽丫路上走出一個老和尚來。燕白頷看見，慌忙上前與他拱手道：「老師父請了。」那老和尚看見燕白頷人物俊秀，忙答道：「小相公請了。」燕白頷道：「請問老師父：前面那一所花園，是甚麼鄉宦人家的？」老和尚笑道：「那裡有這樣大鄉宦？」燕白頷道：「不是鄉宦，想是公侯人家？」老和尚又笑笑道：「那裡有這等大公侯？」燕白頷道：「不是鄉宦，又不是公侯，卻是甚等人家？」老和尚道：「是朝廷的皇莊。你不見房上都是碧瓦，一帶都是紅牆？甚麼公侯鄉宦，敢用此物？」燕白頷聽了，著驚道：「原來是皇莊！」又問道：「既是皇莊，為何有人家內眷住在裡面？」那老和尚道：「相公，你年紀輕，又是遠方人，不知京師中風俗。這樣事，是問不得的。他一個皇莊，甚人家內眷敢住在裡面？」燕白頷道：「我學生明明見來。」老和尚道：「就有人住，不是國戚，定是皇親。你問他做甚？幸而問著老僧，還不打緊，若是問著一個生事的人，便要拿鵝頭、扎火囤❽，騙個不了哩！」

燕白頷聽了，驚得吐舌，因謝道：「多承老師指教，感激不盡。」老和尚說罷，拱拱手就別去了。燕白頷見老和尚說得利害，便不敢再問，遂一徑走了回來。只因這一回去，有分教：酒落歡腸，典衣不惜；友逢知己，情話無休。不知果然就得回去麼，且聽下回分解。

❽ 拿鵝頭扎火囤：設騙局詐取財物。

第十五回　醉逼典衣忽訪出山中宰相　高懸彩筆早驚動天上佳人

燕白頷見和詩而快心，先對壁揖謝知己，書生文顛情痴之態已透出八九。至此猶以為不足，又寫其獨飲自談、或哭或笑一段妙狀，書生情痴至此極矣。豈等閑筆墨所能竊其一二！有心訪閣上美人，忽被老和尚打住；無意問山閣老，轉倩酒家說出。來蹤去跡，潛牽暗引，豈許人知？及至說出山閣老，再一回思，始知醉欠酒錢，要脫衣服，皆欲透出繡鴛鴦之一針耳。何等微妙！

二人一路問問答答，信信疑疑，所談皆妙論，所弄皆奇情，絕不在齒牙之後拾人殘唾。所以讀者津津，觀者躍躍，不得不逢人說項❶。

燕、平二人見聞不同，意中各有所注，彼此不服，故兩相爭論；山、冷二人紅絲❷無定，肝膽不知誰向，展轉無聊，故兩相慰藉。彼爭論者，明剖是非，心猶不晦；慰藉者，暗茹荼

❶ 說項：替人稱揚。典出唐詩紀事卷四九。項斯以卷謁楊敬之，楊贈詩曰：「幾度見詩詩盡好，及觀標格高於詩。平生不解藏人善，到處逢人說項斯。」

❷ 紅絲：指婚姻。古人認為婚姻前定，皆是緣分。有月下老人暗中用紅絲牽足以定婚姻之說。

蘗，情更可憐。當此之際，誰假誰真，正自莫測，矧定而不定，所望又虛，人雖鐵石，亦難消受。此山黛所以成病也。

論其大意，燕之赴考，為山黛也，平之赴考，為冷絳雪也。然二人赴考意中，則止知有山黛，而不知有絳雪也。若二人直直同與山黛對考，則將置冷絳雪於何地？欲山、冷二人同考，又其道無由；無由而欲巧弄其由，則巧莫巧於巧扮青衣矣。但山黛此時，眼空四海，奴隸衣冠❸，何畏何懼，而作虛心之想？此燕、平二人之彩筆所以高懸也。花有根，水有源，看到後回巧扮青衣之妙，方知此回高懸彩筆之妙。

山黛量才利害，久不提起，故又借和尚口中細說一遍。若照舊重說，未免傷贅，卻妙在另是一番說法。不獨說得威嚴，使人害怕；且又說得有笑聲，令人絕倒。如此說來，則此說又不可少。

和尚誇山小姐，燕、平二人尚半疑半信；燕、平二人自誇，則和尚全然不信矣。何也？蓋和尚知山小姐者深，知燕、平二人者淺也。情理宛然。

詞曰：

風流才子淩雲筆，無夢也生花❹。揮毫當陛，目無天子，何有雛娃？　豈期閨秀，雕龍繡虎，真

---

❸ 奴隸衣冠：此處「奴隸」作動詞用，即以奴隸視之。衣冠，即士大夫。意謂未將一般士大夫放在眼裡。

若塗鴉。始知天鍾靈異，蛾眉駿骨，不甚爭差。

右調青衫濕

話說燕白頷因訪閣上美人姓名，忽遇老和尚，說出皇莊利害，因不敢再問，恐惹是非，遂忙忙走了回來，到了一個村鎮市上方才定了性，立住腳。他出門時，因瞞著平如衡，不曾吃得午飯，到此已是未申之時，肚中微微覺飢。忽見市稍一竿酒旗飄出，滿心歡喜，竟走了進去，揀一副好座頭坐下。

此雖是一個村店，窗口種了許多花草，倒還幽雅。燕白頷坐下，店主人隨即問道：「相公還是自飲，還是候朋友？」燕白頷道：「自己飲，沒有朋友。」店主人道：「用甚麼肴？」燕白頷道：「不拘，有的只管拿來。酒須上好。」店主人看見他人物清秀，衣飾齊整，料是富貴人家，只揀上品肴饌並美酒，搬了出來。

燕白頷一面吃，一面想美人和詩之妙。因叫店主取筆硯默寫出來，放在桌上，讀一遍，飲一杯，十分有興。因想道：「昨日平子持還笑我所遇的美人徒有其美，卻無真才，不如他遇的冷家女子，才美兼全，叫我無言回答。誰知我的美人，其才又過於其美。今日回去，可以揚眉吐氣矣。」想罷，哈哈大笑，又滿飲數杯。忽又想道：「冷家女子題詩是自家寄興，卻與子持無干；我那美人題詩，卻是明明屬和，非與我燕白頷有默默相關，焉肯為此？此又勝於子持多矣。」想罷，又哈哈大笑，又滿飲數杯。又想道：

❹ 無夢也生花：舊稱才思日進為夢筆生花。語出王仁裕開元天寶遺事：「李太白少時，夢所用之筆頭上生花，後天才贍逸，名聞天下。」此處極誇平、燕兩人才氣。

「但是他遇的美人雖無蹤跡，卻有了姓名；我遇的美人蹤跡雖然不遠，姓名卻無處訪問，將如之何？那和尚說，不是國戚，就是皇親。我想這美人，若生於文臣之家，任是尊貴，斯文一脈，還好訪求；若果是皇親國戚，他倚著椒房之貴，豈肯輕易便許文人？豈不又是遇而不遇了！」因嘆一口氣道：「我那美人，你這一首詩豈不空做了？難道我燕白頷與美人對面無緣？」

燕白頷此時已是半酣，尋思無計，心下一苦，拿著一杯酒，欲飲不飲，忽不覺墮下幾點淚來。店主人遠遠看見，暗笑道：「這相公小小年紀，獨自一個人，哈哈笑了這半晌，怎麼這會子又哭起來，莫非是個呆子？」因上前問道：「相公，小店的酒可是好麼？」燕白頷道：「好是好，也還不算上好。」店主人笑道：「若不是上好，怎麼連相公的眼淚都吃了出來？」燕白頷道：「我自有心事墮淚，與酒何干？快燙熱的來，我還要吃。」店主人笑應去了。

燕白頷又飲了幾杯，又想道：「就是皇親國戚，他女兒若是想我，思量要嫁我，也不怕他父母不從。他若嫌我寒士，我明年就中個會元狀元與他看，那時就不是寒士了，他難道還不肯？」想到快活處，又哈哈大笑起來，不覺又吃了數杯。

店主人見他有七八分醉意，因上前問道：「相公尊寓不知在城外，還是城中？若是城中，日色已西，這裡到城中還有七八里，也該行了。」燕白頷道：「我寓在城中玉河橋，既是晚了，去罷。」遂立起身來，往外竟走。店主人慌忙攔住道：「相公慢行，且算還了酒錢著。」燕白頷道：「該多少？」店主人道：「酒肴共該五錢。」燕白頷道：「五錢不為多，只是我今日不曾帶來。我賒去，明日叫家人送來還你罷。」說完，又要走。店主人見他只管要走，著了急，因說道：「這又是笑話了！我又不認得相公是誰，怎好賒去？」燕白頷道：「你若不賒，可跟我回去取了罷。」店主人道：「回往一二十里，那有這些閑人跟你去！」燕白頷道：「送來你又不肯，跟去取你又不肯，我又不曾帶來，難道叫我變出來還你？」店主人道：「相公若不曾帶來，可隨便留下些當頭，明日來取，何如？」燕白頷道：「我隨身只有穿的兩件衣服，叫我留甚麼作當？」店主人道：「就是衣服，脫下來也罷了。」燕白頷已是七八分醉的人，聽見說要脫衣服，一時大怒，因罵道：「狗奴才，這等可惡！我趙相公的衣服，可是與你脫的？」一面說，一面竟往外走。店主人著了急，也大怒道：「莫說你是趙相公，就是山閣老府中的人，來來往往，少了酒錢，也要脫衣服當哩。」

燕白頷聽見說山閣老，因問道：「那個山閣老？」店主人道：「朝中能有幾個山閣老？要問！」燕白頷道：「聞得山顯仁已告病回去了，為何有人在你這裡往來？」店主人道：「大風大雨回那裡去？這閑事你且休管，請脫下衣服來要緊。」一動粗，相公便沒體面了。」一隻手扯住，死也不放。

燕白頷要動手打他，卻又打他不倒。正沒奈何，忽見平如衡帶了兩三個家人趕來。看見燕白頷被店主人扯住，因一齊擁進來道：「在這裡了！這是為何？」燕白頷看見眾人來，方快活道：「這奴才可惡！吃了他的酒，就要剝我的衣服。」眾家人聽了，便發作道：「這等可惡！吃了多少酒錢，就要剝衣服？既開了店，也有兩隻眼看看人，我們相公的衣服，可是與你剝的？」說罷，兜臉一掌。

店主人看見不是勢頭，慌忙放了手道：「小人怎敢剝相公的衣服，只說初次不相認，求留下些當頭。」平如衡道：「要留當頭，也須好說，怎動手扯起來？」眾家人俱動手要打，轉是燕白頷攔住道：「罷了，小人不要與他計較。可稱還他五錢銀子，我還有話問他。」眾家人見主人吩咐，便不敢動手，因稱了五錢銀子與他。

店主人接了銀子，千也陪罪，萬也陪罪。燕白頷道：「這都罷了。只問你：你方才說山閣老不曾回去，可是真麼？」店主人道：「怎麼不真？」平如衡聽了，忙插上問道：「山閣老既不曾回去，如今在那裡住？」店主人道：「就住在前面灌木村。」平如衡道：「離此還有多遠？」店主人道：「離此只有七八里遠。」燕白頷道：「都說他告病回去了，卻原來還住在此間。」

平如衡因笑對燕白頷道：「兄說也不說一聲，竟自走了出來，使小弟那裡不尋，恐兄落人圈套，故趕了來。不期兄倒訪出這個好消息。」燕白頷笑道：「這個算不得好消息，還有絕妙的好消息，不捨得對兄說。」平如衡道：「有甚好消息？無非是閣上之人有了蹤跡下落。」燕白頷笑道：「若止是蹤跡下落，怎算得好消息？不是氣兄說，我這個好消息，連美人心上的下落都打探出來了。」平如衡驚問道：「這就奇了！何不明對小弟一說？」燕白頷笑道：「若是對兄說了，兄若不妒殺，也要氣殺。」

眾家人見二人只管說話，因說道：「天將晚了，須早早回去罷。」燕白頷還打帳同平如衡吃酒，平如衡道：「路遠，回去吃罷。」遂同了出來。

一路上，平如衡再三盤問，燕白頷笑道：「料也瞞兄不得。」因將袖中抄寫的詩遞與平如衡道：「小弟不消細說，兄只看此詩便知了。」平如衡接了一看，嘻嘻笑道：「兄不要騙我，這詩是兄自做的。」燕白頷笑道：「兄原來只曉的做詩，卻不會看詩。你看這詩，吞吐有情，低徊不已。非出之慧心，誰能有此幽悄？非出之閨秀，誰能有此香艷？兄若認做小弟之筆，豈不失之千里！」平如衡道：「小弟只是不信，難道美人中又生一個才子不成？」燕白頷道：「兄若不信，明日同兄去看，此詩尚明明寫在牆上。」

平如衡道：「他明明寫在牆上和你，豈不慮人看見恥笑？」燕白頷道：「美人慧心妙用比兄更高。兄所慮者，美人已慮之早矣。他將小弟原唱塗去，單單只寫他和詩在上。在小弟見了，自然知道是他和詩；他人見之，如何能曉？」

平如衡聽了，又驚又喜道：「兄這等說來，果是真了？我只道冷絳雪獨擅千古之奇，如今卻有對了。且問你：曾訪著他姓名麼？」燕白頷道：「姓名卻是難訪。」平如衡道：「為何難訪？」燕白頷道：「我曾問個老和尚，他說那座園是朝廷的皇莊，來往的都是皇親國戚。誰敢去問？若問著無賴之人，便要拿鵝頭、扎火囤哩。」平如衡道：「這等說來，你的閣上美人，與我壁間女子，都是鏡花水月，有影無形，只好當做一場春夢。我二人原為山小姐而來，既是山相公還在這裡，莫若元去做本來的題目罷。」燕白頷道：「山小姐原該去見，但只恐觀於海者難為水❺，今既見了閣上美人，這等風流才美，那山小姐縱然有名，只怕又要減等了。」平如衡道：「見了方知，此時亦難懸斷。」

二人回到寓所，已是夜了。家人收拾夜宵，二人對酌。說來說去，不是平如衡誇奬冷絳雪，便是燕白頷賣弄閣上美人，直講到沒著落處，只得算計去訪山小姐。正是：

魚情思得水，蝶意只謀花。
況是才逢色，相思自不差。

❺ 觀於海者難為水：意為見過大海的人，一般的江河都不在眼裡。語出孟子盡心。

燕白頷與平如衡算計要見山小姐不題。卻說山小姐自見了閣下書生與園牆上題詩，心下十分想念。因母親接了回家，遂來見冷絳雪說道：「小妹今日僥幸，也似姐姐在閔子廟一般，恰遇見一個少年才子。」冷絳雪道：「怎生相遇？」山小姐道：「小妹看過父親，偶到先春閣上去看梅，忽然推開窗子，只見下面梅花邊立著一個少年，生得清秀可喜，見小妹在閣上，甚是留盼。不期被僕婦看見，將他惡狠狠趕了出去。」

冷絳雪道：「少年人物聰俊者有之，但不知小姐何以知他是個才子？」山小姐道：「那書生出去，小妹正然尋思，忽見福童一路嚷了進來，說道有人在園外題詩寫污了粉牆，叫人去難為他，被小妹喝住。因走出園門去看，見果然題了一首詩在牆上。小妹再三讀之，真是陽春白雪，幾令人齒頰生香。故知他是個才子。」冷絳雪道：「那書生題的詩，且請小姐念與賤妾聽。」山小姐遂將前詩念了一遍，道：「姐姐，你道此詩如何？」

冷絳雪聽了，連連稱贊道：「好詩，好詩！許多羨慕小姐，只淡淡借『梅花春色』致意，絕不露蝶蜂狂態，風流蘊藉，的係才人，怪不得小姐留意。且請問：此生落款，是何處人？姓甚名誰？」山小姐道：「不知為何，竟不落款，並不知他姓名。」冷絳雪道：「他既無姓名，小姐又回來了，豈不也是一番空遇？」山小姐道：「小妹也是這等想，故和了他一首，也寫在牆上，通他一個消息。但不知此生有情無情，還重來一見否。」冷絳雪道：「有才之人，定然有情，那有不來重訪之理？只是小姐處於相府深閨，他就來訪，卻也無益。」

山小姐道：「小妹也是這等想。天下未嘗無才，轉不幸門第高了，寒門書生，任是才高，怎敢來求？爹爹一個宰相，又不好輕易許人。你我深閨處女又開口不得。倒不如小家女子，貴賤求婚卻都無礙。」

冷絳雪道：「雖如此說，然空谷芳蘭終不如金谷牡丹為人尊貴。」山小姐道：「天下虛名，最誤實事。小妹以微才遭逢聖主之眷，名震一時，宜乎關雎荇菜❻，來君子之求，奈何期及摽梅❼，人無吉士。就是前日天子所許的燕白頷、平如衡，想亦不虛，不知為何今日尚無消息。就是姐姐所傳的張子新編，十分可誦，又未見其人，畢竟不知真假。就是小妹今日所遇的書生，其人其才似乎無疑，然貴賤懸殊，他又無門可求，我又不能自售，至於對面而有千里之隔。豈非門第與虛名誤事？」冷絳雪道：「此事小姐不必著急。天下只怕不生才子，眼前既有了許多名士，自能物色；況以小姐赫赫才名，內中豈患無一成者？」山小姐道：「婚姻事暗如漆，這也料它不定。」

冷絳雪道：「以賤妾推之，張子新編詩雖佳而雜以平子之詠，大都假多真少，其人即來，未必如小姐之意。這須擱起。而閣下書生人才縱然出眾，但恐白面書生又未必如太師之意。這個也須擱起。惟有這個燕白頷，既為學臣首荐，又為天子徵召，豈有不來之理？若來，天子既許主婚，豈有不諧之理？則小姐婚姻，一定在此。」山小姐道：「據姐姐推論，似乎有理。但未知這個燕白頷可能如閣下書生。」冷絳雪道：「學臣這番荐舉，是奉旨搜求，與等閑不同。若非真才實美，倘天子見罪，將如之何？況與平如衡同荐，若果是閔廟題詩之人，此賤妾所知，平如衡且遜一籌，則燕生之為人，可想而知矣。豈有不如閣下書生之理？」

二人正論不了，忽一個侍妾拿了一本報來說道：「老爺叫送與小姐看。」山小姐接在手中沉吟道：

❻ 關雎荇菜：詩經關雎：「參差荇菜，左右采之。」荇，音ㄒㄧㄥˋ。

❼ 期及摽梅：指女子已到結婚的年齡。語出詩經召南摽有梅：「摽有梅，其實七兮；求我庶士，迨其吉兮。」

「不知朝中有甚事故。」冷絳雪道：「定是燕、平二生徵召到京之事了。」山小姐道：「或者是此。」因揭開一看，果是學臣王袞回奏：「燕白頷、平如衡奉旨徵召，不期未奉旨之先已出境游學，不知何往。今已差人各處追尋，一到即促駕朝見。今恐遲欽命，先此奉聞。」奉聖旨：「著該部行文各省撫按行查，倘在其境，火速令其馳驛進京朝見，勿得稽留！」

山小姐看完，默默無語。冷絳雪也沉吟了半晌，方才說道：「我只道欽命徵召，再無阻滯，平生是假是真，便可立辨。不料又有此變。」山小姐因嘆息道：「天下事甚是難料。姐姐方才還說小妹婚姻定在於此，今看此報，有定乎？無定乎？」冷絳雪也嘆息道：「這等看來，事真難料。」又想一想道：「天子既著各省行查，二生自然要來，只恐遲速不定耳。」二人雖也勉強言笑，然心下有些不快，未免懨懨攪亂心曲。過了數日，山小姐竟生起病來。山顯仁與羅夫人見了，十分著急，慌忙請太醫調治。不題。

卻說燕白頷，因閣上美人難訪，無可奈何，終日只是痴痴思想，連飲食都減了，就是平如衡勉強邀他到那裡看花飲酒，他只是懨懨沒興。平如衡見燕白頷如此，心下暗想道：「除非是以山小姐之情打動他方可。」遂日日勸他去訪問。燕白頷道：「要去訪亦何難？就是訪著，料也不能勝於閣上美人；況他又倚著天子寵眷，公卿出身，見你我寒士，未必不裝腔作勢。見他有何益處？」平如衡道：「你我跋涉山川，原為山小姐而來。如今到此，轉生退悔，莫非忘了白燕之詩麼？就是山小姐驕傲不如，也須一見，方才死心。」燕白頷道：「兄既如此說，明日便同去一訪。只是小弟意有所屬，便覺無勇往之興。」平如衡道：「有興沒興，必須一往。」燕白頷被逼不過，只得依允。

到次日起來，打點同去。平如衡道：「我們此去，若說是會做詩，便驚天動地，使他防範。倘有不如，倒惹他笑。莫若扮做兩個寒士，只說聞名求詩，待他相見，看機會，出其不意做一兩首驚動他，看是如何。」燕白頷道：「這個使得。」二人都換了些舊巾舊服，穿戴起來；雖帶了兩個家人，都叫他遠遠跟隨，不要貼身。一徑出城。因記得店主人說山閣老住在灌木村，因此不問山閣老，只問灌木村。喜得一望山水幽秀，蹊徑曲折，走來便不覺甚遠。問到了村口，只見一個小庵兒甚是幽雅。二人一來也要歇腳，二來就要問信，竟走了進去。

庵中一個和尚看見，慌忙迎接，道：「二位相公何來？」燕白頷答道：「我二人因春光明媚，偶爾尋芳到此，不覺足倦，欲借寶庵少憩片時。」和尚道：「既是這等，請裡面坐。」遂邀入佛堂，問訊坐下。一面叫小沙彌去煎茶，一面就問：「二位相公尊姓？」燕白頷道：「學生姓趙。」平如衡道：「學生姓錢。」因問：「老師大號？」和尚道：「小僧賤號普惠。此處離城約有十數餘里。二位相公尋春直步到此，可謂高興之極。」燕白頷道：「不瞞老師說，我二人雖為尋春，卻還要問一個人的消息，故遠遠而來。」普惠道：「二位相公要訪誰人消息？」燕白頷道：「聞得說山顯仁相公告病隱居於此，不知果然麼？」普惠笑道：「我只說相公要訪甚麼隱人消息，若是山老爺，一個當朝宰相，誰人不知，何須要問？就在這前面大莊上居住。山老爺最愛小庵幽靜，時常來閑坐，一日倒有半日在此。」平如衡道：「這兩日曾來麼？」普惠道：「這兩日為他小姐有恙，請醫調治，心下不快，不曾來得。」燕白頷道：「可知他小姐有甚貴恙？」普惠道：「這倒不曉得。」

說罷，小沙彌送上茶來。大家吃了，普惠問道：「二位相公訪山老爺，想是年家故舊，要去拜見了？」平如衡道：「我們與他也不是年家，也不是故舊。因聞得他小姐才高為天子寵貴，不知是真是假，要來試他一試。不期來得不巧，正遇著他病，料想不出來見人，我們去也無益。」普惠道：「據相公說，是來的不巧，遇他不著；依小僧看來，因他有病遇不著，正是二位相公的湊巧。」燕白頷笑道：「遇不著，為何倒是湊巧？」普惠道：「遇不著，省了多少氣苦，豈不是湊巧？」燕白頷道：「就是遇著他，難道有甚麼氣苦不成？」普惠道：「相公不是本地人，不知那山小姐的行事。」平如衡道：「我們遠方人，實不知道，萬望老師指教。」

普惠道：「這山小姐，今年十六歲，生得美貌，不消說得；才學高美，也不消說得；只是他的生性驕傲，投得他的機來，百般和氣，投不著他的機來，便萬般做作。你若是有些才學，看得上眼，或是求他詩文，他還正正經經替你做一兩篇；你若是肚中無物，人物粗俗，任是尚書閣老的子孫，金珠玉帛厚禮送他，他俱不放在他心上。你若生得長，他就信筆做一首長詩譏誚你；你若生得矮，他就信筆做一首矮詩譏誚你：不怕你羞殺氣殺。這樣的惡相知，定要去見他做甚！小僧故此說個不遇他省了許多氣苦。」燕白頷道：「無才村漢自來取辱，卻也怪他不得。只是人去見他，他肯輕易出來相見麼？」普惠道：「他怕那個，怎麼不見？他雖是個百媚女子，卻以才子自待，任是何人，他都相見。相見時正色談論，絕不作一毫羞澀之態；你若一語近於戲謔，他有聖上賜的金如意，就叫人劈頭打來，打死勿論。故見他的皆兢兢業業，不敢一毫放肆，聽他長長短短，將人取笑作樂。」平如衡道：「他取笑，也只好取笑下等之人；若是縉紳文人，焉敢輕薄？」

普惠道：「這個他倒也不管。二位相公莫疑我小僧說謊，我說一樁有據的實事與你聽：前日都察院鄔都堂的公子，以恩蔭選了儒學正堂，備了一分厚禮，又央了幾封書與山老爺，要面求山小姐題一首詩，寫作一幅字當畫掛。二位相公，你道這山小姐惡也不惡！這日鄔公子當面來求時，他問了幾句話兒，見鄔公子答不來，又見鄔公子人物生得醜陋，山小姐竟信筆寫了一首詩譏誚他，把一個鄔公子幾乎氣死。你想那鄔公子雖是無才，卻也是一個都堂之子，受不得這般惡氣，未免也當面搶白了幾句。山小姐道他戲言相調，就叫人將玉尺樓門關了，取出金如意要打死他。虧山老爺怕鄔都堂面上不好看，悄悄吩咐家人，將鄔公子放走了。到次日，山小姐還上了一疏，道鄔公子擅入玉尺樓，狂言調戲，無儒家氣象。聖上大怒，要加重處。虧了鄔都堂內裡有人調停，還奉旨道鄔都堂教子不嚴，罰俸三月；鄔公子無師儒之望，改了一個主簿。二位相公，你道這山小姐可是輕易惹得的？小僧故說個遇他也好，不遇他也好。」

燕白頜道：「山小姐做了甚麼詩譏誚他，這等動氣？」普惠道：「這首詩傳出來，那個看了不笑！小僧還抄個稿兒在此，我一發取出來與二位相公看看，以發一笑。」燕白頷道：「絕妙，絕妙！願求一觀。」普惠果然入內，取了出來，遞與二人道：「請看。」二人展開一看，只見上寫著：

家世徒然列縉紳，詩書相對不相親。
實無點點胸中墨，空戴方方頭上巾。
仿佛魁星真是鬼，分明傀儡卻稱人。
若教混作儒坑去，千古奇冤那得伸。

燕、平二人看完，不禁拍掌大笑道：「果然戲謔得妙！這等看起來，這鄔公子吃了大苦了。」普惠道：

「自從鄔公子吃了苦，如今求詩求文的都怕來惹事，沒甚要緊，也不敢來了。二位相公還是去也不去？」燕白頷笑道：「山小姐這等放肆取笑於人者，只是未遇著一個真正才子耳。待我們明日去，也取笑他一場與老師看。」普惠搖頭道：「二位相公雖自然是高才，若說要取笑山小姐，這個卻未必。」平如衡道：「老師怎見得卻未必？」普惠道：「我聞得山老爺在朝時，聖上曾命許多翰林官與他較才，也都比他不過。內中有一個宋相公叫做宋信，說他是天下第一個會做詩的才子，也考山小姐不過。皇帝大怒，將他拿在午門外，打了四十御棍，遞解回去。此事喧傳長安，人人皆知。二位相公說要取笑他一場，故小僧斗膽說個未必。」

燕白頷聽了，笑對平如衡道：「原來宋信出了這一場醜！前日卻瞞了，並不說起。」平如衡道：「他自己出醜，如何肯說？」因對普惠說道：「老師竇庵與山小姐相近，只知山小姐之才高，怎知道山小姐不過一閨中女子學塗鴉耳，往往輕薄於人者，皆世無英雄❽耳。若遇了真正才子，自然要以脂粉乞憐也。此時也難與老師說，待我們明日與他一試，老師自知。」普惠心下暗笑其狂，口中卻不好說出，只得含糊答應道：「原來二位相公又有這等高才，可喜可敬！」又泡了一壺好茶來吃。

燕白頷一面吃茶，一面見經座上有現成筆墨，遂取了在旁邊壁上題詩一首，道：「山小姐，山小姐，不知你的病幾時方好，且留為後日之驗。」平如衡候燕白頷題完，也接筆續題一首在後，道：「山小姐，山小姐，你若見了此二詩，只怕舊病好了，新病又要害起。」二人擱筆，相顧大笑，遂別普惠出來道：「多擾了。遲三五日再得相會。」普惠道：「多慢二位相公，過數日再奉候。」遂送出門而去。只因這一別，有分教：才子稱佣，夫人學婢。不知後事如何，且聽下回分解。

❽ 世無英雄：典出晉書阮籍傳：「（籍）嘗登廣武，觀楚漢戰處，歎曰：『時無英雄，使豎子成名！』」

第十六回　才情思占勝巧扮青衣　筆墨已輸心忸怩白面

和尚見燕、平說話狂妄，當面怕傷體面，只好吞吞吐吐，輕嘲微哂，故於去後方自發笑。無關閑筆，亦自入情。

山顯仁看了題壁二詩，既驚且喜，便忙問年紀，急急抄詩回去。留心擇婿，又微露一斑。山黛與冷絳雪看題壁詩，正在觸怒之際，詩才之美，自不便出口稱揚；若竟抹殺，又傷知才之明、愛才之雅，故但用「彼此相視」默默透出。白描之妙，大勝裝花。

山黛口雖大言奚落，然巧扮青衣之想，亦是心折二生之才，而思為趨避也。縱非氣餒，而此中大費躊躇，亦可想見矣。若不然而一味驕矜，則視燕、平二子為何如人？文章最難下筆，偏寫得兩兩精神，即使龍門為之，亦當自稱得意。

燕、平二人歸途，有商有量方不寂寞。然一是自悔失言，一是高視山黛，彼此揣度，所謂「輾轉反側」❶，正此情也，不定是枕席工夫。

山相公胸中已有女兒的成竹，故不得不謙中帶峻，強爭數語以為分考之地；若一味和緩，

❶ 輾轉反側：翻轉不定，難以入睡。語出詩經周南關雎：「悠哉悠哉，輾轉反側。」

便開口不得。因知文人下筆，定妙合時情。

此番考試，若山黛與冷絳雪親自出名現身，固無趣味；即巧扮青衣分考，若使山黛恰遇燕子，冷絳雪恰遇平子，覿面識破為閔廟女子與閣上美人，則疑疑信信，情緒若野馬飛塵，便不能完考才之正案矣，故顛顛倒倒，又留而有待。因知文又妙在能忍。

兩處相見，卻作兩樣光景：燕白頷見女子青衣打扮，雖慌忙施禮，卻不知是誰，只低頭偷看，轉是侍兒自說破，方才致問小姐，舉動全是斟酌；至於平如衡，則一味魯莽，見了女子，也不問其為誰，便深深作揖，細陳腳冊矣。一樣機絲卻織成兩般異錦。

見了青衣，若只認定是青衣，不知刮目，則二小姐之美不足驚人，而二生之識亦非碧眼胡矣。故燕白頷見容光飛舞，有「顏色轉❷不及此」之想；平如衡見花嫣柳媚，亦驚「那有不是小姐之理」：方見二小姐美自有在，二生識自有在，不等閑為青衣所掩。

燕白頷詩曰「只畫娥眉便可憐」，平如衡詩曰「除卻娥眉恐不如」，二詩開首俱是一樣輕薄；及到後來，才窮乞憐，青衣也不如，又何足恭。非才人成兩截，實所遇不敢始終一視也。

倡和十四詩機鋒緊對，工力悉敵，故彼此心服。雖一時各各謙讓不遑，然懷吉士、慕佳人，實定於此矣。方不失玉尺量才本來題目。

作詩酬和已忙不了，偏有閑工夫逗出「情長情短」並平如衡姓名，暗傳一梅花春信，使

❷ 轉：反而。

人猜疑不了。鍾鑿天然，非神工鬼斧所能到。

詞曰：

試才無計，轉以夫人學婢。灶下揮毫，泥中染翰，奪盡英雄之氣。　明鋒爭利，芥針投，暗暗輸心服意。始信真才，舉止風流，行藏游戲。

右調柳梢青

話說普惠和尚送了燕、平二人出門，自家回入庵內，看著壁上笑道：「這兩個小書呆，人物倒生得俊秀，怎生這等狂妄！他指望要取笑山小姐，若他說些大話躲了不來，還是乖的；倘真個再來，縱不受累，也要出一場大醜。」

正想說不完，忽山顯仁帶領兩個童子閑步入來，看見普惠對著壁上自言自語，因問道：「普惠，你看甚麼？」普惠忽回頭看見道：「原來是山老爺。老爺連日不來，聞說是小姐有甚貴恙。如今想是安了？」山顯仁道：「正是。這兩日因小姐有病，故未曾來。今日喜得好了些，我見天色好，故閑步到此。你卻自對影壁說些甚麼？」普惠道：「這事說來也當得一個笑話。」山顯仁道：「何事？」普惠道：「方才不知那裡走了兩個少年書生來借坐歇腳，一個姓趙，一個姓錢。小僧問道何事到此，他說要訪老爺。小僧問他要訪老爺做甚，他說聞知山小姐有才，特來要與他一試。小僧回說小姐有恙，因憐他是別處人，年紀小，人物清俊，就將小姐的事跡與他說了，勸他回去，不要來此惹禍出醜。他不知好歹，反說要來出小姐之醜。臨去又題了兩首詩在壁上，說過三五日還要來見小姐，比較才學。豈不是一個笑話？」山顯仁道：「這壁上想就是他題的詩了？」普惠道：「正是他題的，不知說些甚麼？」山顯仁因走近前一看，只見第一首寫的是：

雲間趙縱有感題

千古斯文星日垂，豈容私付與娥眉。
青蓮未遇相如遠，脂粉無端污墨池。

第二首寫的是：

洛陽錢橫和韻題

誰家小女髮垂垂，竊取天顏展畫眉。
試看斯文今有主，也須還我鳳凰池❸。

❸ 鳳凰池：即中書省之稱。中書令、監掌書寫機密文書，多以士人任之。因地處樞近，多承寵任，故謂之鳳凰池。此處因山黛為皇上寵任代寫文書，故云。

山顯仁看了一遍又看一遍，心下又驚又喜，因對普惠說道：「此二生出語雖然狂妄，詩思卻甚清新。二生不知有多大年紀了？」普惠道：「兩個人都不滿二十歲。」山顯仁道：「他既要來與小姐較才，為何就回去了？」普惠道：「是小僧說小姐有貴恙，未必見人，他故此回去。他說遲兩日還要來哩。」山顯仁道：「他若再來，你須領來見我。」普惠道：「二生說話太狂，領來見老爺，老爺量大，還恕得他起；若見小姐，小姐性子高傲，見二生狂妄，未免又要惹出事來。」山顯仁道：「有我在，這個不妨。」又坐了一歇，山顯仁因要與女兒商量，遂抄了二詩，起身回去。

此時，山黛因思想閣下書生，懨懨成病，又見父母憂愁，勉強掙起身來，說道好些，其實寸心中千思百慮不能消釋。此時冷絳雪正在房中寬慰他，忽山顯仁走來問道：「我兒，這一會心下寬爽些麼？」山小姐應道：「略覺寬些。」山顯仁道：「你心下若是寬些，我有一件奇事，與你商量。」山小姐道：「有甚奇事，父親但說不妨。」山顯仁道：「我方才在接引庵閑步，普惠和尚對我說，有兩個少年書生要來與你較才，口出大言，十分不遜。」山小姐道：「為何不來？」山顯仁道：「因聞知你有病，料不見人，故此回去了。臨去，題了兩首詩在接引庵壁上，甚是狂妄。我抄了在此，你可一看。」

山小姐接了，與冷絳雪同看。看了一遍，二人彼此相視。冷絳雪說道：「二生才雖可觀，然語句太傲。何一狂至此？」山小姐道：「有才人往往氣驕，這也怪他不得。只是他既要來奪鳳凰池，沒個輕易還他之理。須要奚落他一場，使他抱頭鼠竄而去，方知小妹不是竊取天顏以為聲價。」冷絳雪道：「這也不難。等他來時，他是二人，賤妾與小姐也是兩個，就是真才實學，各分一壘，明明與他旗鼓相當，料也不致輸與他。」山小姐又想一想道：「我與你若明明與他較才，莫說輸與他，就是勝他，也算不得奚落，不足為恥。」

山顯仁笑道：「我看此生，才情精勁，你二人也不可小視。若與他對試，不損名足矣，怎麼還思量要取辱他？」冷絳雪道：「這樣狂生，若不取辱他一場，使他心服，他未免要在人前賣嘴。只是除了與他明試，再無別法。」山小姐笑道：「孩兒倒有一法在此。輸與他不致損名，勝了他使他受辱。」山顯仁道：「我兒再有甚法？」山小姐道：「待他二人來時，爹爹只說一處考恐怕有代作傳遞之弊，可分他於東西兩花園坐下。待孩兒與冷家姐姐假扮作青衣侍兒，只說小姐前次曾被無才之人纏擾，徒費神思，今又新病初起，不耐煩劇，著我侍妾出來，先考一考。若果有些真才，將我侍兒壓倒，然後好請到玉尺樓，優禮相見；倘或無才，連我輩不如，便好請回，免得當面受辱。若是勝他，明日傳出去，只說連侍兒也考不過，豈非大辱？就是輸與他，不過侍妾，尚好遮飾，或者不致損名。」

山顯仁聽了大喜道：「此法甚妙！」冷絳雪也歡喜道：「小姐妙算真無遺漏矣。這兩個狂生如何曉得！」大家算計停當，山顯仁又叫人去與普惠說：「若題詩書生來，可領他來見。」一面打點等候。不題。

卻說燕白頷與平如衡辭了普惠回來，一路上商量。燕白頷道：「我們此來，雖說考才，實為婚姻，怎麼一時就忘記了？今做此二詩，將他輕薄，少不得要傳到山相公與山小姐面前。他見了，豈有不怒之理？就是度量大，不懷恨於我，這婚姻事斷斷無望了。」平如衡道：「做已做了，悔也無益；況婚姻自有定數，強他不得。或者有才女子的心眼與世人不同，見紈袴乞憐，愈加鄙薄，今見了你我有氣骨才人，轉垂青起敬也不可知，愁他怎麼！且回去與你痛飲快談以養氣，遲兩日好與他對壘。」燕白頷笑道：「也說得有理。」二人遂歡歡喜喜，同走了回去。

過了三五日，心上放不下，因天氣晴明，又收拾了，一徑出城，依舊走到接引庵來。普惠看見，笑嘻嘻迎著說道：「二位相公，今日來的早，像是真個要與山小姐考試詩文的了？」燕白頷因問道：「山小姐病好了麼？」普惠道：「雖未全癒，想是起得來了。」平如衡道：「既是起得來，我們去尋他考一考不妨。」就要起身去。普惠留住道：「此時太早，山小姐只怕尚未睡起。且請少坐，奉過茶，收拾素齋用了，待小僧送去。」燕白頷道：「齋倒不消，領一杯茶罷。得老師一送更感。」普惠果然邀入去，吃了些茶，坐了半晌，將近日午，方才同去。

到了山相公莊門，普惠是熟的，只說得一聲，就有人進去通報。不多時，就有人出來說道：「請師父與二位相公廳上坐。」三人遂同到廳中坐下。又坐了半晌，山顯仁方葛巾野服，走了出來。燕白頷與平如衡忙上前施禮，禮畢，就以師生禮敘坐。普惠恐怕不便，就辭去了。

山顯仁一面叫人送茶，一面就開口問道：「那一位是趙兄？」燕白頷打一恭道：「晚生趙縱。」山顯仁因看著平如衡道：「此位想是錢兄了？」平如衡也打一恭道：「不敢。晚生正是錢橫。」山顯仁道：「前在接引庵見二兄壁上之作，清新俊逸，真可謂相如再世，太白重生。」燕白頷與平如衡同打一恭道：「書生寒賤，不能上達紫閣黃扉，故妄言聳聽以為進身之階。今既蒙援引，狂瞽之罪，尚望老太師寬宥。」山顯仁道：「文人筆墨游戲，上天下地，無所不可，何罪之有。只是小女閨娃識字，亦無心僭據斯文，實因時無英雄，偶蒙聖恩假借耳。今既有二兄青年高才，煥奎壁之光，潤文明之色，鳳凰池禮宜奉還，焉敢再以脂粉相污。」燕白頷道：「脂粉之言，亦愧男子無人耳。詞雖不無過激，而意實欣慕。乞老太師原諒。」平如衡道：「鳳池亦不望盡還，但容我輩作鷗鷺游翔其中足矣。」山顯仁道：「這都罷了。只是二兄今日垂顧，意欲何為？」燕白頷道：「晚生二人，俱係遠方寒士，雖日事槧鉛❹，實出孤陋，每有所作，往往不知高下。因聞令愛小姐，著作懸於國門，芳名播於天下，兼有玉尺量才之任，故同造樓下，願竭微才，求小姐玉尺一量。孰短孰長，庶幾可定二人之優劣。」山顯仁道：「二兄大才，倒就教小女，可謂以管窺天，以蠡測海。然既辱賜顧，怎好固辭？但考之一途，必須嚴肅，方別真才。」燕白頷道：「晚生二人，短長之學盡在胸中，此外別無一物，聽憑老人師如何賜考。」平如衡道：「老太師若要搜檢，亦不妨。」山顯仁笑道：「搜檢也不必。但二兄分做兩處，省了許多顧盼問答，也好。」燕白頷與平如衡同應道：「這個聽憑。」

山顯仁就吩咐兩個家人道：「可送趙相公到東花園亭子上坐。」又吩咐兩個家人道：「可送錢相公到西花園亭子上坐。」又對燕白頷與平如衡道：「老夫不便奉陪，候考過，再領教佳章。」說罷，四個家人遂請二人同入穿堂之後，分路往東西花園而去。正是：

東西諸葛八門陣，左右韓侯❺九里山。
莫料閨中小兒女，寸心偏有百機關。

---

❹ 槧鉛：謂寫作詩文。槧，音ㄑㄧㄢˋ。乃削木為牘以供書寫者。鉛，即鉛粉筆，用以塗改誤字。

❺ 韓侯：指韓信。

兩個家人將平如衡送到西花園亭子上去坐，且不題。且說燕白頷隨著兩個家人竟到東邊花園裡來。到了亭子上一看，只見鳥啼畫閣，花壓雕欄，十分富麗。再看亭子中，早已東西對面擺下兩張書案，文房四寶端端正正俱在上面。燕白頷心下想道：「聞他有個玉尺樓是奉旨考才之地。怎麼不到那裡，卻在此處？」又想道：「想是要分考，樓中一處不便，故在此間。」正沉吟不了，忽見三五侍妾，簇擁著一個青衣女子而來。燕白頷遠遠望去，宛如仙子，欲認作小姐，卻又是侍兒打扮；欲認作侍兒，卻又秀媚異常。心下驚疑未定，早已走至面前。燕白頷慌忙出位施禮，那青衣女子略福了一福，便與燕白頷分東西對面坐下。

燕白頷不知是誰，又不好輕問，只得低頭偷看。倒是青衣女子先開口說道：「趙先生不必驚疑。妾非小姐，乃小姐位下掌書記的侍妾，奉小姐之命，特來請教先生。」燕白頷道：「原來是一位掌書記的才人。請問：小姐為何不自出，而又勞玉趾？」青衣女子道：「前日也是幾位貴客要見小姐試才，小姐勉強應酬，卻又一字不通，徒費許多口舌。今辱先生降臨，大才固自不同。然小姐私心過慮，恐蹈前轍，今又養病玉尺樓，不耐煩劇，故遣妾先來領教。如果係真才，賤妾輩望風不敢當，便當掃徑焚香，延入樓中，以定當今天下斯文之案；倘只尋常，便請回駕，也免一番多事。」

燕白頷聽了，心下暗怒道：「這小丫頭，這等作怪！怎自不出來，卻叫一個侍妾辱我？這明明高抬聲價！我若不與他考，他便道我無才害怕；若與他對考，我一個文士，怎與一個侍妾同考？」又偷眼將那侍妾一看，只見滿面容光飛舞不定，恍與閣上美人不相上下。心中又想道：「山小姐雖說才高，顏色或者轉不及此。莫管他侍妾不侍妾，如此美人，便同拈筆硯也是僥幸；況侍妾之才料也有限，只消一首詩打發他回去，便可與小姐相見。」心下主意定了，因說道：「既是這等，考也無妨。只是如何考起？」青衣女子道：「聽憑先生起韻，賤妾奉和。」燕白頷笑一笑道：「既蒙尊命，學生僭了。」遂磨墨舒紙，信筆題詩一首道：

只畫娥眉便可憐，塗鴉識字豈能傳？
須知才子凌雲氣，吐出蓬萊五色蓮。

燕白頷寫完，早有侍妾取過去與青衣女子看。那女子看了微笑一笑道：「詩雖好，只是太自譽了些。」因拈起筆來，全不思索，就和了一首，叫侍兒送了過來。燕白頷展開一看，只見上寫著：

一時才調一時憐，千古文章千古傳。
漫道文章男子事，而今已屬女青蓮。

燕白頷看了，不覺吐舌道：「好美才，好美才，怎這等敏捷！」因立起身來，重新深深作一個揖道：「我學生失敬了。」那青衣女子也起身還禮道：「先生請尊重。俚句應酬，何足垂譽！請問先生，還有佳作賜教麼？」燕白頷道：「既蒙不鄙，還要獻醜，以將鄙懷。」因又題詩一首道：

鑾下風光天下憐，心中情事眼中傳。
河洲若許操舟往❻，願剖華峰十丈蓮❼。

燕白頷寫完，侍妾又取去與青衣女子看。那女子看了，又笑一笑道：「先生何交淺而言深！」因又和了一首，叫侍兒仍送到燕白頷面前。燕白頷再展開一看，只見上寫著：

思雲想月總虛憐，天上人間信怎傳？
欲為玄霜求玉杵❽，須從御座撤金蓮❾。

燕白頷看了，不勝大異道：「芳姝如此仙才，自是金屋娉婷，怎麼沉埋於朱門記室？吾所不解。」那青衣女子道：「先生既以才人自負，要來與小姐爭衡，理宜千言不屈，萬言不休。怎見了賤妾兩首微

❻ 河洲若許操舟往：詩經周南關雎：「關關雎鳩，在河之洲。窈窕淑女，君子好逑。」此句借云欲求淑女之意。
❼ 願剖華峰十丈蓮：西嶽華山主峰為蓮花峰。此句意云不顧困難也。
❽ 欲為玄霜求玉杵：玄霜為丹藥名。雲翹夫人詩「玄霜搗盡見雲英」。此句云欲求玉杵以搗煉玄霜，期見仙女。
❾ 須從御座撤金蓮：宋蘇軾任職翰林院承旨，夜對禁中畢，太后撤御座前金蓮燭送歸院。此句意謂須得皇上之許可。

詞，便大驚小怪？何江淹才盡之易，而子建七步之外無餘地也！」燕白頷道：「美人見哂固當。但學生來見小姐之意，原為景仰小姐之才，非慕富貴高名者也。今見捉刀英雄⑩不識，必欲欽魏公雅望，此無目者也。學生雖微才，不足比數，然沉酣時藝，亦已深矣，未聞泰山之上更有泰山，滄海之餘復有滄海。才美至於記室，亦才美中之泰山滄海矣，豈更有過者？乃即所傳小姐才美高名，或亦記室才美高之也。」因又題詩一首道：

非是才窮甘乞憐，美人詞調果堪傳。
既能根底成佳藕，何不枝頭常見蓮？

燕白頷寫完，又有侍妾取去。那青衣女子看了又看，因說道：「先生佳作，末語寓意微婉，用情深切，實東坡、太白一流人。自須尊重，不要差了念頭。」因又和了一首，叫侍兒送過來。燕白頷接在手中一看，只見上寫道：

春光到眼便生憐，那得東風日夜傳。

---

⑩ 捉刀英雄：典出世說新語容止：「魏武將見匈奴使，自以形陋，不足雄遠國，使崔季珪代，帝自捉刀立床頭。既畢，令間諜問曰：『魏王何如？』匈奴使答曰：『魏王雅望非常，然床頭捉刀人，此乃英雄也！』魏武聞之，追殺此使。」此處暗示青衣女子可能是捉刀英雄。

一朵桃花一朵杏，須知不是並頭蓮。

燕白頷看了，默然半晌，忽嘆息道：「天只生人情便了，情長情短有誰憐？」那女子隱隱聽見，因問道：「此先生所吟麼？」燕白頷道：「非吟也，偶有所思耳。」那女子又不好問，只說道：「妾奉小姐之命請教，不知還有甚麼見教麼？」燕白頷道：「記室之美，已僥幸睹矣；記室之才，已安奉教矣；記室之嚴，亦已聞命矣。再以浮詞相請，未免獲罪。」青衣女子道：「先生既無所命，賤妾告辭。敢再申一言以代小姐之請。」因又拈筆抒紙，題詩一首，叫侍兒送與燕白頷。因立起身道：「先生請慢看。賤妾要復小姐之命，不敢久留矣。」遂帶了侍妾一哄而去。

燕白頷看了，恍然如有所失。呆了半晌，再將那詩一看，只見又寫著：

才為人瑞要人憐，莫詆花枝倩蝶傳。
脂粉雖然污顏色，何曾污及墨池蓮？

燕白頷看完，因連聲嘆息道：「天地既以山川秀氣盡付美人，卻又生我輩男子何用？我前日題庵壁詩說『脂粉無端污墨池』，他今日畢竟題詩表白。我想他慧心之靈，文章之利，針針相對，絕不放半分之空，真足使人愛殺！」又想道：「小姐既有病，不肯輕易見我，決沒個又見老平之理。難道又有一個記室如方才美人的，與他對考？若遇著一個無才的記室，便是他的造化。」只管坐在亭上痴痴呆想。早有引他進來的兩個家人說道：「相公坐在此沒甚事了，請出去罷。只怕老爺還在廳上候著哩。」燕白頷聽見說老爺還在廳上候，心下呆了一呆道：「進來時何等興頭，連小姐還思量壓倒；如今一個侍妾記室也奈何他不得，有甚臉嘴出去見人？」只管沉吟不走。當不得兩個家人催促，只得隨他出來，正是：

眼闊眉揚滿面春，頭垂肩亸⓫便無神。
只思漫索花枝笑，不料花枝反笑人。

按下燕白頷隨著兩個家人出來不題。且說平如衡，隨著兩個家人到西花園來，將到亭子邊，早望見亭子上許多侍妾圍繞著一個十五六歲女子，花枝般的，據了一張書案坐在裡面。平如衡只認做小姐，因聞得普惠和尚說他為人利害，便不敢十分仰視，因低著頭走進亭子中，朝著那女子深深一揖，道：「學生錢橫，洛陽人氏，久聞小姐芳名，如春雷滿耳，今幸有緣，得拜謁庭下，願竭菲才，求小姐賜教。」一面說，一面只管低頭作揖不起。那女子含笑道：「錢先生請尊重，賤妾不是小姐。」

平如衡聽見說不是小姐，忙抬頭起來一看，只見那女子生得花嫣柳媚猶如仙子一般，暗想道：「這樣標致，那有不是小姐之理？只是穿著青衣，打扮如侍兒模樣……」因問道：「你既不是小姐，卻是何人？」那女子啟朱唇，開玉齒，嬌滴滴應道：「賤妾不是小姐，乃小姐掌書記的侍妾。」平如衡道：「你既是侍妾，為何假作小姐，取笑於我？」那女子道：「賤妾何曾假作小姐，取笑先生？先生誤認作小姐，

⓫ 亸：音ㄉㄨㄛˇ。下垂。

自取笑耳。」平如衡道：「這也罷了。只是小姐為何不出來？」那女子道：「小姐雖一女子，然體位尊嚴。就是天子徵召，三次也只有一次入朝；王侯公卿到門求見，也須三番五次，方得一接。先生今日才來，怎麼這等性急，就思量要見小姐？就是賤妾出來相接，也是我家太師爺好意，愛先生青年有才，與小姐說了，故有是命。」

平如衡聽了許多說話，滿腔盛氣先挫了一半，因說道：「不是學生性急，只是既蒙太師好意，小姐許考，小姐若不出來，卻與誰人比試？」那女子道：「賤妾出來相接者，正欲代小姐之勞耳。」平如衡笑道：「比試是要做詩做文，你一個書記侍妾，如何代得？」那女子道：「先生請試一試看。」平如衡道：「不必試，還是請小姐出來為妙。」那女子道：「小姐掌書記的侍妾，有上、中、下三等，十二人，列成次第。賤妾下等，考不過，然後中等出來；中等考不過，然後上等出來；上等再考不過，那時方請先生到玉尺樓，與小姐相見。此時要見小姐，還尚早。」平如衡聽了道：「原來有許多瑣碎。這也不難，只費我多做兩首詩耳。也罷，就先與你考一考。」那女子將手一舉道：「既要考，請坐了。」

平如衡回頭一看，只見東半邊也設下一張書案坐席，紙墨筆硯俱全，因走去坐下，取筆在手，說道：「我已曉得你小姐不出來的意思了，無非是藏拙！」遂信筆題詩一首道：

名可虛兮才怎虛，深閨深處好藏珠。
若教並立詞壇上，除卻娥眉恐不如。

平如衡題完，自讀了一遍，因叫眾侍兒道：「可取了去看。若是讀不出，待我讀與你聽。」侍兒果取了遞與那女子。那女子看了一遍，也不做一聲，只拈起筆來輕輕一掃，早已和完一首，命侍兒送來。

平如衡正低頭沉想自己詩中之妙，忽抬頭見詩送到面前，還只認作是他的原詩，看不出又送了來，因笑說道：「我就說你未必讀得出！拿來，待我讀與你聽。」及展開看時，卻是那女子的和韻，早吃一驚道：「怎麼倒和完了？大奇，大奇！」因細細讀去，只見上寫道：

心要虛兮腹莫虛，探珠豈易探驪珠⓬。
漫思王母瑤池奏，一曲雙成⓭如不如？

平如衡看完，滿心歡喜，喜到極處，竟忘了情，因拍案大叫道：「奇才，奇才，我平如衡今日方遇一勁敵矣！」

那女子聽見，因驚問道：「聞先生尊姓錢，為何又稱平如衡，莫非有兩姓麼？」平如衡見問，方知失言，因胡賴道：「那個說平如衡？我說的是錢橫。想是你錯聽了。」那女子道：「錯聽也罷。只是賤妾下等書記，怎敢稱個勁敵？」平如衡道：「你不要哄我，你不是下等。待我與你講和罷。再請教一首。」因又磨墨濡毫，題詩一首道：

⓬ 探驪珠：驪珠，傳說出自驪龍頷下，十分珍貴。此處指要探訪山黛小姐非易事也。
⓭ 雙成：仙女名。為西王母之侍女。此處因扮作侍妾出面對考，故以雙成自況。

千秋白雪調非虛，萬斛傾來字字珠。
紅讓桃花青讓柳，平分春色意何如？

平如衡題完，雙手捧了，叫侍兒送去，道：「請教，請教。」那女子接了一看，但微微含笑，也不做一聲，只提起筆來和韻相答。平如衡遠遠看見那女子揮灑如飛，便連聲稱贊道：「罷了，罷了！女子中有如此敏才，吾輩男子要羞死矣！」說不了，詩已寫完。送到面前，因朗朗讀道：

才情無假學無虛，魚目何嘗敢混珠。
色到娥眉終不讓，居才誰是藺相如？

平如衡讀完，因嘆一口氣道：「我錢橫來意，原欲求小姐，以爭才子之高名。不料遇著一個書記，尚不肯少遜，何況小姐？前日在接引庵壁上題詩甚是狂妄。今日當謝過矣。」因又拈筆題詩一首道：

一片深心恨不虛，一雙明眼愧無珠。
玄黃妄想裳公子，笑殺青衣也不如。

平如衡題完，侍兒取了與那女子看。那女子看完，方笑說道：「先生何前倨而後恭！」因又和詩一首道：

人情有實豈無虛，游戲風流盤走珠。
到底文章同一脈，有誰不及有誰如？

那女子寫完，命侍兒送了過來。平如衡接在手中，細讀一遍，因說道：「古人高才，還須七步；今才人落筆便成，又勝古人多矣！我錢横雖承開慰，獨不愧於心乎？」遂立起身來辭謝道：「煩致謝小姐，請歸讀十年，再來領教。」因欲走出。那女子道：「先生既要行，賤妾還有一言奉贈。」遂又題詩一首，送與平如衡。平如衡已走出亭外，接來一看，只見上寫著：

論才須是此心虛，莫認鮫人便有珠。
舊日鳳凰池固在，而今已屬女相如。

平如衡讀完，知是譏誚他前日題壁之妄，便也不答，竟籠在袖中悶悶的走了出來。剛走到穿堂背後分路的所在，只見燕白頷也從東邊走了出來。二人撞見，彼此顏色有異，皆吃了一驚。只因這一驚，有分教：英雄氣短，兒女情長。不知後事如何，且聽下回分解。

第十七回 他考我求他家人代筆 自說謊先自口裡招誣

相考時，二青衣顏色之美，才思之奇，當面一時說不盡，故又於考出來訴苦時細細補出，彼此心思情態方不遺漏。

急急出門問下處，平如衡正要直說□□□□❶白領忽爾謊說泡子河。人只認是賣□□□□❷知誤尋宋信，引出張寅，已伏機於此矣。文章過接，只如等閑。

前不作二詩，高懸彩筆，則才子之氣謂何，乃望風而先短；今不作二詩以謝前愆，則美人之心不服，故贊羨以陳情。有一花定有一香，絕不空開空落。二書生才窮乞憐，考敗而去矣。二小姐宜揚揚得意，鼓掌歡談矣。乃一曰「若非賤妾，幾乎被他壓倒」；一則曰「落筆如飛，幾令小妹應酬不來」；早已暗暗服心。方見二小姐是真心愛才選才，非徒傲物以博名高。

只敘考時光景，一番情態已勃勃動人；又各述錯落姓名，並情長情短之事，與形容肥瘦，

❶ 原書此處有殘缺。

❷ 原書此處有殘缺。

使二人柔腸內又各添出一段相思，低徊想像，不禁傷神。筆花夾道爭開，真令人應接不暇。

山相公見女兒愛二生之詩，自然著家人相請；家人來請，自然尋到呂公堂來；家人尋到呂公堂，自然遇見宋信；宋信知風，自然急催張寅來見。如此看來，分明是一條直路，不知作者於此中費幾許委曲，方能成此直路。豈易言哉！

起初原是宋信勸張寅抵死不來，及到此時，又是宋信勸張寅捨命而來。宋、張許多奸險已十分拿穩，孰知早一驚波，晚一急浪，直調弄其奔走有如小兒。作者之筆過於造物矣！

張子求婚，所靠以為泰山者，張子新編也。誰知大露馬腳，又正此張子新編也。巧遮瞞正是拙漏洞，幾令弄假人沒處下手腳。可發一笑。

道破平如衡，便直認平如衡有兩首；疑惑燕白頷，便竟認燕白頷有兩首：亦可謂善於應答矣。在他人如何應答得出？故吾不服其善應答，而獨服其老臉。

張寅和詩，若竟叫宋信和來，雖其中亦有笑聲，然不脫代替常套，何如反央冷絳雪代和之更有笑聲也。文人之想愈出愈奇。

和詩不難於嘲笑，而難於嘲笑醜人，仍是文人之筆。若因嘲笑墮入優俳，則是未嘲笑人之醜態，而先留醜態為人嘲笑矣，烏足見才人之致！

詞曰：

螳螂不量，蝦蟆妄想，往往自尋仇。便不傷身，縱能脫禍，也惹一場羞。　佳人性慧心腸巧，慣下倒鬚鉤❸。吞之不入，吐之不出，不怕不低頭。

右調少年遊

話說平如衡考不過侍妾，走了出來。剛走到穿堂背後分路口，撞見燕白頷也走了出來。二人遇見，彼此驚訝。先是燕白頷問道：「你考得如何？」平如衡連連搖頭道：「今日出醜了。」燕白頷又問道：「曾見小姐麼？」平如衡道：「若見小姐，就考不過，還不算出醜。不料小姐自不出來，卻叫一個掌書記的侍妾與我同考。那女子雖說是個侍妾，我看他舉止端莊，顏色秀媚，比貴家小姐更勝十分。這且勿論，只說那才情敏捷，落筆便成，何須倚馬❹。小弟剛做得一首，他想也不想，信筆就和一首。小弟又做一首，他又信筆和一首。小弟一連做了三首，他略不少停，也一連和了三首。內中情詞，針鋒相對，不差一線，倒叫小弟不敢再做。我想一個侍妾，不能討他半點便宜，豈非出醜？吾兄所遇定不如此，或者為小弟爭氣。」燕白頷把眉一蹙道：「不消說起，與兄一樣，也是一個書記侍妾。小弟也做了三首，他也和了三首，弄得小弟沒法。他見小弟沒法，竟笑了進去。臨去還題詩一首譏誚於我。我想他家侍妾尚然如此高才可愛，那小姐又不知妙到甚麼田地，就是小弟所醉心的閣上美人，也不過相為伯仲。小弟

❸　倒鬚鉤：有倒鉤的鉤。一旦吞入，難以吐出。

❹　倚馬：指才思敏捷。典出世說新語文學：「桓宣武北征，袁虎時從，被責免官，會須露布文，喚袁倚馬前令作，手不輟作，俄得七紙，殊可觀。」此處以落筆便成，轉以倚馬為遲也。

所以垂首喪氣。不期吾兄也遇勁敵，討了沒趣。」平如衡道：「前邊的沒趣已過去了，但是出去還要見

山相公，倘若問起，何言答之？只怕後面的沒趣，更覺難當。」燕白頷道：「事既到此，就是難當，也只得當一當。」跟的家人又催，二人立不住腳，只得走了出來。

到了廳上，幸喜得山相公進去，還不曾出來。家人說道：「二位相公請少坐，待我進去稟知老爺。」燕白頷見山相公不在廳上，巴不得要脫身，因說道：「我們自去，不消稟了。」家人道：「不稟老爺，相公去了，恐怕老爺見罪。」平如衡道：「我們又不是來拜你老爺的，無非是要與小姐試才，今已試過，試的詩又都留在裡面，好與歹聽憑你老爺小姐慢慢去看，留我們見老爺做甚麼？」家人道：「二位相公既不要見老爺，小的們怎好強留。但只是二位相公尊寓在何處，也須說下，恐怕內裡看得詩好，要來相請，也不可知。」平如衡道：「這也說得有理。我二人同寓在……」正要說出玉河橋來，燕白頷慌忙插說道：「同寓在泡子河呂公堂裡。」說罷，二人竟往外走。走離了三五十步，燕白頷埋怨平如衡道：「兄好不知機！你看今日這個局面，怎還要對他說出真下處來？」平如衡道：「正是，小弟差了。幸得還未曾說明，虧兄接得好。」

不多時，走到庵前，只見普惠和尚迎著問道：「二位相公怎就出來，莫非不曾見小姐考試麼？」燕白頷道：「小姐雖不曾見，考卻考過了。」普惠笑道：「相公又來取笑了！小姐若不曾見，誰與相公對考？」平如衡道：「老師不消細問，少不得要知道的。」普惠道：「且請裡面吃茶。」

二人隨了進去，走到佛堂，只見前日題的詩明晃晃寫在壁上。二人再自讀一遍，覺道詞語太狂，因索筆各又續一首於後。

燕白頷的道：

青眼從來不浪垂，而今始信有娥眉。
再看脂粉為何物，筆竹千竿墨一池。

平如衡也接過筆來續一首道：

芳香滿耳大名垂，雙畫千秋才子眉。
人世鳳池何足羨，白雲西去是瑤池。

普惠在傍看見，因問道：「相公詩中是何意味？小僧全然不識。」燕白頷笑道：「月色溶溶，花陰寂寂❺，豈容法聰❻知道？」平如衡又笑道：「他是普惠，又不是普救❼，怎說這話？」遂相與大笑，別了普惠出來，一徑回去。不題。

卻說山小姐考完，走回後廳，恰好冷絳雪也考完進來。山小姐先問道：「那生才學如何？姐姐考得

---

❺ 月色溶溶花陰寂寂：此處借用西廂記第三齣牆角聯吟張生吟詩曰：「月色溶溶夜，花陰寂寂春」詩句。
❻ 法聰：西廂記中接待張生之和尚名字。
❼ 普救：西廂記故事發生在普救寺。

如何？」冷絳雪道：「那生是個真正才子。若非賤妾，幾乎被他壓倒。」因將原韻三首與自己和韻四首都遞與山小姐，道：「小姐請看便知。」山小姐細細看了，喜動眉宇，因說道：「小妹自遭逢聖主垂青，得以詩文遍閱天下才人，於茲五六年，也不為少。若不是庸腐之才，就也是疏狂之筆，卻從不曾遇此二生，詩才十分俊爽如此。真一時之俊傑也！」冷絳雪道：「這等說來，小姐與考的錢生，想也是個才子了？」山小姐道：「才子不必說，還不是尋常才子。落筆如飛，幾令小妹應酬不來。」也將原唱三首並和詩四首，遞與冷絳雪道：「姐姐請看過。小妹還有一樁可疑之事與姐姐說。」冷絳雪看了，讚嘆不絕口道：「這趙、錢二生，才美真不相上下。不是誇口說，除了小姐與賤妾，卻也無人敵得他來。且請問小姐，又有甚可疑之事？」山小姐道：「那生見了小妹『一曲雙成如不如』之句，忽然忘了情，拍案大叫道：『我平如衡今日遇一勁敵矣！』小妹聽見，就問他：『先生姓錢，為何說平如衡？』他著驚，忙忙遮飾。不知為何？莫非此生就是平如衡？不然天下那有許多才子！」冷絳雪道：「那生是怎麼樣一個人品？」山小姐道：「那生年約二十上下，生得面如瓜子，雙眉斜飛入鬢，眼若春星，體度修長，雖弱不勝衣，而神情氣宇，昂藏如鶴。」冷絳雪道：「這等說來，正是平如衡了。只可惜賤妾不曾看見，若是看見，倒是一番奇遇。」山小姐道：「早知如此，何不姐姐到西園來？」

冷絳雪道：「賤妾也有一事可疑。」山小姐道：「何事？」冷絳雪道：「那趙生見賤妾題的『須知不是並頭蓮』之句，默然良久，忽嘆了一聲，低低吟誦道：『天只生人情便了，情長情短有誰憐？』賤妾聽了，忙問道：『此何人所吟？』他答道：『非吟也，偶有所思耳。』賤妾記得前日小姐和閣下書生正是此二語。莫非這趙生正是閣下書生？」山小姐聽了，因問道：「那生生得如何？」冷絳雪道：「那生生得圓面方領，身材清秀而豐滿，雙肩如兩山之聳，一笑如百花之開。古稱潘安，雖不知如何之美，只覺此生相近。」山小姐道：「據姐姐想像說來，恍如閣下書生宛然。若果是他，可謂當面錯過。」冷絳雪道：「天下事怎這等不湊巧？方才若是小姐在東，賤妾在西，豈不兩下對面，真假可以立辨。不意顛顛倒倒，豈非造化弄人？」

二人正躊躇評論，忽山顯仁走來問道：「你二人與兩生對考，不知那兩生才學實是如何？」山小姐答道：「那兩生俱天下奇才，父親須優禮相待才是。」山顯仁道：「我正出去留他，不知他為甚竟不別而去，我故進來問你。既果是真才，還須著人趕轉，問他個詳細才是。」山小姐道：「父親所言最是。」山顯仁遂走了出來，叫一個家人到接引庵去問：「若是趙、錢二相公還在庵中，定然要請轉來；若是去了，就問普惠，臨去可曾有甚話說。」家人領命，到庵中去問。普惠回說道：「已去久了。臨去並無說話，只在前題壁詩後又題了二首而去。」家人遂將二詩抄了，來回復山顯仁。

山顯仁看了，因自來與女兒並冷絳雪看，道：「我只恐他匆匆而去，有甚不足之處。今見二詩，十分欽羨於你。不別而去者，大約是懷慚之意了。」山小姐道：「此二生不獨才高，而又虛心服善如此，真難得！」冷絳雪道：「難得兩個都是一般高才。」山顯仁見女兒與冷絳雪交口稱贊，因又吩咐一個家人道：「方才來考試的松江趙、錢二位相公，寓在城中泡子河呂公堂，你可拿我兩個名帖去請他，有話說。」

家人領命，到次日起個早，果走到泡子河呂公堂來尋問。燕白頷原是假說，如何尋問得著？不期事有湊巧，宋信因張尚書府中出入不便，故借寓在此。山府家人左問右問，竟問到宋信下處。

宋信見了，問道：「你是誰家來的？尋那一個？」家人答道：「我是山府來的，要尋松江趙、錢二位相公。」宋信道：「山府自然是山相公了。」家人道：「正是。現有名帖在此。」宋信看見上面寫著「侍生山顯仁拜」，因又問道：「這趙、錢二相公與你老爺有甚相知，卻來請他？」家人道：「這二位相公，昨日在我府中與小姐對考，老爺與小姐見他是兩個才子，故此請他去，有甚話說。」宋信心下暗想道：「此二人一定是考中意的了。此二人若考中了意，老張的事情便無望了。」因打個破頭屑道：「松江只有張吏部老爺的公子張寅，便是個真才子，那裡有甚姓趙姓錢的才子？莫非被人騙了？」家人道：「昨日明明兩個青年相公，在我府中考試的，怎麼是騙？」宋信道：「若不是騙，就是你錯記了姓名？」家人道：「明明一個姓趙，一個姓錢，為何會錯？」宋信道：「松江城中的朋友，我都相交盡了。且莫說才子，就是飽學秀才，也沒個姓趙姓錢的。莫非還是張寅相公？」家人道：「不曾說姓張。」宋信道：「若不是姓張，這裡沒有。」

家人只得又到各處去尋。尋了一日，並無蹤影，只得回復山顯仁道：「小人到呂公堂遍訪，並無二人蹤跡。人人說松江才子只有張吏部老爺的公子張寅方是，除他並無別個。」山顯仁道：「胡說！明明兩人在此，你們都是見的，怎麼沒有？定是不用心訪。還不快去細訪，若再訪不著，便要重責！」家人慌了，只得又央了兩個，同進城去訪，不題。

卻說宋信得了這個消息，忙尋見張寅，將前事說了一遍，道：「這事不上心，只管弄冷了。」張寅道：「不是我不上心。他那裡又定要見我，你又叫我不要去，所以耽延。為今之計，將如之何？」宋信道：「他既看中意了趙、錢二人，今雖尋不見，終須尋著。一尋見了，便有成機，便將我們前功盡棄。

如今急了，俗語說得好：『醜媳婦少不得要見公婆。』莫若討兩封硬掙書，大著膽，乘他尋不見二人之際，去走一遭。倘僥幸先下手成了，也不可知。若是要考試詩文，待小弟躲在外邊，代作一兩首，傳遞與兄，塞塞白兒，包你妥帖。只是事成了，不要忘卻小弟。」張寅道：「兄如此玉成，自當重報。」

二人算計停當，果然又討了兩封要路的書，先送了去；隨即自寫了名帖，又備了一副厚禮，自家闊服乘轎來拜；又將宋信悄悄藏在左近人家。山顯仁看了書帖，皆都是稱贊張寅少年才美、門當戶對，求親之意；又見書帖都是一時權貴；又因是吏部尚書之子；又見許多禮物，不好輕慢，只得叫人請入相見。

張寅倚著自家有勢，竟昂然走到廳上，以晚輩禮相見。禮畢，看坐在左首，山顯仁下陪。一面奉茶，一面山顯仁就問道：「久仰賢契青年高才，渴欲一會，怎麼許久不蒙下顧？」張寅答道：「晚生一到京，老父即欲命晚生趨謁老太師。不意途中勞頓，抱恙未痊，所以羈遲上謁，獲罪不勝。」山顯仁道：「原來有恙。老夫急於領教，也無他事。因見前日書中盛稱賢契著述甚富，故欲領教一二。」張寅道：「晚生末學，巴人下里❽之詞，只好塗飾閭里，怎敢陳於老太師山斗之下。今既蒙誘引，敢不獻醜。」因向跟的家人取了張子新編一冊，深深打一恭送上，道：「鄙陋之章，敢求老太師轉致令愛小姐筆削。」

山顯仁接了，展開一看，見遷柳莊、題壁、聽鶯諸作，字字清新，十分歡喜，道：「賢契美才，可謂名下無虛！」又看了兩首，津津有味，因叫家人送與小姐，一面就邀張寅到廳後留飲。張寅辭遜不得，只得隨到後廳。

---

❽ 巴人下里：通俗低級的作品，是謙詞。典出宋玉對楚王問：「客有歌於郢中者，其始曰下里巴人，國中屬而和者數千人。」

小飲數杯，山顯仁又問道：「雲間大郡，人文之邦。前日王督學特荐一個燕白頷，也是松江人，賢契可是相知麼？」張寅道：「這燕白頷號紫侯，也是敝縣華亭人，與晚生是自幼同窗，最為莫逆。凡遇考事，第一第二，每每與晚生不相上下。才是有些，只是為人狂妄，出語往往詆毀前輩，鄉里以此薄之。家父常說他：既承宗師荐舉，又蒙聖恩徵召，就該不俟駕而來，卻又不知向何方流蕩，竟無蹤跡，以辜朝廷德意，豈是上進之人？」山顯仁聽了，道：「原來這燕生如此薄劣。縱使有才，亦不足重。」

正說未完，只見一個家人走在山顯仁耳邊，低低說了些甚麼，山顯仁就說道：「小女見了佳章，十分欣羨。因內中有甚未解處，要請賢契到玉尺樓一解。不識賢契允否？」張寅道：「晚生此來，正要求教小姐。得蒙賜問，是所願也。」山顯仁道：「既是這等，可請一往，老夫在此奉候。」就叫幾個家人送到玉尺樓去。張寅臨行，山顯仁又說道：「小女賦性端嚴，又不能容物，比不得老夫。賢契言語須要謹慎。」張寅打一恭道：「謹領台命。」遂跟了家人同往。心下暗想道：「山老之言過於自大。他閨老女兒縱然貴重，我尚書之子也不寒賤，難道敢輕薄我不成？怕他怎的！若要十分小心，倒轉被他看輕了。」主意定了，遂昂昂然隨著家人入去。

不期這玉尺樓直在花園後邊，走過了許多亭榭曲廊方才到了樓下。家人請他坐下，叫侍妾傳話上樓。坐不多時，只見樓上走下兩個侍妾來，向張寅說道：「小姐請問張相公：這張子新編還是自作的，還是選集眾人的？」張寅見問得突然，不覺當心一拳，急得面皮通紅，幸喜得小姐不在面前，只得勉強硬說道：「上面明明刻著張子新編，張子就是我張相公了，怎說是別人做的？」侍妾道：「小姐說，既是張相公自做的，為何連平如衡的詩都刻在上面？」張寅聽見說出「平如衡」三字，摸著根腳，驚得啞口無言。默然半晌，只得轉口說道：「你家小姐果然有眼力，果然是個才子！後面有兩首是平如衡與我唱和做的，故此連他的都刻在上面。」侍妾道：「小姐說，不獨平如衡兩首，還有別人的哩。」張寅心下暗想道：「他既然看出平如衡來，自然連燕白頷都知道，莫若直認了罷。」因說道：「除了平如衡，便是燕白頷還有兩首，其餘都是我的了，再無別人。請小姐只管細看，我張相公是真才實學，決不做那盜襲小人之事。」

侍妾上樓復命。不多時，又走下樓來，手裡拿著一幅字，遞與張寅道：「小姐說張子新編既是張相公自做的，定然是一個奇才子。今題詩一首在此求張相公和韻。」張寅接了，打開一看，只見上寫著一首絕句道：

一池野草不成蓮，滿樹楊花豈是綿？
失去燕平❾舊時句，忽然張子有新編。

張寅見了，一時沒擺布，只得假推要和，磨墨拈筆，寫來寫去，悄悄寫了一個稿兒，趁人眼不見，遞與貼身一個童子，叫他傳出去與宋信代做。自家口裡哼哼唧唧的沉吟，一會兒虛寫了兩句，一會兒又抹去了兩句，一會兒又將原稿讀兩遍，一會兒又起身走兩步，兩隻眼只望著外邊。侍兒們看了俱微微含笑。淹的工夫久了，樓上又走下兩個侍妾來催促道：「小姐問張相公，方才這首詩，還是和，還是不和？」

❾ 燕平：指燕白頷、平如衡。

張寅道：「怎麼不和？」侍兒道：「既然和，為何只管做去？」張寅道：「詩妙於工，潦草不得；況詩人之才情不同，李太白斗酒百篇，杜工部吟詩太瘦❿，如何一樣論得？」正然著急不題。

卻說小童拿了一張詩稿忙忙走出，要尋宋信代作，奈房子深遠，轉折甚多，一時認不得出路，只在東西亂撞。不期冷絳雪聽得山小姐在玉尺樓考張寅，要走去看看，正走出房門，忽撞見小童亂走，因叫侍妾捉住問道：「你是甚麼人，走到內裡來？」小童慌了，說道：「我是跟張相公的。」冷絳雪道：「你跟張相公，為何在此亂走？」小童道：「我要出去，因認不得路，錯走在此。」冷絳雪見他說話慌張，定有緣故，因說道：「你既跟張相公，又出去做甚？定是要做賊了，快拿到老爺處去問！」小童慌了，道：「實是相公吩咐出去有事，並不是做賊。」冷絳雪道：「你實說出去做甚麼，我就饒你；你若說一句謊，我就拿你去。」小童要脫身又脫不得，只得實說道：「相公要做甚麼詩，叫我傳出去與宋相公代做。」冷絳雪道：「要做甚麼詩？可拿與我看。」小童沒法，只得取出來遞與冷絳雪。冷絳雪看了，笑一笑道：「這是小姐奈何他了。待我也取笑他一場。」因對小童說道：「你不消出去尋人，等我替你做了罷。」小童道：「若是小姐肯做得，一發好了。」冷絳雪道：「跟我來。」遂帶了小童到房中，信筆寫了兩首遞與他道：「你可拿去，只說是宋相公做的。」小童得了詩，歡喜不過。冷絳雪又叫侍兒送他到樓下。小童掩將進去。

張寅忽然看見，慌忙推小解走到階下。那童子近身一混，就將代做的詩遞了過來。張寅接詩在手，

---

❿ 杜工部吟詩太瘦：典出傳說李白詩戲贈杜甫：「飯顆山頭逢杜甫，頭戴笠子日卓午。借問別來太瘦生，總為從前作詩苦。」此處借指作詩自有遲速，勉強不得。

便膽大氣壯，昂昂然走進來坐下道：「凡做詩要有感觸，偶下階有觸，不覺詩便成了。」因暗暗將代做的稿兒鋪在紙下。原打帳是一首，見是兩首，一發快活，因照樣謄寫。寫完又自念一遍，十分得意。因遞與侍妾道：「詩已和成，可拿與小姐去細看。小姐乃有才之人，自識其中趣味。」

侍妾接了，微笑一笑，遂送上樓來與山小姐。山小姐接了一看，只見上面寫的是：

高才自負落花蓮，莫認包兒掉了綿。
縱是燕平舊時句，雲間張子實重編。

又一首是：

荷花荷葉總成蓮，樹長蠶生都是綿。
莫道春秋齊晉事，一加筆削仲尼編。

山小姐看完，不禁大笑道：「這個白丁，不知央甚人代作，倒被他取笑了！」又看一遍道：「詩雖游戲，其實風雅，則代作者倒是一個才子。但不知是何人？怎做個法兒，叫他說出方妙。」

正然沉吟，忽冷絳雪從後樓轉了出來。山小姐忙迎著笑說道：「姐姐來得好，又有一個才子，可看一個笑話！」冷絳雪笑道：「這個笑話，我已看見；這個才子，我已先知。」山小姐道：「姐姐才來，為何倒先知道了？」冷絳雪就將撞見小童出去求人代作，並自己代他作詩之事說了一遍。山小姐拍掌大笑道：「原來就是姐姐耍他！我說那裡又有一個才子！」

張寅在樓下聽見樓上笑聲啞啞，滿心以為看詩歡喜，因暗想道：「何不乘他歡喜，趕上樓去調戲，得個趣兒。倘有天緣，彼此愛慕，固是萬幸；就是他心下不允，我是一個尚書公子，又是他父親明明叫我進來的，他也不好難為我。今日若當面錯過，明日再央人來求，不知費許多力氣，還是隔靴搔癢，不能如此親切。」主意定了，遂不顧好歹，竟硬著膽撞上樓來。只因這一上樓來，有分教：黃金上公子之頭，紅粉塗才郎之面。不知此後如何，且聽下回分解。

第十八回　痴公子倩佳人畫面　乖書生借制科脫身

張寅敢大膽上樓，雖吏部公子狂妄之常，然張寅若不上樓，則何以勞佳人畫面？張寅若不畫面，何以動氣，要父親上疏參人？宋信若不在接引庵借坐，何以見趙、錢之詩？宋信若不見趙、錢之詩，何以起勾挑之釁？一花一葉雖若自生，實不知皆為暗中之春氣透出。張、宋二人店中畫策可謂秘矣。不期早為燕、平二子竊聽去，打點作歸計。可謂入路即出路，省卻許多纏擾。

不敢當徵詔，歸就制科，雖是燕、平心事，卻未曾說破。若悄悄赴試，誰則知之？卻妙在撞見王宗師細細說明，方覺去來俱有深意。

詞曰：

欲留墨跡，尊容何幸充詩壁。分明一片破蘆席，點點圈圈，得辱佳人筆。　何郎白面❶安能及，

❶何郎白面：何郎，指魏晉名士何晏。典出世說新語容止：「何平叔美姿儀，面至白。魏明帝疑其傅粉，正夏月，與熱湯餅。既噉，大汗出，以朱衣自拭，色轉皎然。」

楊妃粉黛無顏色。若求美對作相識，除是神荼鬱壘❷方堪匹。

右調醉落魄

話說張寅在玉尺樓下考詩，聽見樓上歡笑，以為山小姐得意，竟大著膽一直撞上樓來。此時許多侍妾因見山小姐與冷絳雪取笑張寅作樂，都立在旁邊觀看，樓門口並無人看守，故張寅乘空竟走了上來。山小姐忽抬頭看見，因大怒道：「這是甚人，敢上樓來？」張寅已走到面前，望著小姐深深一揖道：「學生張寅，拙作蒙小姐見賞，特上樓來拜謝。」眾侍妾看見張寅突然走到面前，俱大驚著急，攔的攔，遮的遮，推的推，扯的扯，亂嚷道：「好大膽！這是甚麼所在，竟撞了上來！」張寅道：「我不是自撞來的，是你家太師爺著人送我來的。」山小姐道：「好胡說！太師叫你在樓下聽考，你怎敢擅上樓來？」因用手指著上面懸的御書匾額說道：「你睜開驢眼看一看，這是甚人寫的！任是公侯卿相到此，也要叩頭。你是一個白丁公子，怎敢欺滅聖上，竟不下拜！」

張寅慌忙抬頭一看，只見正當中懸著一個匾額，上面御書「弘文才女」四個大字，中間用一顆御寶，知是皇帝的御筆，方才慌了，撩衣跪下。山小姐道：「我雖一女子，乃天子欽定才女之名，賜玉尺一柄量天下之才；又恐幼弱為人所欺，敕賜金如意一柄，凡有強求婚姻及惡言調戲，打死勿論，故不避人。滿朝中縉紳大臣、皇親國戚以及公子王孫，並四方求詩求文，也不知見了多少，從無一人敢擅登此樓，輕言調戲。你不過是一個紈袴之兒，怎敢目無聖旨，小覷於我，將謂吾之金如意不利乎？」因叫侍兒在

❷神荼鬱壘：古人所謂二位門神，善治鬼。此處形容張寅相貌醜陋。

龍架上取過一柄金如意，親執在手中，立起身來說道：「張寅調戲御賜才女，奉旨打死！」說罷，提起金如意就照頭打來。把一個張寅嚇得魂飛天外，欲要立起身來跑了，又被許多侍妾拿住。沒奈何，只得磕頭如搗蒜，口內連連說道：「小姐饒命，小姐饒命！我張寅南邊初來，實是不知。求小姐饒命！」

山小姐那裡肯聽，怒狠狠拿著金如意只是要打。幸得冷絳雪在旁相勸，山小姐尚不肯依。卻虧張寅跟來的家人，聽見樓上聲息不好，慌忙跑出到後廳，稟知山顯仁道：「家公子一時狂妄，誤上小姐玉尺樓。小姐大怒，要奉旨打死。求太師老爺看家老爺面上，速求饒恕，感恩不淺！」山顯仁聽說，也著忙道：「我叫他謹慎些，他卻不聽。小姐性如烈火，若打傷了，彼此體面卻不好看。」因連叫幾個家人媳婦，快跑去說老爺討饒。

山小姐正要下毒手打死張寅，冷絳雪苦勸不住，忽幾替家人媳婦跑來說老爺討饒，山小姐方才縮住了手，說道：「這樣狂妄畜生，留他何益，爹爹卻來勸止。」冷絳雪道：「太師也未必為他，只恐同官面上不好看耳。」此時張寅已嚇癱在地，初猶求饒，後來連話都說不出，只是磕頭。山小姐看了，又覺好笑，因說道：「父命討饒，怎敢不遵。只是造化了這畜生！」冷絳雪道：「既奉太師之命，恕他無才，可放他去罷。」山小姐道：「他胸中雖然無才，卻能央人代替，以妝門面，則面上不可無才。」因叫侍兒取過筆墨：「與他搽一個花臉去，使人知他是個才子！」

張寅跪在地下，看見放了金如意不打，略放了些心，因說道：「若說我張寅見御書不拜，擅登玉尺樓，誤犯小姐，罪固該當；若說是央人代替，我張寅便死也不服！」山小姐與冷絳雪聽了，俱大笑起來。山小姐道：「你代替的人俱已捉了在此，還要嘴強！」張寅聽說捉了代替，只說宋信也被他們拿了，心下愈慌，不敢開口。山小姐因叫侍兒將筆墨在他臉上塗得花花綠綠，道：「今日且饒你去。你若再來纏擾，我請過聖旨，只怕你還是一死。」張寅聽說饒去，連忙扒起來說道：「今已吃了許多苦，還來纏些甚麼！」冷絳雪在旁插說道：「你也不吃苦。你肚裡一點墨水不曾帶來，今倒搽了一臉去，還說吃苦！」說得山小姐忍不住要笑。

張寅得個空，就往樓下走了。走到樓下，眾家人接著，看見不像模樣，連忙將衣服替他面上揩了。揩便揩了，然是乾衣服未曾著水，終有些花綠綠不乾淨。張寅也顧不得，竟遮掩著往外直走。也沒甚臉嘴再見山顯仁，遂不到後廳，竟往旁邊夾道裡一道煙走了。走出大門外，心才定了，因想道：「他才說代作人捉住了，定是老宋也拿了去。我便放了出來，不知老宋如何了？」又走不上幾步，轉過彎來，只見宋信在那裡伸頭探腦的張望。看見張寅，忙迎上來說道：「恭喜！想是不曾要你做詩？」張寅見了，又驚又喜，道：「你還是不曾捉去，還是捉了去放出來的？」宋信道：「那個捉我？你怎生這樣慌張狼狽，臉上為何花花綠綠的？」張寅跌跌腳道：「一言說不盡。且到前邊尋個好所在慢慢去說。」遂同上了轎回來。

走了數里，張寅忽見路旁一個酒店，甚是幽雅潔淨，遂叫住了轎同宋信入來。這店中是樓上樓下兩處，張寅懶得上樓，遂在樓下靠窗一副大座坐下。先叫取水將面淨了，然後吃酒。

才吃得一兩杯，宋信便問道：「你為何這等氣苦？」張寅嘆口氣道：「你還要問，都是你害人不淺！」宋信道：「我怎的害人？」張寅道：「我央你代作詩，指望你做一首好詩，光輝光輝。你不知做些甚麼，叫他笑我。央你代做，原是隱密瞞人之事，你怎麼與他知道，出我之醜？」宋信道：「見鬼了！我在此等了半日，人影兒也不見一個出來，是誰叫我做詩？」張寅道：「又來胡說了！詩也替我做了，我已寫去了，怎賴沒有？」宋信道：「我做的是甚麼？」張寅道：「我雖全記不得，還記得些影兒：甚麼『落花蓮』，甚麼『包兒掉了綿』，又是甚麼『春秋』，又是甚麼『仲尼』。難道不是你做，還要賴到那裡去？」宋信道：「冤屈死人！是那個來叫我做？」張寅道：「是小童來的。」宋信道：「可叫小童來對。」張寅忙叫小童。小童卻躲在外面不敢進來，被叫不過，方走到面前。

張寅問道：「宋相公做的詩是你拿來的？」宋信道：「我做甚麼詩與你？」小童見兩下對問，慌的呆了，一句也說不出。張寅見小童不則聲，顏色有些古怪，因兜臉兩掌道：「莫非你這小蠢才不曾拿詩與宋相公麼？」小童被打，只得直說道：「那詩實實不是宋相公做的。」張寅大驚道：「不是宋相公做的，卻是誰人做的？」小童道：「相公叫我出來，我因性急慌忙，走錯了路，誤撞入他家小姐房裡，被他拿住，要做賊打，又搜出相公與我的詩稿。小的瞞他不得，只得直說了。他說：你不消尋別人，我代做了罷。拿起筆來，頃刻就寫完了。我恐怕相公等久，只得就便拿來了。」張寅聽了，又跌腳道：「原來你這小奴才誤事！做詩原為要瞞他家小姐，你怎倒央他家小姐代做？怪不得他笑說代做的人已捉住了。」

宋信道：「如今才明白。且問你：他怎生叫你做起的？」張寅道：「我一進去，山相公一團好意，留我小飲。飲了半晌，就叫人送我到玉尺樓下去考。方才坐下，山小姐就叫侍妾下樓問道：張子新編是誰人做的？我答是自做的。他又叫侍妾說道：既是自做的，為何有平如衡詩在內？只因這一問打著我的心病，叫我一句也說不出。我想，這件事是你我二人悄悄做的，神鬼也不知，他怎麼就知道？」

宋信也吃驚道：「這真作怪了！你卻怎麼回他？」張寅道：「我只得認是平如衡與我倡和的兩首，故刻在上面。他所以做這一首詩譏誚我，又要我和。我急了，叫這小奴才來央你做，不知又落人圈套，竟將他代作的寫了上去。他看了，在樓上大笑。我又不知就裡，只認是看詩歡喜，遂大膽跑上樓去。不料他樓上供有御書，說我欺滅聖旨不拜；又有一柄御賜的金如意，凡是強求婚姻與調戲他的，打死勿論，我又不知。被他叫許多侍妾僕婦將我捉住，自取金如意，定要將我打死。是我再三苦求，方才饒了。你道這丫頭惡不惡！雖說饒了，臨行還搽我一個花臉方放下樓來。」

宋信聽了，吐舌說道：「大造化，大造化！玉尺樓可是擅自上去的？一個御賜才女，可是調戲得的？還是看你家尚書分上，若在別個，定然打殺，只好白白送了一條性命。」張寅道：「既是這等利害，何不早對我說？」宋信道：「他的利害，人人知道，何消說得？就是不利害，一個相公女兒，也不該撞上樓去調戲他。」張寅道：「我一個冢宰公子，難道白白受他凌辱，就是這等罷了？須與老父說知，上他一疏，說他倚朝廷寵眷凌辱公卿子弟。」宋信道：「你若上疏說他凌辱，他就辯疏說你調戲。後來問出真情，畢竟還是你吃虧，如何弄得他倒？」張寅道：「若不處他一場，如何氣得他過？」宋信道：「若是氣他不過，小弟倒有一個好機會可以處他。」張寅忙問道：「有甚好機會，萬望說與我知道。」

宋信道：「我方才在接引庵借坐等你，看見壁上有趙縱、錢橫二人題的詩，看他詩中情思，都是羨慕山小姐之意。我問庵中和尚，他說二人曾與山小姐對考過。我問他考些甚麼，那和尚倒也好事，連考的詩都抄的有，遂拿與我看，被我暗暗也抄了來。前日山相公叫人錯尋到我下處的就是此二人。我看他對考的詩，彼此都有勾挑之意。你若要尋他過犯上疏參論，何不將此倡和之詩呈與聖上，說他借量才之名勾引少年子弟，在玉尺樓淫詞倡和，有辱天子御書並欽賜才女之名。如此加罪，便不怕天子不動心。」

張寅聽了，滿心歡喜道：「這個妙，這個妙！待我就與老父說知，叫他動疏。」宋信道：「你若明後日就上疏，他就說你調戲被辱，仇口寃他了。此事不必性急，須緩幾日方好。」張寅道：「也說得是。便遲兩日，不怕他走上天去！」二人商量停當，方才歡歡喜喜飲酒。飲了半晌，方才起身上轎而去。

俗語說得好：「路上說話，草裡有人。」不期這日，燕白頷因放不下閣上美人，遂同平如衡又出城，走到皇莊園邊去訪問，不但人無蹤影，並牆上的和詩都粉去了。二人心下氣悶不過，走了回來，也先在這店中樓上飲酒。正飲不多時，忽看見樓下宋信與張寅同了人來，二人大驚道：「他二人原來也到京了！」平如衡就要下樓來相見，燕白頷攔住道：「且聽他說些甚麼。」

二人遂同伏在閣子邊側耳細聽。聽見他一五一十、長長短短，都說是要算計山小姐與趙縱、錢橫之事，遂悄悄不敢聲張。只等他吃完酒去了，方才商量道：「早是不曾看見，若看見，未免又惹是非。」燕白頷道：「我原料他要來山家求親，只得倚著尚書勢頭有幾分指望。不期倒討了一場凌辱。」平如衡道：「我二人去考，雖說未討便宜，卻也不致出醜。所可恨者，未見小姐耳。」燕白頷道：「以我論之，小姐不過擅貴名耳。其才美，亦不過至是極矣。小弟初意還指望去謀求小姐一見，今聽張寅所謀不善，若再去纏擾，不獨帶累山小姐，即你我恐亦不能乾淨。」平如衡道：「就是不去，他明日叫父親上疏，畢竟有趙縱、錢橫之名，如何脫卸？」燕白頷道：「若你我真是趙縱、錢橫，考詩自是公器，有無情詞挑逗，自然要辨個明白，怕他怎的？只是你我都是假托之名，到了臨時，張寅認出真姓名，報知聖上，聖上說學臣荐舉，朝廷欽召，都違悖不赴，卻更名改姓，潛匿京師，調引欽賜才女，這個罪名便大了。」

平如衡道：「長兄所慮甚是。為今之計，卻將奈何？」燕白頷道：「我二人進京本念，實為訪山小姐求婚；而這段姻緣料已無望，小弟遇了閣上美人，可謂萬分僥幸；然追求無路，又屬渺茫。吾兄之冷絳雪又全無蹤影。你我流蕩於此，殊覺無謂。況前日侍妾詩中，已明明說道：『欲為玄霜求玉杵，須從御座撤金蓮。』目今鄉試不遠，莫若歸去取了功名，那時重訪藍橋，或者還有一線之路。」平如衡道：「吾兄之論最為有理。只怕再來時，物是人非，雲英已赴裴航之夢❸矣。」燕白頷道：「山小姐年方二八，瓜期❹尚可有待；況天下富貴才人甚少，那能便有裴航？」平如衡道：「山小姐依兄想來還有可待，只怕我那冷絳雪小姐不能待矣。既是這等，須索早早回去。」二人算計定了，又飲了數杯，便起身回到下處，叫家人收拾行李，雇了轎馬，趕次日絕早就出城長行。二人一路上有說有笑，倒也不甚辛苦。

一日，行到山東地方，正在一條狹口上，忽撞見一簇官府過來，前面幾對執事，後面一乘官轎甚大，又有十餘匹馬跟隨，十分擁擠。燕白頷與平如衡只得下了轎揀一個略寬處立著，讓他們過去。不提防官轎抬到面前，忽聽得轎裡連叫舍人道：「快問道傍立的，可是燕、平二生員！」燕白頷與平如衡聽見，忙往轎裡一張，方認得是王提學。也不等舍人來問，連忙在轎前打一恭道：「生員正是燕白頷、平如衡。」王提學聽了大喜，因吩咐舍人道：「快請二位相公前面驛中相見。」說罷，轎就過去了。

聽差舍人領命，隨即跟定燕白頷、平如衡，請上轎抬了轉去。幸喜回去不遠，只二三里就到了驛中。王提學連連叫「請」，燕白頷、平如衡只得進去拜見。拜見過，王提學就叫看坐。二人遜稱不敢，王提學

❸ 雲英已赴裴航之夢：雲英、裴航，是唐裴鉶所撰小說裴航中男女主角。

❹ 瓜期：瓜字可分剖成二八字，故詩文中稱女子十六歲為破瓜之期。此處省略為瓜期。

道：「途間不妨。」二人只得坐下。

王提學就問道：「本院已有疏特荐，已蒙聖恩批准徵召入京。本院奉旨各處追尋，卻無蹤影。二位賢契為何卻在此處？」燕白頷應道：「生員與平生員蒙太宗師培植，感恩無地。但生員等游學在先，竟不知徵召之事。有辜聖恩，並負太宗師荐拔之盛心，死罪死罪！」王提學道：「既是不知，這也罷了。卻喜今日湊巧遇著，正好同本院進京復命，就好面聖，定有異擢。」燕、平二人同說道：「太宗師欲將生員下士獻作嘉賓，一段作養盛心真足千古。但聞負天下之大名，必有高天下之大才方足以當之；若碌碌無奇，未免取天下之笑。生員輩雖薄有微才為太宗師垂憐，然捫心自揣，竊恐天地之大，何地無才，竟以生員二人概盡天下，實實不敢自信。」王提學道：「二位賢契虛心自讓，固見謙光。但天下人文，南直❺首重，本院於南直中遍求，惟二位賢契出類拔萃，故本院敢於特荐。天下雖大，縱更有才人，亦未必過於賢契。今姓名已上達宸聽，二位賢契不必過遜。」燕白頷道：「生員輩之辭，其實是有所見而然，倒不是套作謙語。」王提學道：「有何所見，不妨直說。」

燕白頷道：「生員聞聖上詔求奇才者，蓋因山相公之女山黛才美過人，曾在玉尺樓作詩作賦壓倒翰苑群英。故聖上之意以為女子尚有高才，何況男子？故有此特命。今應詔之人，必才高過於山黛，方不負聖上之求。若生員輩，不過項羽之霸才耳，安敢奪劉邦之秦鹿？是以求太宗師見諒也。」王提學笑道：「二位賢契又未遇山小姐，何畏山小姐之深也？」燕白頷道：「生員輩雖未遇山小姐，實依稀仿佛於山小姐之左右，非畏之深，實知之深也。」

---

❺ 南直：即南直隸。明朝以直隸南京的地區為南直隸，清朝初指江南省。

王提學道：「二位賢契既苦苦自諉，本院也不好相強。只是已蒙徵召，而堅執不往，恐聖上疑為鄙薄聖朝，誠恐不便。」平如衡道：「生員輩若是養高不出，便是鄙薄聖朝；今情願原從制科出身，總是朝廷之人才，只是不敢當徵召耳，實是尊朝廷，與鄙薄者大相懸絕。」王提學道：「二位賢契既要歸就制科，這便也是一樣了。只是到後日辨時便遲了。何不就將此意先出一疏，待本院復命時帶上了，使聖上看明，不獨無罪，且可見二位才而有讓。明日鹿鳴得意❻，上苑看花，天子定當刮目。」燕、平二人同謝道：「蒙太宗師指教，即當出疏。」王提學就留二人在驛中同住了。

驛中備出酒飯，就留二人同吃。飲酒中間，又考他二人些詩文。見二人下筆如神，無不精警，看了十分歡喜，因說道：「二位賢契若就制科，定當高發。本院歲考完了，例當復命。科考的新宗師已到任多時，二兄速速回去還也不遲。本院在京中准望捷音。」燕、平二人再三致謝。又寫了一道辭召就試的疏，交付王提學。然後到次日各自別去，王提學進京復命，不題。

且說燕白頷、平如衡二人，一路無辭，到了松江家裡。正值新宗師科考，燕白頷是華亭縣學，自去赴考，不必言矣。平如衡卻是河南人，欲要冒籍❼松江，又嚴緊冒不得；與平教官商量，欲要作隨任子侄寄考❽，平教官官又小，又擔當不來；欲要回河南去，又遲了。還是燕白頷出主意道：「不如納了南

❻ 鹿鳴得意：指科考得舉。唐代鄉舉考試後，州縣長官宴請中舉士子的宴會叫鹿鳴宴。因在宴會上歌詩經小雅鹿鳴，故名。明清沿此風習。

❼ 冒籍：科考必須在原籍所在地，否則便為冒籍。

❽ 寄考：在原籍以外參加科考，叫寄考。需寄住足夠年數，且有人擔保。

監❾罷。」平如衡道：「納監固好，只是要許多銀子。」燕白頷道：「這不打緊，都在小弟身上。」平教官出文書，差一個的當家人，帶了銀子，到了南京監裡，替平如衡加納了。

過了數日，科舉案發了，燕白頷又是一等。有了科舉，遂收拾行李，同平如衡到南京來鄉試。只因這一來，有分教：龍虎榜❿中御墨，變作婚姻簿上赤繩⓫。不知此去果能中否，且聽下回分解。

❾ 納了南監：花錢買得監生身分而在南直隸參加科考。

❿ 龍虎榜：唐貞元八年，歐陽詹與韓愈等二十三人於陸贄榜聯第，詹等皆有文名，時稱龍虎榜。後稱會試中舉為登龍虎榜。

⓫ 婚姻簿上赤繩：唐人小說記有司婚姻之神，凡遇有緣男女，即以赤繩繫兩人之足，最後必成夫婦。

第十九回　揚州府求媒消舊想　長安街賣扇覓新知

燕、平二生既中解元❶、亞魁❷，又且先辱文宗荐舉，則轟轟烈烈進京者，其情也。二生乃忽發高論，恐試官逢迎，令文章減色，反遲遲其行。因知真正文人存心結想，不啻高人萬萬。

燕白頷之於山黛，慕其才子之名耳，雖有一面，卻直算從無半面，一聽聖主賜婚可也。至於平如衡，心中已有冷絳雪久矣，若不出奇作配，也待聖主賜婚，便覺是僥幸，而鍾情不在我輩矣。故巧露姓名，突為作合，使今之無端，為後之莫測，絕不以百尺竿頭，不復進步。冷新，尊奉竇知府者也。竇知府之言，安敢不聽？故凡事皆唯唯，獨以冷絳雪才學考得他過，方才肯嫁之言再宣一通。不獨自明慎重，而冷絳雪之聲價又重振一番矣。

書生寒賤，待報捷而團圓者，泛矣。卻從未曾報捷於金鑾殿上者。後回金鑾報捷，是此書總結出色之大關目。張吏部若不參趙、錢一本，奉旨御審，則燕、平書生何由上殿？若不

❶ 解元：唐制，舉試禮部為進士者，皆由地方解送入京，故相沿稱鄉試第一名叫解元。

❷ 亞魁：鄉試第二名亞元，三四五名經魁，第六名亞魁，餘曰文魁。

押普惠和尚拿人，則誰人識得燕、平二生是趙縱、錢橫也？人見燕、平被捉，只以為是燕、平之不幸，不知正引燕、平至金鑾也。忽而辱，忽而榮，此覽者所以驚驚喜喜也。

賣詩扇大是奇想。不如此，則沒頭沒緒，消息何以相通？此際若不通消息，則閣下一番臭味相投，皆如水矣。雖後來聖主賜婚，前程已如錦片，又需此何為？不知筆墨弄一分情態，則文章增一分顏色。需此者，所謂錦上添花也。

詞曰：

道路聞名巧，萍蹤得信奇。不須驚喜不須疑，想應三生石❸上舊相知。　錯認儂為我，休爭他是誰。一緣一會不差池，大都才情出沒最多歧。

右調南柯子

話說燕白頷自有了科舉，又替平如衡納了南監，遂同到南京來鄉試。真是「學無老少，達者為先」。二人到了三場，場中做的文字，猶如萬選青錢❹，無人不賞。及放榜之期，燕白頷高中第一名解元，平

---

❸ 三生石：典出唐袁郊小說甘澤謠圓觀。載唐代李源與僧圓觀友好，圓觀和李約定，待他死後十二年在杭州天竺寺相見。十二年後李到寺前，有一牧童唱曰：「三生石上舊精魂，賞月吟風不要論，慚愧情人遠相訪，此身雖異性長存。」牧童即圓觀的托身。詩文中常以三生石作為因緣前定的典故。

❹ 萬選青錢：比喻文才超眾，如青銅錢，萬選萬中。典出新唐書張薦傳：「員外郎員半千數為公卿稱『（張）鷟

如衡中了第六名亞魁。二人青年得雋，人物俊美，鹿鳴宴罷迎回，及拜見座師、房師❺，無不人人羨慕，個個歡喜。凡是鄉宦有女兒人家，莫不都來求他二人為婿。二人辭了東家，又辭西家，真個辭得不耐煩。公事一完，就同回松江。不料松江求親的也是這等。

燕白頷與平如衡商量道：「倒不如早早進京，便好省許多唇舌。」平如衡道：「我們若早進京，也有許多不妙。」燕白頷道：「進京有甚不妙？」平如衡道：「功名以才得為榮，若有依傍而成，便覺減色。我與你不幸為王宗師所荐，姓名已達於天子；今又奪了元魁。倘進京早了，為人招搖，哄動天子，倘賜召見，或邀獎譽，那時再就科場，縱登高第，人只道試官迎合上意，豈不令文章減價？莫若對房師、座師只說有病，今科不能進京，使京中望你我者絕望。那時悄悄進去，挨至臨期，一到京就入場。若再能搶元奪魁，便可揚眉吐氣，不負平生所學矣。」燕白頷聽了，大喜道：「吾兄高論深快弟心。但只是松江也難久留，不如推說有病，到那裡去養，卻同兄一路慢慢游覽而去，到臨期再入京，豈不兩全？」平如衡道：「這等方妙。」二人商量定了，俟酬應的人事一完，就收拾行李悄悄進京。吩咐家人：「回人只說同平相公往西湖上養病去了。」

二人暗暗上路，在近處俱不耽擱，只渡過揚子江，方慢慢而行。到了揚州，因繁華之地，打帳多住些時，遂依舊寓在瓊花觀裡。觀中道士知道都是新科舉人，一個解元，一個亞魁，好不奉承。二人才情

文辭猶青銅錢，萬選萬中。』」

❺ 座師房師：座師，即本科主考或總裁官。亦稱座主。房師，即舉人或貢生對薦舉本人試卷的同考官的尊稱。試卷須由房官先閱，加批後薦給主考或總裁官。

發露，又忍不住要東題西詠。住不上五七日，早已驚動地方都知道了。

原來地方里甲規矩，凡有鄉紳士宦住於地方，都要暗暗報知官府，以便拜望送禮。瓊花觀總甲見燕白頷與平如衡都是新科舉人，只得暗暗報知府縣。不料揚州理刑曾聘做簾官❻，出場回來，對竇知府盛稱解元燕白頷與亞魁平如衡是少年才子，春闈❼會狀，定然有分。竇知府聽在肚裡，恰恰地方來報他，就動了個延攬結交的念頭，隨即來拜。燕白頷與平如衡忙回不在。

竇知府去了，燕白頷因商量道：「府尊既已知道，縣間未免也要來拜。我們原要潛住，既驚動府縣，如何住得安穩？」平如衡道：「必須移個寓所方妙。」一面就叫人在城外幽僻之處尋個下處，一面叫人打探竇知府出了門，方來答拜。只得投兩個帖子，就移到新下處去了。竇知府回來聞知，隨即叫吏書下請帖請酒。吏書去請了來回復道：「燕、平二位相公，不知是移寓，又不知是進京去了，已不在瓊花觀裡。」竇知府聽了，暗想道：「進京舉人無一毫門路，還要強來打抽豐作盤纏，他二人我去請他，他倒躲了，不但有才，更兼有品，殊為難得。可惜不曾會得一面。」十分追悔，不題。

卻說燕、平二人移到城外下處，甚是幽靜，每日無事，便同往山中去看白雲紅樹。一日走倦了，坐在一個亭子上歇腳，忽見兩個腳夫，抬著一盒擔禮，後面一個吏人押著，也走到亭子上來歇力。燕、平看見，因與那吏人拱一拱手，問道：「這是誰人送的禮物？」那吏人見他二人生得少年清秀，知是貴人，因答道：「是府裡竇太爺送與前面冷鄉宦賀壽的。」平如衡因記得冷絳雪是維揚人，心下暗驚道：「莫

---

❻ 簾官：明清時鄉試、會試，有內、外簾之分。內簾負責閱卷，外簾主管考場管理事務，總稱簾官。

❼ 春闈：唐宋和明清禮部試士在春季舉行，稱春闈。闈，考場。

非這冷鄉宦正是他家？」因又問道：「這冷鄉宦是個甚麼官職？」那吏人道：「是個欽賜的中書。」平如衡道：「老兄曾聞這冷中書家有個才女麼？」吏人道：「他家若不虧這個才女，他的中書卻從那裡得來？」平如衡還要細問，無奈那腳夫抬了盒擔走路，吏人便不敢停留，也拱一拱手去了。

平如衡因對燕白頷說道：「小弟那裡不尋消問息，卻無蹤影。不期今日無意中倒得了這個下落。」燕白頷道：「正所謂『踏破鐵鞋無覓處，得來全不費功夫』。但不知這個才女可正是冷絳雪？」平如衡道：「天下才女能有幾個，那有不是他之理？只是雖然訪著，卻怎生去求親？」燕白頷道：「若果是他，要求親卻不難。」平如衡道：「我在京中冷鴻臚家只問得一聲，受了許多閑氣。今要開口求親，人生面不熟，絕無門路，怎說個不難？」燕白頷道：「竇知府既與他賀壽，定與他相知。只竇知府便是門路了。」平如衡聽了大喜道：「這果是一條門路！」燕白頷道：「是便是一條門路，但你我既避了他來，如何又好去親近？豈不被他笑我們腳跟立不定乎！」平如衡笑道：「但能求得冷絳雪之親便死亦不辭，何況於笑！」燕白頷也笑道：「兄為冷絳雪固不足惜，只是小弟何辜？」平如衡道：「兄不要這等分別，兄若訪著了閣上美人，有用小弟時，雖蹈湯赴火，豈敢辭乎？」

二人俱各大笑。因同了回來，仍舊搬到瓊花觀來住。隨備了一副贄見禮，叫人訪竇知府在衙，重新又來拜起。到了府前，將名帖投入。

竇知府正然追悔，忽見名帖，不勝歡喜。先叫人請在迎賓館坐，隨即出來相見。相見畢，遜坐，待茶。看見燕、平二人年俱是二十上下，人物秀俊異常，滿心愛羨，因說道：「前日奉拜不遇，又承降失迎，隨即具一小柬奉屈，回說二兄已命駕矣。正以不能一面為歉，今忽蒙再顧，實出望外。想是吏員打探不實？」平如衡道：「前日奉謁不遇後，實移寓行矣。不意偶有一事，要請教老公祖大人，故復來奉求。」因叫家人送上禮帖，道：「不腆微禮，少申鄙敬。」竇知府道：「薄敬尚未曾申，怎敢反受厚禮。但不知台兄有何事下詢？」平如衡道：「聞貴治冷中翰有一才女，不知他的尊諱叫做甚麼，敢求老公祖大人指教。」竇知府道：「他的名字叫做冷絳雪。台兄何以得知而問及？」

平如衡聽見說出「冷絳雪」三字，便喜得眉歡眼笑，竟忘了情，不覺手舞足蹈起來。竇知府見了，因問道：「平兄何聞名而狂喜至此？」燕白頷看見光景不像模樣，因替他說一個謊道：「不瞞老公祖大人說，平兄昔年曾得一夢，夢見有人對他說：『維揚才女冷絳雪與你有婚姻之約。』平兄切記於心，遍處尋訪，並無一個姓冷的鄉宦。昨日偶聞冷中翰之名，又聞他有一才女，但未知名，猶在疑似。今蒙老公祖大人賜教明白，平兄以為其夢不虛，故不覺狂喜，遂至失儀於大人之前。」

竇知府聽了道：「原來如此。既是有此奇夢，可見姻緣前定。待本府與平兄作伐何如？」平如衡見竇知府自說作伐，便連忙一恭到地道：「若得老公祖大人撮合此姻，晚生沒齒不敢有忘大德。」竇知府笑一笑道：「平兄不必性急，這一事都在我學生身上，包管成就。只是明日有一小酌屈二位一敘，當有佳音回復。」平如衡道：「既蒙寵招，敢不趨赴。但冷氏之婚已蒙金諾，萬望周全。」竇知府道：「這個自然。」又吃了一道茶，燕、平二人方才辭出。平如衡送的禮物，再三苦求，也只收得兩色。燕、平二人別去，不題。

卻說竇知府回入私衙，就發一個名帖，叫人去接冷鄉宦到府中有話說。冷大戶見知府請他，安敢不來？隨即坐了一乘轎子，抬到府中。竇知府因要說話，迎賓館中不便，遂接入私衙相見。

相見畢，敘坐。冷大戶先謝他賀壽之禮。謝畢，就問道：「蒙老公祖見招，不知有何事見教？」竇知府就將平如衡來問他女兒名字，及燕白頷所說夢中之事與求親之意，都細細說了一番，道：「我想你令愛年已及笄了，雖在山府中，不曾輕待於他，卻到底不是一個結局。今這平舉人來因夢求親，或者原是婚姻，實是一樁美事。況那平舉人年又少，生得清俊過人，才又高，明年春試，不是會元❽，定是狀元。你令愛得配此人，方不負胸中才學。他再三托本府為媒，你須應承，不可推脫。」冷大戶道：「蒙老公祖大人吩咐，豈敢不遵。但小女卻在京中，非我治生❾所能專主。治生若竟受聘應承，倘他京中又別許嫁，豈不兩下受累？」竇知府道：「這個不消慮得。你令愛京中萬萬不能嫁人。」冷大戶道：「老公祖大人怎料得定？」竇知府道：「山相公連自家女兒，東選西擇，尚不能得一奇才為配，怎有餘力選得到你令愛？我故說京中萬萬不能嫁人。」冷大戶道：「莫若寫一個字，叫他京中去商量。」竇知府道：「老先，你不要迂了。以平舉人的才學人品，若到了京中，只怕山閣下見了，且配與自家女兒，那裡還得到你令愛？依本府主張，莫若你竟受了他的聘，使他改移不得。況父母受聘，古之正禮。就是山相公別有所許，也爭禮不過。這樣佳婿，萬萬不可失了！」

冷大戶被竇知府說得決活，滿口應承道：「但憑老公祖主張，治生一一領教。只是小女現在山府，恐他明日要娶，遲早不能如期，也須說過。」竇知府道：「這不消說。若說在山府，未免為他所輕。且到臨娶時，我自有處。」冷大戶道：「既是這等，還有一事。小女曾有言：不論老少美惡，只要才學考

❽ 會元：會試第一名。

❾ 治生：部屬對長官的自稱。

得他過，方才肯嫁。明日臨娶時，若是考他不過，小女有話說，莫怪治生。」竇知府笑道：「這個只管放心。這平舉人才高異常，必不至此。」冷大戶說定，遂辭謝去了。竇知府隨發帖請酒。燕、平二人因有事相求，俱欣然而來。

酒席間，竇知府備說冷大戶允從之事，平如衡喜之不勝，再三致謝。酒罷，就求竇知府擇了吉期，行過聘去，約定來春春闈發後來娶。冷大戶因竇知府為媒，又著人暗相平如衡，見青年秀美，與女兒足稱一對，滿心歡喜，竟自受了聘禮。平如衡見冷大戶受了聘定，因與燕白頷商量道：「事已萬分妥帖，我們住在此間，轉覺不便。」遂辭謝了竇知府，竟渡淮望山東一路緩緩而來。不題。

卻說山黛與冷絳雪，自從趙縱、錢橫考詩之後，追尋不見，已是七分不快；又被張寅攪擾一場，便十分惆悵。虧與冷絳雪兩人互相寬慰，捱過日子。不期過了許久，忽報張吏部有疏，特參「山黛年已及笄，苛於擇婿不嫁，以致情欲流蕩，假借考較詩文為由，勾引少年書生趙縱、錢橫，潛入花園，淫辭倡和。現獲倡和淫辭一十四首可證。似此污辱欽賜才女之名，大傷風化，伏乞聖恩查究，以正其罪。」山黛看了，大怒道：「這都是張寅前日受辱，以此圖報復也。」因也上一疏辯論，就訴說「張寅因求婚考詩不出，擅登玉尺樓調戲，因被塗面受辱，故以此污蔑。蒙恩賜量才之尺，以詩文過質者，時時有人，不獨一趙縱、錢橫。幸臣妾與冷絳雪原詩尚在，乞聖明垂覽。如有一字涉私，臣妾甘罪；倘其不然，污蔑之罪，亦有所歸。」

天子見了兩奏，俱批准道：「在奏人犯，俱著至文華殿候朕親審。該部知道。」旨意一下，事關婚姻風化，禮部即差人拘提。眾犯俱在，獨有趙縱、錢橫並無蹤影。禮部尋覓不獲，只得上本奏知。聖旨又批下道：「既有其人，豈無蹤影？著嚴訪候審，不得隱匿不報。」禮部又奉嚴旨，只得差人遍訪。因二人曾題詩在接引庵，說和尚認得，就押著普惠和尚遍處察訪。不題。

卻說山黛因被張吏部參論，心下十分不暢，因與冷絳雪在閨中閑論道：「才名為天地鬼神所忌，原不應久占。小妹自十歲蒙恩，於今六載。當朝之名公才士，不知壓倒多少。今若覓得一佳偶早早于飛❿而去，豈不完名全節？不期才雋難逢，姻緣淹蹇，日復一日，年復一年，以致有今日之物議。」冷絳雪道：「量才考較是奉旨之事，又不是桑濮私行。就是前日倡和之詞，並無一事涉淫，怕他怎的？況眼前已有二三才人，聽小姐安擇所歸，亦易易事耳。何必苦苦縈懷？」

山小姐道：「姐姐所說二三才人，據小妹看來，一個也算不得。」冷絳雪道：「為何一個也算不得？」山小姐道：「蒙聖上所諭松江燕白頷、洛陽平如衡，許為妾主婚，此一才子也。然屢奉徵召，而抵死辭謝不來，此其無真才可知矣。即趙縱、錢橫二人，才情丰度，殊有可觀，得擇一以從足矣。不料有此一番議論，就使事完無說，而婚姻之事，亦當避嫌而不敢承矣。此又一才子也。止有一個閣下書生，大可人意，然大海浮萍，茫無定跡。試問：姐姐所說已有二三才人，今安在乎？」

冷絳雪道：「小姐因張寅仇參，有激於中，只就眼前而論，未嘗不是。若依賤妾思來，小姐今年二八，正是青春，尚未及摽梅之嘆⓫；況燕白頷既與平如衡同薦，平如衡妾所可信，料燕白頷必非無才之人。

---

❿ 于飛：詩經大雅卷阿：「鳳凰于飛，翽翽其羽。」本指鳳和凰相偕而飛，後稱指夫妻和諧。于，語助詞，無義。

⓫ 摽梅之嘆：詩經召南摽有梅首章云「摽有梅，其實七兮」；次章云「摽有梅，其實三兮」；三章云「摽有梅，

人。就是辭徵召而就制科，士各有志，到底有出頭之日，何妨少俟？至若趙縱、錢橫，量才是奉君命，臨考是奉父命，有何嫌疑而欲避？就是閣下書生，偶然相遇，非出有心；況選吉求良亦詩人之正，有何私曲，苦鬱於懷？即明告太師，差人尋訪，或亦太師所樂從。小姐何必戚戚拘拘，作小家兒女之態？」山小姐聽了，滿心歡喜道：「姐姐高論，頓令小妹滿胸茅塞俱開矣！但閣下書生既無姓名，又無夢中畫像，即欲明訪，卻將何為據？」冷絳雪笑道：「小姐何聰明一世而懵懂一時！書生的姓名雖無，圖像未畫，題壁一詩，豈非書生之姓名、圖畫乎？何不將前詩寫一扇上，使人鬻於鬧市，在他人自不理，今若書生見之，豈不驚訝而得之耶？」

山小姐聽了，不禁拍手稱贊道：「姐姐慧心異想真從天際得來，小妹不及多矣！」因取了一柄金扇，將書生題壁詩寫在上面。隨喚了一個一向在玉尺樓伏侍、今在城中住的老家人蔡老官來吩咐道：「你在城中住，早晚甚便，可將這柄扇子拿到鬧市上去賣。若有個少年書生，看見扇上詩驚訝，你可就問他姓名居止來報我。他若問我姓名，你切不可露出真跡，只說是皇親人家女子要訪他結婚的。若果訪著，我重重有賞。老爺面前且莫要說。」老家人領命去了。不題。

卻說燕白頷與平如衡，在一路慢慢度了歲，直交新春方悄悄入京，尋個極幽僻的所在住下。每日只是閉門讀書，絕跡不敢見人。

原來燕白頷與平如衡一中後，報到京中，莫說王提學歡喜，山相公歡喜，連天子也龍顏大悅。因召王提學面諭道：「燕白頷與平如衡既能發解⑫奪魁，則爾之荐舉不虛，則彼二人之辭徵召而就制科亦不

頊筐塈之。求我庶士，迨其謂之」。乃嘆及時而未嫁也。

為無見也。」因賜表禮以旌其薦賢得實。又諭：「若二人到京，可先領來朝見。」王提學謝恩辭退出，遂日日望二人到京。山顯仁見報，忙與山小姐、冷絳雪說知，道：「燕白頷中了解元，平如衡中了亞魁，不日定然到京。你二人婚姻，自有著落。」冷絳雪因對山小姐說道：「小姐，何如？我就說燕白頷斷非無才之人。今既發解，則其才又在平如衡之上矣。」二人暗暗歡喜，不題。

山顯仁與王提學遂日日打聽，再不見到。只等到大座師復命，方傳說二人有恙，往西湖上養病去了，今科似不能會試。大家方冷了念頭，不十分打探。誰知二人已躲在京中，每日只是坐在下處吃兩杯悶酒。平如衡因聘定了冷絳雪，心下快暢，還不覺寂寞。燕白頷卻東西無緒，甚難為情，早晚只將閣上美人的和韻寫在一柄扇上吟諷。只捱到場期將近，方同平如衡悄悄進城，到禮部去報名投卷。

此時，天下的士子皆集於闕下，滿城紛紛攘攘。二人在禮部報過名，投過卷，遂雜在眾人之中東西閑步。步到城隍廟前，忽見一個老人家手中拿著一把金扇，折著半面，插著個草標在上。燕白頷遠遠望去，見那扇子上字跡寫的龍蛇飛舞，十分秀美，因問道：「那扇子是賣的麼？」那老人家道：「若不賣，怎插草標？」燕白頷因近前取來一看，不看猶可，看了那詩，驚得他眼睜了合不攏來，舌吐出縮不進去，因扯著那老人家問道：「這扇子是誰人賣的？」

那老人家見燕白頷光景有些詫異，因說道：「相公，此處不便說話，可隨我來。」遂將燕、平二人引到一個幽僻寺裡去，方說道：「相公看這扇子有何奇處，這等驚訝？可明對我說，包管相公有此好處。」燕白頷心下已知是美人尋訪，因直說道：「這扇上的詩句，乃是我在城南皇莊牆壁上題贈一位美人的，

⑫ 發解：鄉試考中舉人叫發解。

此詩一面寫了，一面就塗了。這是何人，他卻知道，寫在上面？」老家人道：「相公說來不差，定是真了。這詩就是相公題贈的美人寫的。他因不知相公姓名居止，無處尋訪，故寫了此詩叫我各處尋訪。今果相遇，大有緣法。」

燕白頷聽了，喜得魂蕩情搖，體骨都酥，因說道：「我蒙美人這等用情留意，雖死不為虛生矣。」因問道：「老丈，請問你那閣上美人姓甚名誰？是何等人家？」那老人家答道：「那美人門第卻也不小，大約是皇親國戚之家。他的姓名，我一時也不好便說。相公若果也有意，可隨我去，便見明白。」燕白頷道：「隨你去固好，只是場期近了，不敢走開，卻如之奈何？」老人家道：「相公既要進場，功名事大，怎敢相誤。可說了姓名寓處，待我場後好來相訪。」

燕白頷心下暗想道：「若說是趙縱，恐惹張寅的是非；若說燕白頷，恐傳得朝廷知道。」因說道：「我的姓名也不好便說。還是你說個住處，我到場後來相訪罷。」老家人道：「場後來訪，也不為遲。但我家小姐特特托我尋訪，今既尋訪著了，又無一姓名，叫我怎生去回復，豈不道我說謊？」燕白頷想一想道：「我有個道理。」遂在袖裡取出那柄寫美人和韻的扇子來，遞與那老人家，道：「你只將此物回復你家小姐，他便不疑你說謊了。你那柄扇子可留在此做個記頭。」老人家接了道：「既是這等說，我老漢住在東半邊蘇州胡同裡。相公場後來尋我，只消進胡同第三家，問蔡老官便是了。這把扇子相公要，就留在此不妨。」便就遞與燕白頷。燕白頷接了道：「有了住處便好尋了。你回去可拜上小姐，說我題壁書生何幸得蒙小姐垂愛，場後定當踵門拜謝。」老人家道：「相公吩咐，我自去說。但場後萬萬不可失約。」燕白頷道：「訪求猶恐不得，既得，焉敢失約？」兩下再三叮嚀，老人家方才回去，將此事回復小姐，不題。

卻說平如衡在旁看見，也不勝歡喜道：「小弟訪著了絳雪，已出望外；不料無意中兄又訪著了閣上美人之信，真是大快心之事。」燕白頷道：「兄之絳雪，聘已行了，自是實事。小弟雖僥幸得此消息，然鏡花水月，尚屬虛景，未卜何如。」平如衡道：「美人既然以題詩相訪，自是有心之人。人到有心，何所不可？你我且唾手功名⓭，凡事俱易為矣。」二人歡歡喜喜，以待進場。只因這一進場，有分教：吉凶鴉鵲同行，清濁忽分鰱鯉。不知後事如何，且聽下回分解。

⓭ 唾手功名：視功名如唾手之易。

第二十回　聖主臨軒親判斷　金鑾報捷美團圓

燕、平二生撞著普惠和尚，先表明是尋蔡老官，以見為情而忙；又表明場事已畢，以開報捷之路。事雖平淺，卻出自深心，所以為妙。

御審期，妙在不拘早晚，御殿時即奏聞，皆為報捷地也。

金鑾殿一審，可謂危矣。誰知正妙在此一審，然後辨明是為張寅受辱而起釁。及審張寅，張寅認出是燕、平，不是錢、趙，更可謂危矣。誰知更妙在認出是燕、平，然後辨明變姓名是為就考，辭徵召是為考不如，遲入京是為避招搖、絕夤緣，而欲彰至公無私之化。天子聞之，安得不喜？再兼報捷，一是會元，一是會魁，不慚徵召，不愧科名，其喜更可知也。

天子已許擇婿，而所擇之婿又皆素所悅慕之人，可謂快心矣；而快心中仍有許多不快之慮。因知兒女情波，一蕩一漾，實無已時。

文章之來蹤去跡，最嫌為人猜疑著而不知變。試看此文：天子賜婚，又是才子，又是佳人，有何不樂？而又生變：乃平如衡則以有聘辭矣，燕白頷又以隱情辭矣，豈非一變乎？乃王袞同平如衡入朝面聖，奏辨無疑矣，忽又接著竇國一朝見，說破冷氏即絳雪，不復入奏，豈非又一變乎？冷大戶報知女兒婚姻配了新進士，以為必喜矣，誰知天子已賜婚，豈非喜變為愁乎？及冷絳雪埋怨冷大戶事做差了，已萬分懊惱矣，誰知山相公忽說出平如衡，總是一人，懊惱又不變為快樂乎？此等文章不過就事敘事，無甚議論可以出奇，乃但只敘事，而已敘得一變又一變，如生龍活虎不可端倪❶，真妙文也！

敘述嫁娶之勝，只覺旌旗火炮、笙簫鼓樂，並往來迎送觀瞻之人，幾將長安俱塞滿，筆端疑有五彩。

平如衡與冷絳雪認得是閔廟題詩之人，各敘天緣，已占盡風流。至燕白頷與山黛認出是閣上美人與梅下書生，這番慶幸為何如；再遲疑不決，各出詩扇為證，奇情奇態，又不知添許多顏色。如此團圓，過於明月中天矣！

再各指青衣作一笑，不獨補明，且以見戲謔之善。

曲終又各作一詩依稀完題；詩成，欽天監又奏才星光映北闕，應前作結。讀至此，「江上數峰青」❷矣！

詞曰：

---

❶ 端倪：頭緒。

❷ 江上數峰青：唐人錢起省試律詩湘靈鼓瑟結末為「曲終人不見，江上數峰青」。

金鑾報捷，天子龍顏悅。不是一番磨與滅，安見雄才大節？　明珠應產龍胎，娥眉自解憐才。費盡人情婉轉，成全天意安排。

右調清平樂

話說平如衡既聘定冷絳雪，燕白頷訪著閣上美人消息，二人心下十分快活。到了場期，二人歡歡喜喜進去，做得三場文字，皆如錦繡一般。二人十分得意。三場一完，略歇息數日，燕白頷即邀平如衡同到蘇州胡同去尋蔡老官。此時場事已畢，不怕人知，竟往大街上一直走去。

不期才走到棋盤街上，忽頂頭撞見接引庵的普惠和尚。燕白頷忙拱手道：「老師何往？」普惠看見二人，也不顧好歹，便一隻手扯著一個道：「二位相公一向在何處？卻叫小僧尋得好苦！」燕、平二人大驚道：「老師尋我為甚？」普惠道：「小僧不尋相公，是吏部尚書張老爺有疏參二位相公與山小姐做詩勾挑，傷了風紀，奉旨拘拿御審。各各人犯俱齊，獨不見了二位相公，至今未審。有一位宋相公，說二位相公曾在庵中題詩，小僧認得。就叫差人押著小僧到處找尋，差不多找尋了半年，腳都走折了，今日僥幸才遇著。」燕白頷道：「這等說來，難為你了。只是這件事也沒甚要緊；況已久遠，朝廷也未必十分追求。若是可以通融用情，待學生重重奉酬何如？」普惠道：「天子輦轂之下❸，奉旨拿人，誰敢通融？這個使不得！」

旁邊押和尚的差人，見和尚與二人說話有因，便一齊擁到面前，問和尚道：「這兩個可就是趙縱、

❸ 輦轂之下：舊指京都。即皇帝車駕之下。輦轂，音ㄋㄧㄢˇ ㄍㄨˇ。

錢橫麼？」普惠連連點頭道：「正是，正是。」眾差人聽得一個「是」字，便不管好歹，拿出鐵索套在燕白頷、平如衡頸裡，便指著和尚罵道：「你這該死的禿狗！一個欽犯罪人，見了不拿，還與他斯斯文文講些甚麼！莫非你要賣放❹麼？」普惠嚇得口也不敢開。燕白頷、平如衡還要與他講情，當不得一班如龍似虎的差人扯著便走。平如衡還強說道：「你們不必動粗。我二人是新科解元、舉人，須要存些體面。」眾差人道：「解元、舉人只好欺壓平民百姓，料欺壓不得皇帝。莫要胡說，還不快走！」二人沒法，只得跟他扯到禮部。

眾差人稟知堂上，說欽犯趙縱、錢橫拿到了。堂上吩咐暫且寄鋪，候明日請旨。眾差人領命，隨即又將燕、平二人帶到鋪中交付收管，方各各散去。

禮部見趙縱、錢橫二人拿到，便一面報知張吏部，一面報知山相公，好料理早晚聽審。到次早即上疏奏報：「趙縱、錢橫已拿到，乞示期候審。」聖旨批發道：「人犯既齊，不必示期，遇御殿日，不拘早晚隨時奏審。山黛、冷絳雪路遠，不到可也。」禮部得旨，各處知會，不題。

卻說聖天子留意人才，到了放榜這日，絕五更即親御文華殿聽候揭曉。禮部因遵前旨，隨即將一干人犯都帶入朝中。眾官朝賀畢，禮部出班，即跪奏道：「吏部尚書張夏時參舊閣臣山顯仁女山黛與趙縱、錢橫情詞交媾一案人犯已齊。蒙前旨：遇御殿日奏審。今聖駕臨軒，謹遵旨奏請定奪。」天子道：「人犯既齊，可先著趙縱、錢橫見駕。」

禮部領旨下來，早有校尉官旗將燕白頷、平如衡二人帶至丹墀下面俯伏。天子又傳旨帶上，二人只

❹ 賣放：賣個人情而放了犯人。

得匐伏膝行，至於陛前。天子展開龍目一觀，見二人俱是青年，人物十分俊秀，皆因首桎梏，因傳旨開去，方問道：「誰是趙縱？」燕白頷道：「臣有。」天子又問：「誰是錢橫？」平如衡應道：「臣有。」天子又問道：「朕御賜弘文才女山黛乃閣臣之女，你二人怎敢以淫詞勾挑？」燕白頷答奏道：「山黛蒙聖恩寵愛，賜以才女之名，付以量才之任。滿朝名公多曾索句；天下才士半與衡文；即張吏部之子張寅，亦曾自往比試。豈獨臣二人就考便為勾挑？若謂勾挑，前考較之詩尚在御前，伏祈聖覽。如有一字涉淫，臣願甘罪。況張寅擅登玉尺樓，受山黛塗面之辱，人人皆知。此豈不為勾挑，反責臣等勾挑，吏臣可謂溺愛矣。伏乞聖恩詳察。」

天子因傳旨帶張寅見駕，張寅也匐伏至於御前。天子問道：「張寅，你自因調戲受辱，卻誣他人勾挑，唆父上疏欺君，是何道理？」張寅伏在御前，不敢仰視，聽得天子詰責，只得抬起頭來要強辯，忽看見旁邊跪著燕白頷、平如衡，因驚奏道：「陛下，一發了不得！勾挑之事，其罪尚小，且慢慢奏聞。只是這二人不是趙縱、錢橫。欺君之罪，其大如天。先乞陛下究問明白，以正其辜。」天子聽了，也著驚道：「他二人不是趙縱、錢橫，卻是何人？」張寅奏道：「一個是松江燕白頷，一個是洛陽平如衡。」天子一發著驚道：「這一發奇了！莫不就是學臣王袞荐舉的燕白頷、平如衡麼？」張寅奏道：「萬歲爺，正是他。」天子又問道：「莫不就是新科南場中解元的燕白頷，與中第六名的平如衡麼？」張寅奏道：「萬歲爺，正是他。」天子因問二人道：「你二人實係燕白頷、平如衡麼？」燕白頷、平如衡連連叩頭道：「臣該萬死！臣等實係燕白頷、平如衡。」天子道：「汝二人既係燕白頷、平如衡，已為學臣荐舉，朕又有旨徵召，為何辭而不赴，卻更改姓名，去勾挑山黛？此中實有情弊，可實說，免朕加罪。」

二人連連叩頭奏道：「微臣二人本一介書生，幸負雕蟲小技，為學臣荐舉，又蒙聖恩徵召，此不世之遭際也，即當趨赴。但聞聖上搜求之意，原因山黛女子有才，而思及男子中豈無有高才過於山黛者乎，故有是命。臣恐負徵召之虛名，至京而考，實不及山黛，豈不羞士子而辱朝廷？故改易姓名為趙縱、錢橫，潛至京師，以就山黛量才之考。不期赴考時山黛不出，而先命二青衣出與臣等比試。張寅所呈十四詩，即臣與二青衣比試之詞也。臣因見二青衣尚足與臣等抗衡，何況山黛？遂未見山黛而逃歸。途遇學臣，再三勸駕。臣等自慚不及山黛，故以小疏上陳，願歸就制科以藏短也。又幸蒙聖恩拔置榜首、第六，實實感恩之無已也。然歷思從前，改名實為就考，就考實為徵召，辭徵召而就制科，實恐才短而辱朝廷：途雖錯出，而黼黻皇猷之心，實無二也。若謂勾挑，臣等實未見山黛，也只勾挑二青衣也。伏乞聖恩鑒察。」

天子聽說出許多委曲，滿心歡喜道：「汝二人才美如此，而又虛心如此，可謂不驕不吝矣。這也罷了。只是你二人既中元魁，為何不早進來會試？朕已敕學臣，一到即要召見，因甚直至此時方來？」燕、平二人又奏道：「臣等聞：才為天下公器，最忌夤緣。臣等幸遭聖明，為學臣所荐，陛下所知，今又僥幸南闈，若早入京，未免招搖耳目。倘聖恩召見而後就試，即叨一第，天下必疑主司之迎合。臣固遲遲其行，僅及場期而後入。中與不中，不獨臣等無愧，適足彰皇上至公無私之化矣。」

天子聽了，龍顏大悅道：「汝二人避嫌絕私，情實可嘉。朕若非面審，幾誤加罪於汝。」因命張吏部責諭道：「衡文雖聖朝雅化，亦須自量。山黛之才已久著國門。即燕白頷、平如衡為學臣特荐如此，尚不敢明試，而假名以觀其淺深。卿子既無出類之才，乃公然求婚，且擅登玉尺樓，妄加調戲，何無忌憚至此！及受辱而歸，理宜自悔，乃復唆卿瀆奏以圖報復，暴戾何深！本當重罪，念卿銓務勤勞，姑免究。」張吏部忙叩首謝罪謝恩。

天子還要召山顯仁諭以擇婿之事，忽天門放榜，主考已先獻進會試題名錄來。天子展開一看，只見第一名會元就是平如衡，第二名會魁就是燕白頷，龍顏大悅。

此時燕白頷、平如衡尚囚首俯伏於地。天子因命平身，就叫近侍將會試錄遞與二人看。二人被繫入朝，又為張寅識破姓名，心下惶惶，懼有不測之禍，誰還想到會試中與不中？今見天子和容審問，絕不苛求；平如衡忽又見自家中了會元，燕白頷忽又看見自家中了第二名會魁——明明一個鬼，忽然變了仙，怎不快活？慌忙頓首於地，稱謝道：「皇恩浩蕩，真捐頂踵不足以上報萬一！」

天子道：「汝二人不依不附，卓立之志可謂竟成矣。」又說道：「今日且完制科之事，異日還要召汝與山黛御前比試，以完荐舉之案。暫且退出，赴瓊林宴❺，以光大典。」二人謝恩而退。走出文華殿門，早有許多執事員役，拿中式衣冠與他換了，簇擁而去。天子然後召山顯仁面諭道：「平如衡、燕白頷二人俱少年英才。殿試後，朕當於二人中為汝擇一佳婿，方不負汝女才名。」

山顯仁叩頭謝恩而出，遂回府與山黛細細說知從前許多委曲之事。山黛方知趙縱、錢橫果是燕白頷、平如衡，因與冷絳雪說道：「燕、平二人既春闈得意，聖上面許擇婚，則平自歸姊，燕自屬妹，平郎與姐姐，可謂天從人願矣。燕郎與平郎，互相伯仲，得結絲蘿，未嘗非淑人君子。但有閣下一段機緣，終不能去懷。若是前日尋訪不著，也還可解。不料我以題壁之詩訪他，他即以和韻詩懷我，才情緊緊相

---

❺ 瓊林宴：為新進士舉行的宴會。

對，安能使人釋然？但許場後即來相訪，不知為何至今竟又不來？」冷絳雪道：「許場後來，則必場前有事；若場前既有事，則場中或得或失，場後羈遲，未為爽約。小姐須寬心俟之，定有好音。倒是賤妾之事尚屬未妥。」山小姐道：「此是為何？」冷絳雪道：「天下事最難意料。妾雖知平郎得意，平郎卻未必知妾在此。他少年得雋，誰不羨慕？倘有先我而得之者，為之奈何？」山小姐道：「這個不難。待小妹與父親說知，明日就叫一個官媒婆去議親，便萬無可慮矣。」冷絳雪道：「如此方妙。」

山小姐遂與山顯仁說知，山顯仁隨叫個官媒婆去議親。那官媒婆去議了來回復道：「平爺說：『蒙太師爺垂愛，許結朱陳❻，是夙昔所仰望而不得者，誠生平之願。但恨緣慳，前過揚州，偶有所遇，已納采於人矣。方命之罪，容殿試後踵門荊請。』」山顯仁聽了，說與冷絳雪，把一個冷絳雪氣得啞口無言，手足俱軟，默然不勝憤恨。正是：

慢道幽閑盡性成，須知才美性之情。
美到有才才到美，誰能禁性不情生？

且不說冷絳雪在閨中幽悶。卻說燕白頷與平如衡中後，蒙聖恩放出赴宴，宴罷瓊林，歸到寓所，十分得意。只有燕白頷，因不曾去訪得閣上美人，以為失約，終有幾分怏怏。欲要偷工夫去訪，又因要謝恩謁聖，見座師、見房師、拜同年，百事猬集，一刻不得空閑；欲要悄悄去訪，比不得舊時做秀才，自

❻ 結朱陳：即締結婚姻。白居易朱陳村詩：「徐州古豐縣，有村曰朱陳，一村惟兩姓，世世為婚姻。」

去自來，如今有長班人役跟隨，片時不得脫空。只捱到晚間，人役散去，方叫一個家人打了一個小燈籠，悄步到蘇州胡同來尋訪。喜得蔡老官人人認得，一問就著。不料蔡老官奉山小姐之命，日日守候，忽見燕白頷來尋，宛如得了異寶，連說道：「相公原許場後就來，為何直到如今？叫我老漢等得不耐煩。」燕白頷道：「我場後已曾來訪，不期路上遇了一場是非，故不曾到此。不瞞你說，放榜後，又中了進士，日日奔忙，半刻不空。又恐怕你家小姐道我失約，故乘夜而來。煩你拜上小姐，既有垂愛之情，須寬心少待。等我殿試後，公務稍暇，定來見你，商議求媒，以結百年之好。」蔡老官道：「原來相公中了事忙。既是這等，我老漢就去回復小姐。只是萬萬不可失信！」燕白頷道：「我若失信，今日也不來了。只管放心。」蔡老官道：「說得有理。我放心在此守候佳音便了。」

燕白頷囑付明白，方才回寓與平如衡說知此事，道：「你我功名亦已成就，兄又聘了絳雪，小弟再和合了閣上美人，便可謂人生得意之極矣。」平如衡道：「事已八九，何患不成！」二人說說笑笑，十分歡喜。

不數日，廷試過。到了傳臚❼這日，天子臨軒，百官齊集，三百進士濟濟伏於丹墀之下。御筆親點燕白頷狀元及第，平如衡探花及第，各賜御酒三杯，簪花掛紅，赴翰林院去到修撰、編修之任。到過任，敕賜游街三日，十分榮耀。

過了數日，天子又召學臣王袞面諭道：「爾前特荐燕白頷、平如衡有才，今果次第掄元奪魁，不負所荐。賜爾加官一級以旌荐賢得實。」王袞叩頭謝恩。天子又諭道：「朕前敕爾搜求奇才者，原以山閣臣有

---

❼ 傳臚：殿試後由皇帝宣布登第進士名次的典禮。古代以上傳語告下為臚，即唱名之意。

親女山黛與義女冷絳雪，才美過人。朕以為女子有此異才，豈可男子中反無，故有前命。今果得燕白頷、平如衡二人以副朕求。朕因思天地生才甚難，朝廷得才，不可不深加愛惜。眼前四才，適男女各半，又皆青年未曾婚配。朕欲為之主婚：狀元燕白頷，賜婚山閣臣親女；探花平如衡，賜婚山閣臣義女。如此則才美相宜，可彰聖化。特賜爾為媒，銜朕之命，聯合兩家之好。」王袞叩頭稱頌道：「聖上愛才如此，真無異於天地父母。不獨四臣感恩，雖天下才人皆知所奮矣。」遂謝恩退出。因暗想道：「聖上命我為媒，我若兩邊去說，恐他各有推卻，便費氣力。既奉欽命，莫若設一席，請他兩邊共集一堂。那時明宣詔旨，則誰敢不遵？」主意定了，遂擇了吉日，發帖分頭去請；又著人面稟道：「此非私宴，乃奉旨議事，不可不到。」

至臨期，山顯仁與燕白頷、平如衡前後俱到。王袞接入相見。禮畢，略敘敘閑話，王袞即邀入席。山顯仁東邊太師位坐了，王袞西席相陪，燕白頷、平如衡坐於下面客席。飲過三杯，王袞即開談道：「學生今日奉屈老太師與狀元、探花者，非為別事。因昨日蒙聖恩面諭：人才難得，不可處之不得其當。山老太師有此二位奇才閨秀，實係天生；今科又遇狀元、探花二位名世奇英，定從岳降；況年相近而貌相仿，可謂聚淑人君子於一時。若不締結良姻，以彰關雎、桃夭之化，不足顯朝廷愛才之盛心也。故特命學生恭執斧柯❽，和合二姓。故敢奉屈，以宣天子之命。老太師與狀元、探花，禮宜遵旨謝恩。」山顯仁道：「聖命安敢不遵。但陳人聯姻新貴，未免抱不宜之愧。」

燕白頷心中雖要推辭，卻一時開口不得。惟平如衡十分著急，因連連打恭說道：「勿論聖上鴻恩，

❽ 執斧柯：詩經豳風伐柯：「伐柯如何，匪斧不克。取妻如何，匪媒不得。」後世因謂作媒曰伐柯、執柯，執斧柯亦同。

所不敢辭，即老恩師嚴命，豈敢不遵？況山太師泰山之下，得附絲蘿，何幸如之！但恨賦命涼薄，已有糟糠之聘。風化所關，尚望老師代為請命。」王袞道：「探花差矣！守庶民之義，謂之小節；從君父之制，謂之大命。孰輕孰重，誰敢妄辭？」平如衡道：「愚夫愚婦立節，聖主旌之。非重夫婦也，敦倫也。門生之聘，謂門生之義，則輕、則小；謂朝廷之倫，則重、則大也。尚望老師為門生回天。」王袞道：「事有經，亦有權❾：從禮為經，從君為權。事有實，亦有虛：娶則為實，聘尚屬虛。賢契亦不可固執。」

山顯仁見二人互相辯論，因說道：「王老先生上尊君命，固其宜也；平探花堅欲守禮，亦未為不是。依老夫看來，必須以此二義上請，方有定奪。」王袞與平如衡一齊應道：「是。明早當同入朝請旨。」燕白頷聽見說請旨，因說道：「門生亦有隱情，敢求老師一同上請。」王袞道：「探花已聘，尚可公言。狀元隱情，何以形之奏牘？這個決難領教。」燕白頷遂不敢再言。大家又飲了幾杯，遂各各散去。

到了次早，王袞果同了平如衡入朝面聖。不期揚州知府竇國一，因平如衡中了會元、探花，與冷大戶說知，叫他速速報知女兒定親之事。自家在揚州做了四年知府，也要來京中謀復原職。因討了賫表的差，竟同冷大戶趕進京來。到了京師，冷大戶竟到山府去見女兒。竇知府這日恰恰朝見，在朝房劈面與平如衡撞見。

平如衡忽然看見，滿心歡喜道：「竇公祖幾時到京？恰來得好，有證見了！」因引與王袞相見，道：「門生的媒是竇公祖做的。」竇知府忙問道：「探花已占高魁，為著何事，忽言及斧柯？」平如衡道：「晚生蒙聖恩賜婚，欲以有聘面聖懇辭。今恐無據，聖主不信。恰喜公祖到來，豈非一證？」竇知府道：

---

❾ 事有經亦有權：事有遵從禮教之常規，也有權變靈活之法。

「原來為此。俟面聖時，理當直奏。」

王袞道：「探花苦辭，固自不妨。只可惜辜負聖上一段憐才盛意。」竇知府道：「請教王大人：聖上怎生憐才？」王袞道：「聖上因愛探花有才，又愛山閣下令愛有才，以才配才，原是一片好意，非相強也。探花苦苦推辭，豈非辜負其意乎？」竇知府聽了著驚道：「聖上賜婚探花者，莫非就是山閣臣之女山黛麼？」王袞道：「不是山黛，是第二位義女冷氏。」竇知府聽了，大笑道：「若果是義女冷氏，王大人與探花俱不必爭得，也不必面聖，請回，準備合巹。我學生一向還做的是私媒，如今是官媒了。」

王袞與平如衡俱驚問道：「聖上賜一婚，晚生定一婚，二婚也。為何不消爭得？」竇知府道：「聖上所賜者，此婚也；探花所定者，此婚也。二婚總是一婚，何消爭得？探花，你道山相公義女是誰？即冷絳雪也。」平如衡又驚又喜道：「冷絳雪在揚州，為何結義山府？」竇知府道：「說來話長，一時也說不盡。但令岳聞知探花高發，恐怕要做親，已同學生趕進京來，昨已往山府報知令愛去了。」王袞與平如衡聽了，歡喜不勝，道：「若非恰遇竇老先生，說明就裡，我們還在夢中，不知要費許多唇舌！」竇知府道：「不必更言。二位請回，學生朝見過，即來奉賀矣。」說罷，王袞與平如衡先回。不題。

卻說冷大戶到京，問知山顯仁住處，連晚出城，趕到皇莊來見。山顯仁聞知冷絳雪父親來到，忙接入後廳相見。冷大戶再三拜謝恩養。山顯仁一面就留飲，一面就叫冷絳雪出來拜見父親。

冷絳雪拜畢，冷大戶就說道：「我不是也還不來，因與你許了一頭好親事，只怕早晚要做親，故趕來與你說知。」冷絳雪著驚道：「父親做事為何這等孟浪⑩！既要許人，為何不早通知？如今這邊已蒙

⑩ 孟浪：魯莽。

聖上賜婚了，父親只好回他。」冷大戶聽見說聖上賜婚，只好回他，竟嚇呆了。半晌方說道：「為父的聘已受了，如何回他？」冷絳雪道：「不回他，終不然倒回聖上？」冷大戶道：「若是一個百姓之家，便好回他。他是新科的黃甲進士，又是揚州知府為媒，叫我怎生開口？」冷絳雪道：「說也徒然。知府、進士難道大如皇帝？」

冷大戶聽了默然，愁眉嘆氣，連酒也不敢吃。山顯仁看見，道：「親翁且不必煩惱。還喜得賜婚之人也曾聘過，明早還要面聖懇辭。若辭准了，便兩全矣。且請問親翁，受了何人之聘？」冷大戶道：「門下晚生自原不敢專主，當不得竇知府再三騙我，說他是個有名的大才子，新科中了亞魁，這進京會試，不是會元，定是狀元。說得晚生心動，故受了他的聘定。」山顯仁道：「他如今中了進士，則竇知府也不為騙你了。」冷大戶道：「中倒果然中了會元，又殿了探花。雖不是騙我，只是騙我把事做差了，如今怎處？」山顯仁聽了大驚道：「會元、探花，這等是平如衡了？」冷大戶道：「正是平如衡。」山顯仁聽了，看著冷絳雪大笑道：「大奇，大奇！平如衡苦苦說揚州已聘者，原來就是你！」冷大戶忙問道：「老太師為何大笑稱奇？」山顯仁道：「親翁不知，聖上賜婚的，恰正是平如衡。你道好笑不好笑！你道奇也不奇！」冷大戶與冷絳雪各各歡喜。

到次早，山顯仁忙著人去報知王袞，不料王袞也將朝房遇著竇知府說明之事，來報知山顯仁了。兩下俱各歡喜。只有燕白頷與山黛，心下微微有些不快。

王袞隨將此事奏知，天子愈加歡喜，因說道：「竇國一既係原媒，著復原官，一同襄事。」因賜大第一所，與燕白頷、平如衡同居；又命欽天監擇吉成婚；又敕同榜三百進士，伴狀元、探花親迎；又撤金蓮寶炬十對賜之。文武百官見聖上如此寵眷，誰敢不來慶賀？金帛表禮，盈庭充室；衣冠車馬，塞戶填門。滿長安城中，聞知欽賜一雙才子娶一雙才女，大家小戶盡來爭看。

到了正日，鼓樂笙簫，旌旗火炮直擺列至皇莊。燕白頷與平如衡烏紗帽、大紅袍，簪花掛紅，騎了兩匹駿馬並轡而行。王袞、竇國一與三百同年，俱是吉服於後相陪。道傍百姓看見燕白頷、平如衡青年俊美，無不嘖嘖稱羡。

這邊山黛與冷絳雪金裝玉裹、翠繞珠圍，打扮的如天仙一般。山顯仁穿了御賜的蟒服，冷人戶也穿了中書冠帶，相隨接待。須臾二婿到門，行禮款待畢，然後山顯仁與羅夫人送二女上轎，隨從侍妾足有上百。一路上火炮與鼓樂喧天，旗彩共花燈奪目。真個是天子賜婚，宰相嫁女，狀元、探花娶妻，一時富貴，占盡人間之盛。娶到了第中，因父母不在堂，惟雙雙對拜，送入洞房。外面眾官的喜筵，都託了王袞、竇國一兩個大媒代陪，不題。

卻說平如衡與冷絳雪在洞房中彼此覿面，俱認得是閔子祠相遇之人，各敘天緣，與別後繫心，今得相逢之故，萬分得意，不必細說。燕白頷與山小姐雖各有閣上美人、閣下書生一段心事，然到此地位，燕白頷娶了天下第一個才女，山小姐嫁了天下第一個才人，今日何等風騷，就是心有所負，也只得丟開罷了。不匡到了房中，對結花燭，揭去方巾，彼此一看，各各暗驚。這個道：「這分明是閣上美人。」那個道：「這分明是閣下書生。」但侍妾林立，恐有差誤，不敢開口。二人對飲合巹，在明燭下越看越像。燕白頷忍耐不住，便取出蔡老官尋訪的那柄詩扇，叫侍妾傳與山小姐看，道：「下官偶有一詩，請教夫人，幸不嫌唐突。」山小姐接了一看，忽眉宇間神情飛躍，竟不回言，也低喚侍兒，取出一柄詩扇，傳與燕白頷道：「賤妾也偶有一詩，請教狀元，幸勿鄙輕浮。」燕白頷接了一看，見就是前日付與蔡老官的和詩，喜得燕白頷滿心奇癢，不知搔處。又見眾侍妾觀望，不敢敘出私情，只哈哈大笑道：「這段姻緣，雖蒙聖恩賜配，又蒙泰山俯就，夫人垂愛，然以今日而論，實係天緣也。」山小姐不好答應，只是微微而笑。飲罷，同入鴛幃。一雙才子才女，青年美貌，這一夜真是百恩百愛，說不盡萬種風流。

到了次日，夫妻閨中相對，燕白頷見侍妾如雲，只不見前日對考的青衣記室，因問山小姐道：「莫非記室體尊，不屑侍御，不曾攜來？」山小姐道：「已來矣，滿月時當與狀元相見。」燕白頷出見平如衡，說知閣上美人即係山小姐，平如衡大喜道：「真可謂奇緣也！」燕白頷又說及青衣之事，平如衡道：「小弟也曾問來，弟婦也是如此說。」

到了滿月，山顯仁與冷大戶一齊都來，兩位新人出房相見。山小姐、冷絳雪與燕白頷、平如衡是姐夫妹夫、大姨小姨，交相拜見。拜罷，山小姐因指著冷絳雪對燕白頷說道：「狀元要見青衣記室，此人不是麼？」冷絳雪也指著山小姐對平如衡道：「探花要見青衣記室，此人不是麼？」燕白頷與平如衡看了，俱各大笑道：「原來就是大姨娘、小姨娘假扮了耍我們的。我就說天下那有如此侍妾！今日方才明白，不然叫我抱慚一世。」山顯仁笑說道：「若不如此，二位賢契如何肯服輸？」惟冷大戶不知，因問其故。山顯仁對他說明，也笑個不了。說罷，合家歡宴，其樂無極。

到次日，山顯仁因約了王袞、竇國一，率領二婿兩女，同詣闕謝恩。天子親御端門賜宴，因詔說道：「朕向因見山氏白燕詩，方知閨閣有此奇才；復因閨閣有才，方思搜求天下奇才。今獲二才子、二才女，配為夫婦，以彰文明之化，足稱朕懷矣。汝四人之婚，雖朕所主，今日思厥由來，實白燕為之媒也。汝四人還能各賦一白燕詩以謝之麼？」四人同奏道：「陛下聖命，敢不祗承！」天子大悅，因命各賜筆墨。四人請韻，天子因思說道：「不必另求，即以平、山、冷、燕四韻可也。」四臣領旨，各各揮毫。此時方顯真才之妙。但見紙落雲煙，筆飛鶻兔，日晷不移，早已詩成四韻，一齊獻上。

天子展開，次第而觀。只見平如衡的道：

疑是前身太白生，雙飛珠玉兆文明。
不須更羡丹山鳳，光賁衣裳天下平。

山黛的是：

雲想衣裳玉想鬟，不將紫頷動龍顏。
若非毓種瑤池上，定是修成白雪山。

冷絳雪的是：

紅芳付與群芳領，雙雙玉殿飛無影。
九重春色正融融，白雪滿身全不冷。

燕白頷的是：

尋鶯御柳潛還見，結夢梨花成一片。
天子臨軒賞素文，始知不是尋常燕。

天子覽畢，龍顏大悅，即賜與山顯仁、王袞、竇國一遍觀。因諭說道：「汝四人有才如此，不負朕求才之意矣。」又賜歡飲。

飲至日午，欽天監奏：才星光映北闕，當主海內文明，國家祥瑞。天子大喜，因各賜金帛彩緞。山顯仁因率領諸臣謝恩退出。

自此之後，燕白頷與山黛，平如衡與冷絳雪，兩對夫妻，真是才美相宜，彼此相敬，在閨中百種風流，千般恩愛。張寅與宋信初時猶欲與他二人作對，到此時見他一時榮貴，只得攛轉面皮來趨承慶賀。燕白頷、平如衡度量寬大，不念舊惡，仍認作相知，優禮相待。山顯仁得此二婿，十分快活，竟不出來做官，只優游林下快活。

後來燕白頷同山黛榮歸松江，生子繼述書香。平如衡亦同冷絳雪回至洛陽，重整門閭，祭祀父母，連叔子平教官都遷任得意。若非真正有才，安能如此？至今京城中俱盛傳平、山、冷、燕為四才子。閑窗閱史，不勝忻慕，而為之立傳云。

總評

評曰：

小說者，小言也。同一言，何謂小？曰：不文而質也，不深而淺也，故小之。同一立言，何不文之深之，與書史並垂其大，奈何小之？曰：矮人不能窺數仞之牆，聾人不能聽希聲之樂，凡立言欲家喻而戶曉也，使文之深之，則誰知之，而誰聽之？故不文而質，不深而淺，蓋欲使舉世而知風化之美，盡人而識世情之奸耳。因知為此小言者，所以佐大言之不逮也。雖然，言有小，而立言之體則無小。何也？同一善惡之理也，同一勸懲之教也，雖嘻笑旁通，不及父師之面命。然入耳則可驚，到眼則可喜，其感動為最神，其楷模為最切。此小說雖小言，而小言寓正大之規，實亦賢者之用心也。若傳污流穢，又小說家之罪人也，烏足道！

小說雖著述家事，何敢輕言。然其事家常，其言市井，誰不自誇能作？無論孤陋書生，妄思著筆，甚至三家村老學究，亦恬然操觚，而不慚不愧，致令有識揶揄，無知絕倒。此小說不幸，所以愈坐荒唐，而流為小說也。不知小說事雖家常，言雖市井，設兩眼不穿通千古，一心不識透萬情，胸中不知天地何以生成，帝王何以治理，百姓何以康寧，雖欲伸紙執筆，為之立說，吾不知其將何說也。即說鬼而不知是精是魄，縱說夢而不知為想為因。何況人情之耳目甚真、鬚眉不假，豈容苟且刻畫哉！惟真正才人，屈於不知，苦於無路，滿腹經綸，一腔才思，抑鬱多時，無人過問，欲笑不可，欲哭不能，故不得已而借紙上黃粱吐胸中浩氣。是以賢有為賢，而賢足動；奸有為奸，而奸足懲；甚至才有為才，雖假真也，不妨爭古今之座；情有為情，雖虛實也，誠可參男女之微。故其立說，口讀之而芳香，心賞之而喜悅，匪伊朝夕，而不忍釋手也。豈可一律言耶！此「四才子」不可以小說名之，惟「四才子」始可以小說名之！

海上花列傳

韓邦慶／著　姜漢椿／校注

本書以趙樸齋兄妹在上海的經歷為主線，從一獨特的視角反映上海開埠後的另一個面貌——即對當時風月場所的描寫。小說內出現眾多人物，上至官吏富商，下至妓館幫傭，性格無一雷同，足見作者塑造人物之功力。全書用吳語創作，使作品具有一種地域特色。本書針對其中較難懂的吳語均詳細注解，讓讀者能細細品味作品中的人物樣貌與作者所要表達的主要精神。

國家圖書館出版品預行編目資料

平山冷燕／天花藏主人編次;張國風校注;謝德瑩校閱.——二版一刷.——臺北市：三民，2022
冊；　公分.——（中國古典名著）

ISBN 978-957-14-7503-5（平裝）

857.44　　111012098

中國古典名著

平山冷燕

編次者｜天花藏主人
校注者｜張國風
校閱者｜謝德瑩

發行人｜劉振強
出版者｜三民書局股份有限公司
地址｜臺北市復興北路 386 號 (復北門市)
臺北市重慶南路一段 61 號 (重南門市)
電話｜(02)25006600
網址｜三民網路書店 https://www.sanmin.com.tw

出版日期｜初版一刷 1998 年 2 月
二版一刷 2022 年 9 月
書籍編號｜S853970
ISBN｜978-957-14-7503-5

三民書局